VIÑETAS

Viñetas

Agustín Sánchez Vidal

Editado por HarperCollins Ibérica, S.A.
Núñez de Balboa, 56
28001 Madrid

Viñetas
© 2016, Agustín Sánchez Vidal
Autor representado por Silvia Bastos, S.L. Agencia Literaria. www.silviabastos.com
© 2016, para esta edición HarperCollins Ibérica, S.A.

Diseño de cubierta: Lookatcia.com
Imagen de cubierta: Getty Images

ISBN: 978-84-9139-007-7
Impresión en RR Donnelley (USA)

CAPÍTULO PRIMERO

Ahora que ya nada nos queda
Del pasado
Sino un jardín en la memoria
Cerrado a cal y canto
Por el oscuro portalón del tiempo.
Venimos con la cítara a entonar
Esta canción
Ante una puerta ya cerrada.

José Luis Puerto
Un jardín al olvido

1

Miguel frena al llegar a la altura de la ermita y hace sonar el claxon. Mientras espera se pregunta si está preparado para aquello.

Su hija Julia abre la verja y le indica el garaje, al final del camino.

Entra y la deja atrás, cerrando el portón. Al conducir por el sendero que parte en dos las tierras, le cuesta reconocer la huerta de la Solana. Tan cambiada está.

Trata de componer el tipo. Teme aquel reencuentro. Al cansancio del largo viaje se añade la aprensión por lo que allí pueda esperarle.

Al abrazar a su hija nota en ella la misma tensión. Saca el equipaje del maletero y la sigue hasta el viejo caserón.

Reconoce de inmediato su cuarto, en la planta baja. Es el mismo que tenía de niño. De eso, de aquella infancia, hace más de sesenta años. Aún no se sentía acorralado por el tiempo.

También reconoce la colcha de seda e hilo de oro. Arropaba la cama de sus padres. Siempre le intrigó la imagen bordada del trovador, tañendo el laúd al pie de la torre donde se asoma una dama. No la había vuelto a ver desde que desapareció su madre. Cuando su padre la guardó en el baúl de madera negra. Aquel que llamaban *el ataúd*.

Julia le tiende las toallas.

—¿Te vas a quedar muchos días, papá?

—El testamento se abre pasado mañana, lunes, ¿verdad? Pues una semana como mucho. Hasta que vuelva tu marido.

—Pedro y yo no estamos casados.

Su hija le ha corregido con una sonrisa. Trata de evitar cualquier arista. La siente tantear las palabras como hacía con el remo en el agua, cuando era una muchacha e iban juntos en la piragua. Julia solo debía equilibrar su peso y posición, detrás. Pero al final llevaba la embarcación a donde se había propuesto. Así era ya de niña.

Pedro no le cae bien. Le disgusta el modo en que se dirige a él. Esa superioridad moral que interponen los ecologistas. Y este es de los radicales. Economía de trueque y terruño, todo ese rollo.

Tampoco soporta que haya arrastrado a su hija a la vida que llevan. No eran los planes que tenía para ella. Sigue sin entender qué ventolera le dio para venirse de los Estados Unidos. Con los buenos contactos que le había buscado allí para abrirse camino... Algo de provecho, con futuro. ¿Por qué ha desperdiciado esas oportunidades? ¿Qué sentido tiene regresar al lugar del que él huyó con tanto esfuerzo?

Más aún le preocupa la relación que Julia haya podido establecer con su hermano Antonio durante esos años en que han compartido la huerta. Por ahí, intuye, vendrán los problemas inmediatos.

Durante la cena, les cuesta hablar de él.

—¿Cómo fue? —se interesa Miguel.

—Bastante bien, hasta la última semana. Tu hermano era muy entero, ya sabes. Nunca se quejó. Y antes nos dio tiempo para una escapada.

—¿Adónde?

—A vuestro pueblo.

—¿A Castañares? ¿Tan lejos?

—No pude negarme. El tío Antonio insistió. No se iba a morir tranquilo sin revisar algunos papeles.

—¿Qué papeles?

—Pues no sé decirte... Pasó bastante tiempo en el archivo del hospicio.

—Allí no hay ningún hospicio.

—Me refiero al de la cabecera de comarca. —Y ante la desconfianza que adivina en su padre, añade—: Lo necesitaba.

Miguel le evita la mirada. Trata de ocultar su alarma. Espera a que Julia continúe. Como no lo hace, le pregunta:

—¿Quieres decir que lo necesitaba para su testamento?

—Es un poco complicado de explicar.

—Inténtalo. No me estás ayudando mucho, hija.

—En el pueblo habló con algunos vecinos. Les preguntaba por vuestra familia. Vuestro padre, sobre todo, me pareció...

—¿Qué tipo de preguntas?

—No lo sé, yo me iba, lo dejaba a solas con ellos. Sí recuerdo que un día le afectó mucho lo que oyó. Venía de hablar con un tal Modesto y su mujer Balbina, amigos de vuestros padres. Los dos muy viejos.

—Pero ¿qué le dijeron?

—Creo que les grabó con una cámara de vídeo.

—¿Y se conserva ese material?

—Debe tenerlo arriba, en su estudio. También tomó fotos. La casa donde nacisteis, la era, el cementerio... Se emocionaba al ver aquello, tantos recuerdos. Se despedía de todo, de los montes, de los árboles, de la fuente de arriba y la de abajo, de las ranas... Apenas tenía fuerzas para bajar del coche. Decía que si hubiera sabido antes lo de su enfermedad habría vivido esos años de modo muy diferente. Pero ya no tenía remedio.

Se sorprende al escuchar a su hija hablando así. Siempre fue muy madura para su edad. Y algo nuevo parece haberle sucedido en esos últimos años de convivencia con Antonio. Miguel echa mano al paquete de tabaco y pregunta:

—¿Te importa que fume? —Al sopesar la mirada de Julia, rectifica—: Me iré fuera.

Sale a la huerta y se sienta en una hamaca.

El chasquido del mechero araña la oscuridad. Se escucha el monótono *up-up-up* de dos abubillas, respondiéndose. Es una noche de verano como las de su niñez, cuando Antonio y él se tumbaban en la hierba antes de irse a dormir, a la espera de estrellas fugaces. Se pregunta cómo ha podido pasar tanto tiempo sin ese rito diario de contemplar la bóveda que parpadea allá arriba. Es como vivir sin techo.

Una ligera brisa agita las hojas de los árboles. Los olores, adormecidos durante el día, le llegan en oleadas tenues. Los sonidos vienen desde lejos, apagados. Antes habría sido capaz de distinguirlos solo por ese rumor, tan diferente en cada enramada. El ligero y trémulo de los álamos, el más opaco de los olmos, el áspero de las higueras, el aristado de la palmera. Pero ahora no.

Apaga el cigarrillo al oír los pasos de Julia.

—No era necesario, papá. Aquí estamos al aire libre, tampoco hay que exagerar.

Aquel sosiego, con la tierra y el aire aún tibios, invita a las confidencias. Hablan en susurros.

—¿Recuerdas lo que me decías cuando yo era pequeña? —Hace una pausa para esperar a que su padre le conteste. Como no lo hace, continúa, ahuecando la voz para imitar la suya—: «Si pierdes la noche pierdes media vida».

Él no le responde. Al cabo de un largo silencio, vuelve a lo que le preocupa:

—O sea que mi hermano Antonio fue al pueblo a remover papeles.

—No solo eso. También a hablar con la gente. Ya te digo que algo pasó tras la conversación que tuvo en el pueblo con Modesto y Balbina. Eso me pareció... Decía que lo necesitaba para terminar lo que se traía entre manos. Llevaba mucho tiempo y le daba gran importancia. Se levantaba como un clavo a las seis de la mañana porque se había marcado dibujar una página al día.

—¿Dibujos?

—Sí, viñetas. Una especie de historia gráfica. Él lo llamaba tebeo.

Julia hace una larga pausa antes de concluir:

—Creo que lo hacía para ti.

Vuelve la alarma a la voz de Miguel cuando pregunta:

—¿Para mí?

—Para explicarte lo que no se sintió capaz de decirte en todos estos años. Desde que os distanciasteis. Quizá las decisiones que haya tomado en su testamento.

—No entiendo qué puede haber hecho para arreglarlo.

—Eres demasiado duro con él. Uno no elige el momento en que está preparado para contar las cosas. Primero hay que asumirlas. Y eso lleva tiempo, hay que reflexionar con calma sobre tu vida, ordenar los recuerdos, reconciliarte con ellos. ¿Entiendes lo que quiero decir?

—Vagamente.

—Lo que pasó con vuestros padres, por ejemplo.

—¿Y él lo averiguó?

—No estoy segura. Quizá hasta donde le fue posible.

Miguel duda. Debería haberle contado a Julia que el distanciamiento con su hermano viene de lejos. Que Toño siempre llevó dentro de la cabeza un mundo propio, al que pocos podían acceder.

Sin embargo, solo acierta a decir:

—Supongo que te preguntó dónde andaba yo.

—Él sabía que estabas trabajando en Estados Unidos y que intentabas volver lo antes posible.

—Ya —asiente, con un deje de tristeza.

—¿Es verdad que apenas os dirigíais la palabra, y que discutisteis por esta casa y la huerta?

—Hubo mucho más, hace tiempo. Pero sí, nuestra última discusión tuvo que ver con esto.

—Tú querías vender, ¿verdad?

—¿Para qué mantenerla? —Hay cierta irritación en sus palabras, como si le costara hablar de aquello—. Da mucho trabajo y ningún beneficio. Nuestro padre se dejó aquí la vida, y ya ves de qué le valió.

La muerte del padre. Siempre la muerte del padre. Por no hablar de lo que sucedió con la madre.

—Papá, yo he cumplido mi parte. Te he demostrado que esta huerta puede ser rentable si se trabaja en condiciones. Es cuestión de organizarse. Ahora las cosas no se hacen como antes. Pregúntaselo a Pedro. A nosotros nos va bien.

Julia se da cuenta de su falta de tacto, al prejuzgar el destino de la Solana antes de conocer el testamento de Antonio. Un incómodo silencio se interpone de nuevo entre ellos.

Miguel tarda en contestar. Su voz suena más opaca cuando le responde:

—Sé lo que habéis hecho aquí tú y tu marido... o tu compañero... Te agradezco que me hayas tenido al tanto...

—Era mi obligación. La mitad de esta huerta te ha pertenecido siempre.

—Escucha, no se trata de eso... Lo último que quiero en este momento es repetir contigo la misma discusión que tuve con mi hermano. Supongo que todas esas ideas te las habrá metido él en la cabeza. O tu madre...

—No mezcles a mamá en esto. Al menos ella ha rehecho su vida, se ha vuelto a casar y no se mete en la tuya.

Y añade, levantándose para dar aquella conversación por concluida:

—Estarás cansado y te querrás acostar.

2

Se despierta en medio de la noche, desvelado. El largo viaje en avión, el coche luego, el desfase horario.

Enciende la luz y se mueve con tiento. Trata de no hacer ruido. Entra en la cocina, abre la nevera y se sirve un vaso de agua. Chasquea la lengua: la impagable sensación de sentirla verdaderamente fría, en pleno verano. Algo tan simple, que nunca conocieron sus padres.

Pasa de puntillas ante la habitación de Julia y sube al piso de arriba.

Al dejar atrás la escalera le cuesta encontrar los interruptores de la luz. Nunca se familiarizó con esa planta de la casa, donde se instaló Antonio tras la muerte del padre.

El dormitorio de su hermano guarda ese orden despojado y ausente de los lugares ya sin dueño. Allí no está lo que anda buscando. Quizá en el estudio...

La espaciosa galería acristalada acoge el tablero inclinado de una mesa de dibujante. En un rincón, el escritorio lleno de papeles, cartas del banco, libros, el ordenador.

Al fondo, ocupando buena parte de la pared, un gran tablón de corcho. Bajo él, en estanterías, se acumulan fotos, la colección de programas de mano, archivadores, cintas de vídeo, DVD... Aquí sí podría estar lo que busca. ¿Cómo encontrarlo, en aquel maremágnum? Quizá Julia lo sepa. Pero trata de anticiparse.

A los lados, varias cajoneras planas, donde Antonio guardaba los originales de sus carteles y trabajos de publicidad.

Se sienta ante la mesa de dibujante y enciende la lámpara. Hay un archivador que lleva el título de *Tráiler*. Algo muy de Toño, de su etapa como proyeccionista en el Frontón Cinema.

Al abrir la primera carpeta, se encuentra con el recio papel de una lámina ilustrada con viñetas, como los tebeos que leían de niños.

Los trazos a lápiz no siempre están entintados. Y apenas apunta alguna mancha de color. Debe ser lo que estaba haciendo su hermano cuando murió. Por más que sepa lo bien que dibujaba, le sorprende la calidad del trabajo.

La historia que allí cuenta empieza de noche. Unos críos alrededor de los rescoldos de una hoguera. Con aire de conjurados.

Se reconoce a sí mismo. Y también a la pandilla del barrio.

Allí está Jesús el Gordo. Inconfundible, el rostro marcado por el bote de carburo que le estalló en las narices. La cicatriz le recorre la cara como un ciempiés, arrastrándose desde la ceja hasta el pómulo.

Allí está Feldespato, tras sus gafas de culo de vaso, donde se reflejan las ascuas. Flanqueado por los dos gemelos, el Piojo y el Gorgojo.

Y Carioco, el mayor y más alto, la cresta alborotada, los dientes desportillados. Es él quien lleva la voz cantante.

Tiene una caja de cerillas. La abre y saca una. La muestra sujetándola entre el pulgar y el índice, como disponiéndose a hacer un truco. Recorre con sus ojos el círculo de niños, para confirmar que están preparados.

Así termina la primera lámina. Al pasar a la siguiente, la cabeza del fósforo resbala a lo largo de la tira de lija. Se convulsiona, humea y, tras un chisporroteo, se alza la llama, galleando sobre el leve mástil de madera.

Cuando se ha estabilizado, el Carioco adelanta el brazo sobre las ascuas de la hoguera, recitando, litúrgico:

*Uno, dos, tres y cuatro
se venden cerillas en el estanco.*

Tras ello, se la pasa a Miguelito, que está a su derecha, mientras le dice:

Viva te la doy.

Él la coge con cuidado, para no quemarse, y le contesta, alzándola a su vez, mostrando que sigue encendida:

*Si muerta me la das,
tú pagarás.*

Luego se la pasa al Gordo, con otro «*Viva te la doy*», y este le responde «*Si muerta me la das, tú pagarás*». Y se la traslada al Piojo, Feldespato, el Gorgojo y así sucesivamente.

Miguel lo recuerda bien. Había que estar muy atento a la llama. Antes de su último estertor aumentaba de intensidad, en un súbito fogonazo final, como si se ahogase y le faltara el aire. Entonces se la tenías que pasar rápidamente al de al lado, pero recitando la fórmula sin comerse ni una sola sílaba.

Según el Carioco, no había que tener miedo a la llama. En lo más profundo, debajo de su penacho rojo y amarillo, siempre había un halo azul, que se conservaba frío.

Una de sus fantasías. Nadie consiguió prolongarla aguantando aquel núcleo azul de la llama cuando esta descendía por el palillo del fósforo y llegaba a los dedos. Él probó a agitar la cerilla abanicándola, para disminuir el tamaño y velocidad del fuego. Pero terminaba por extinguirse en manos de alguno. Entonces, era señalado con el dedo y se sentenciaba: «*Cerilla muerta*».

Quien en ese momento sostenía el fósforo apagado debía retirarse del corro, que se iba estrechando poco a poco.

Miguel se pregunta ahora quién pudo enseñarle aquello a unos críos extraviados en un barrio remoto. En algún lugar ha leído que los niños pelean en primera línea de juego, transmitiendo por puro instinto experiencias que a la especie le costó adquirir miles de años. Cuando su supervivencia dependía de la preservación de una llama.

3

La siguiente carpeta del archivador lleva el rótulo *Fotos genealógicas*. Y debajo: *A la manera de don Godo*. Así llamaban a don Godofredo Azcona, a quien tanto admiraba Toño. De él heredó su hermano una pequeña cámara de fuelle que le regaló por ayudarle a ordenar el archivo. Y de él aprendió la técnica de las famosas fotos genealógicas que luego ensayó por su cuenta.

Las de aquel cartapacio son como retratos alucinados, radiografías. Se asemejan, pero todas son distintas. Solo tienen en común su halo o aura.

Toño le explicó cómo se hacían. Se necesitaba un amplio álbum familiar, con varias generaciones, para poder elegir entre diez y veinte rostros bien dados. Se encuadraban luego en un formato idéntico, proyectándolos con la ampliadora sobre un mismo papel. Y se superponían dando a la imagen una exposición rápida, según el número de fotografías. Si eran diez, se daba a cada una la décima parte de la exposición habitual; si eran veinte, la veinteava parte. De ese modo, los rasgos individuales del rostro que aparecían una sola vez se desvanecían en un nimbo brumoso. Sin embargo, los rasgos de familia repetidos se reforzaban, iban acumulándose, corroborando los anteriores.

En una primera serie, Toño ha aplicado esa técnica al álbum de su madre. Y se presenta a Irene enredada en la maraña de la tribu. La acompaña un larguísimo pie de foto. Un folio impreso, redactado con esmero en el ordenador.

Son consideraciones sobre aquella contradanza de rostros que resbala como una cascada de edad en edad, tanteando los que le son afines, sumándose a ellos, engrosándolos como un río. Los rasgos pasan a veces de padres a hijos sin mediación alguna. Otras zigzaguean a través de las generaciones, se ocultan o diluyen, para volver a aflorar como Guadianas. Aquella ceja del bisabuelo, más alzada, angulosa y peluda, reaparece en uno de los nietos, junto con la nariz arremangada de la abuela.

Imposible adivinar qué clase de lucha se habrá librado en su interior, para aceptar o rechazar la herencia asignada. Un rostro que en la niñez y mocedad se negó a acatar la fisonomía de sus progenitores, baja la guardia luego, resignado, en la madurez. Y en la vejez todavía es mayor el abandono, hasta incurrir en esa faz campesina de los antepasados, que se rehuyó con tesón.

En aquel osario de parientes, abundan los extravíos, los afanes desteñidos por el tiempo. Y uno se pregunta por la cantidad de ancestros que se agolpan tras gestos que creía suyos, pero a través de los cuales los muertos se siguen aferrando tenazmente a la vida.

En las fotos de su padre –se asegura en aquel folio– Toño no ha podido aplicar el mismo recurso que en las de la madre, ya que Ángel carecía de álbum familiar o linaje alguno. Y ha adaptado la técnica a su caso e itinerario personal, superponiendo los retratos paternos a distintas edades. En todos ellos destacan sus ojos negrísimos, en torno a los cuales se organiza la materia del rostro. A medida que transcurren los años, ceden los párpados, la piel se apergamina, se entumecen los pómulos, se agrisa el cabello alborotado y rebelde. Los rasgos se desploman, roídos por la edad. Pero no se atenúa la viveza de aquella mirada.

Luego ya hay fotos sueltas de su padre y su madre jóvenes, abarquilladas y con el borde dentado. Faltan los dos hermanos, aún no han nacido. ¿Dónde están, entre tanto? ¿En qué limbo, esperando?

En los dibujos de su hermano ese limbo son las *calles*. Los espacios en blanco que separan las viñetas. El fuera de campo donde transcurren los sobreentendidos. Los corredores del tiempo y la memoria.

Así concluye aquel folio.

Cuando termina de leerlo, Miguel lo deposita sobre la mesa, perplejo. Lo encuentra demasiado alambicado, demasiado pretencioso, demasiado *literario*.

¿Aquello lo ha escrito Antonio? Imposible. Le suena más a Julia. Y de nuevo le corroen las dudas sobre la complicidad que hayan podido tramar su hermano y su hija.

4

Por mucho que aquel archivador contenga un tráiler inconcluso, Miguel no acaba de entender lo que se propone Toño. Al enfrentarse a nuevas viñetas, que rescatan vivencias comunes, las imágenes coinciden a menudo con las que él mismo guarda en su memoria. Pero no siempre. Entonces, aquellos trazos son meros andamiajes sobre los que tender sus propios recuerdos. Y estos se mezclan con los de su hermano, se superponen, los cuestionan, los desmienten.

Lo que en ningún caso se esperaba es lo que aparece al final, cuando se dispone a cerrar la carpeta.

Hay un papel doblado. Y de él cae una foto de Candela. Desnuda. ¿Cómo es posible, después de lo que pasó?

Al desplegar el papel aparece un mapa dibujado por Toño. Un plano del barrio. Tiene forma de cruz. En horizontal, está surcado por los trazos paralelos de la vía del tren y la carretera, extendidos a lo largo del valle. Y en el centro, cortándolos en perpendicular, de arriba abajo, se abre paso el desgarrón vertical de la cañada. Todos aseguraban que tenía las formas de una mujer tendida. Al menos, vista desde lo alto de los montes, que se alzaban a ambos lados como los pechos.

Entre sus dos laderas pasa el cauce donde van a parar las lluvias y los canalillos de la acequia madre que faldea las dos colinas. En lo más hondo, la ciénaga, limitada por un terraplén muy alto, sobre el que brillan al sol los raíles del tren. Horadando la base del talud del ferrocarril hay un desagüe que pasa también por debajo de la carretera. Luego aflora al llegar a la huerta, para bordearla y seguir su camino hasta el río. El obseso de Carioco aseguraba que ese pequeño túnel era como el sexo de la mujer recostada que representaba la cañada.

Pegada a la carretera, frente a la ermita, la huerta de la Solana prolonga la vertical de la vaguada. Es el mismo tajo, roturado en terrazas para el cultivo.

Contempla la imagen de Candela, tendida y desnuda, y comprueba que Toño se ha inspirado en ella para trazar el plano de la cañada. De hecho, ha tomado la foto allí, en aquel lugar al que se sentía tan apegada. Puede reconocer la higuera silvestre del fondo.

Recuerda bien aquella lejana primavera. Acaba de terminar el veranillo de las lilas y han empezado a cantar los cucos. Es la última noche de abril. La de las brujas, el pasadizo oscuro por el que ese mes se comunica con el siguiente. Candela dice que para entrar con buen pie y tener la piel fresca hay que lavarse con el primer rocío de mayo.

Ese día, muy de mañana, Miguelito siente rebullir a Toño en la cama de al lado. Lo ve levantarse a la luz del amanecer, sin hacer ruido, y coger su cámara de fotos.

Cuando ha salido de la habitación, se viste y sale tras él.

Su hermano atraviesa la huerta, sale a la carretera y se une a Candela, que le espera junto a la ermita.

Caminan hasta la vía, suben el terraplén y se internan en la cañada.

Decide seguirlos. Nunca antes se ha atrevido a entrar en aquel lugar, donde solo ella y la familia de su madre, los Canasteros, parecen moverse con naturalidad. La han llevado allí desde niña. Son los únicos capaces de sacarle partido, y por eso dejaron de andar de aquí para allá y se instalaron en el barrio. Ese territorio salvaje les pertenece, saben dónde cortar la caña y los mimbres que luego escaldan y descortezan. Aquel día, cuando Miguelito sigue a su hermano y la chica, no las tiene todas consigo. La cañada es inquietante: maleza, ortigas, sapos, insectos pálidos y venenosos. Un sumidero donde se tira todo aquello de lo que uno quiere librarse, los animales muertos, lo que no encaja. Es la penumbra donde duermen y se adensan los campos de labor, su oscuro pasado silvestre. Cuando sopla el bochorno, el olor que de allí brota se extiende por todo el barrio. Un hedor agobiante, purulento, que hace aullar a los perros. Dicen que viene de la ciénaga, de sus aguas dormidas y verdosas. Se han visto jabalíes revolcándose en el fango y aseguran que está plagada de víboras.

Aquel día Miguelito trata de no perder el rastro de Candela y Toño. Sin que le vean, se abre paso entre zarzas y ortigas. Está a punto de extraviarse en una charca. Ha de descalzarse y meterse en ella para seguir adelante. Al salir, ha de arrancarse las sanguijuelas.

Cuando llega a orillas de la acequia madre, en la falda del monte Corvo, los ha perdido de vista. Una enorme higuera silvestre le cierra el paso, extendiendo sus ramas hasta el suelo. En el fondo del cauce, piedras pulidas y doradas, algas que se cimbrean destrenzando la corriente. Siente el frescor de la acequia, los zapatones que se deslizan sobre la piel del agua, las ranas agazapadas, asomando apenas los ojos, los pájaros que chirrían nerviosos, el reflejo del sol cabrilleando en el envés de las hojas del árbol, estremecidas por la brisa.

Solo a contraluz se pueden ver las telas de araña tendidas sobre una curva donde la corriente pierde velocidad y la umbría las oculta a los moscardones que bajan zumbando por el cauce.

A punto está de tropezarse con aquella araña gorda como una avellana, roja y aterciopelada, con una cruz negra en el lomo. Ha atrapado un saltamontes. Lo termina de envolver en un sarcófago de seda, dejando al descubierto la cabeza. Se afianza en la tela, le abre un agujero entre los ojos, con la precisión de un cirujano. Y, sin hacer caso a las sacudidas de su presa, le empieza a chupar los jugos lentamente, con glotonería. Miguelito está fascinado.

Entonces, unas risas salpican, ahogadas, al otro lado de la acequia madre. Se acerca a la orilla y a través de la maraña de zarzas puede ver a Candela en la hierba, bajo la higuera. Se ha sentado sobre su ropa. El cuerpo emerge de la sombra para quedar bañado en una luz dorada, que se desparrama por su piel. Las cejas duras y rotundas le enturbian la mirada. Tiene una calentura, una pupa en el labio, que se acentúa a juego con los pezones, firmes y morenos. El sol le tornea las nalgas. Se tumba. Abre los muslos, mostrando el sexo exuberante, bien poblado.

Toño saca las fotos. Después se tiende sobre ella. No comprende muy bien lo que hacen. Parecen pelear. Se agitan con violencia, jadean, gritan.

Trata de entenderlo, pero no puede atraparlo entre las sensaciones que cada día le traen algo nuevo. Ni siquiera sabe cómo deberá recordar aquello, que parece amasado de un tiempo espeso y lento.

Al echar ahora un último vistazo a la foto de Candela y al mapa del barrio, Miguel repara en que no solo está la Solana, tal como era. Toño ha añadido detalles sacados de tebeos y películas: arenas movedizas, serpientes pitón, hormigas marabunta. No cabe duda. Es el modelo que usaba para sus dibujos en la plaza del Revellín, junto a la muralla. El circuito y la meta donde jugaban a las chapas.

Aunque parece haber un añadido posterior, reciente. Aquel sendero que cruza la cañada. Un atajo que va desde el chalé del indiano hasta el apeadero del tren. Y allí, en lo más profundo, donde bordea la ciénaga, ha puesto un aspa y un gran signo de interrogación.

Trata de entender qué clase de juego o reto es el que allí se propone, o le propone, Toño. Pero está cansado. Se frota los ojos. Apaga las luces y baja las escaleras con tiento, para no hacer ruido.

Ya desde la cama echa un último vistazo a aquella habitación que compartió con su hermano. A pesar de la diferencia de edad, habían crecido juntos. Durante años hablaban hasta el umbral de los sueños. Después, crecieron y se distanciaron.

Entonces tuvo la sensación de que Toño quedaba varado en tierra de nadie. Sobre todo a partir del momento en que la madre desapareció de sus vidas y entre ellos se abrió una brecha, un agujero negro. Hasta que tiempo después, muerto ya el padre y liberados de la huerta, inexplicablemente, su hermano decidió regresar allí. Es verdad que siempre conservó un cierto estado de gracia. No dejó que le extrajeran al niño que llevaba dentro, capaz de convivir con los personajes de tebeos y películas, como otros compañeros más de juego. Algo que intentaba compartir con él, sin mucho éxito.

Quizá es lo que trata de remediar ahora, empujándole a asumir aquel pasado. Porque, en realidad, ¿qué sabe él de sus padres? ¿Por qué se marcharon del pueblo? ¿Qué pasó allí para que se mudaran a un lugar como la Solana, donde se iban a dejar, literalmente, la vida?

Todo esto da vueltas en su cabeza, hasta quedarse dormido.

CAPÍTULO SEGUNDO

El anciano esquimal que aseguraba poder ver el futuro le mostró la manga de su parka. «Es como las puntadas de esta piel de foca —dijo—... La anterior y posterior dan forma a la puntada de en medio». George Sprott recordará este curioso comentario al leer las tiras cómicas del periódico. «Quizá la acción de la viñeta de en medio —pensó— no venga determinada solo por la que va delante, sino que también influya lo que debe ocurrir en la siguiente. Se resuelve y anticipa en ambas direcciones. Quizá sea así como el futuro condiciona tanto el presente como el pasado».

Seth
George Sprott

1

Se despierta desorientado, mientras se le escabullen los restos deshilachados de aquel viejo sueño. Como si nunca se hubiese marchado y le estuviese esperando, soterrado en el subsuelo del caserón. Allí donde se abre el pozo ciego y las raíces de la morera se hunden hasta lo más profundo, en busca de lo que antes fue cañada.

Abre los ojos y explora la habitación en penumbra. Poco a poco reconoce el lugar y el momento. Intenta calcular la hora.

Camino de la ducha, Julia no responde a sus llamadas. Al afeitarse, se mira en el espejo empañado. Le desconcierta aquel rostro marchito, perdido en una neblina de azogue desvaído. Al mirar de refilón, para hacerse las patillas, sorprende en sus rasgos los del padre, desalojando los que creyó propios.

Y, de pronto, una sensación que vuelve, intacta, desde la infancia: la pastilla de jabón resbala en el lavabo y barquea por el fondo curvo, hasta detenerse en el agujero del desagüe.

Al entrar en la cocina ve la nota en la nevera: *Papá, creo que encontrarás lo que necesites para desayunar. Volveré hacia las doce.*

Otro imán sujeta un folleto. *ADOPTA UN ÁRBOL*, dice. Es uno de los servicios ofrecidos por la empresa de su hija y su compañero, Pedro. El anuncio incluye un proverbio chino. «*Si quieres ser feliz una hora, emborráchate. Si quieres ser feliz un día, mata al cerdo. Si quieres ser feliz una semana, haz un viaje. Si quieres ser feliz un año, cásate. Si quieres ser feliz toda la vida, ten un huerto».*

Mientras apura el café piensa que ya no está para cuentos chinos. ¿Dejar la ciudad para volver al campo? Duda de tan buenos propósitos. Su generación fue la primera en huir en masa. Los «prófugos del arado», los llamaban.

Ha de admitir que forma parte de esa tropa de desertores que reconoce de inmediato cuando se los va encontrando aquí y allá. Comparten vivencias muy profundas. Igual que los marineros que —según dicen— saben distinguir a uno de los suyos tierra adentro, por el modo en que anda en tierra firme.

Cuando sale a la huerta experimenta una extraña sensación. Los recuerdos le asaltan en tropel. No sabía que siguieran ahí abajo, enterrados. Debería espantarlos a patadas.

A primera vista, aquello son cuatro casas mal trazadas, descascarilladas por el tiempo. Uno de esos barrios rurales de los que tanto la ciudad como el campo se niegan a hacerse cargo. Es lo que pensaría cualquier extraño.

Sin embargo, es muy diferente para quien se dejó allí la niñez. Aquello estaba habitado por todo tipo de seres, cada cual con su pequeña historia. Entonces se tardaba en madurar. La infancia era larga, muy larga. En ella parecían caber varias vidas. Durante años, les costaba entender lo que pasaba a su alrededor. No existía el resto del mundo. A cambio, los descubrimientos cobraban una intensidad insólita. Cualquier lugar, cada ribazo, cada yerba, se volvían especiales, aunque estuviesen a la vuelta de la esquina. Todo era nuevo, por estrenar. Y duraba una eternidad. Dicen que la magia de los cuentos refleja como un vago eco el asombro de los primeros humanos al tratar de entender el mundo, y el de los niños al descubrirlo.

Allí le ha sucedido por primera vez casi todo lo importante. Por mucho que se aleje, pertenece a aquel lugar, que va con él hasta la otra punta del planeta.

Ahora hay cosas que le cuesta aceptar: las placas solares sobre los tejados de los gallineros, los molinos de viento para generar electricidad, otros artefactos cuya utilidad se le escapa. Julia le ha ido informando de todo aquello, compartiendo gastos. Han echado cuentas en alguna ocasión.

Muchos árboles son nuevos. Otros, hijos o nietos de los que él conoció y vio plantar o crecer. Como las cerezas que prueba ahora a pie de árbol. Las últimas, las más tardanas. Reconoce aquel sabor a savia aún en agraz.

Solo la vieja morera sigue siendo ella misma, no sus hijos o esquejes. Su copa interminable prolonga la casa. El tronco sobrelleva las cicatrices en su piel de elefante. Aún conserva las heridas de la furia desatada con que Toño la acometió. El viejo Perico le advirtió que no la talara: sus raíces se nutrían del pozo ciego, depurándolo, y sujetando el ribazo sobre el que se alzaba el caserón. Aquel árbol era el primer habitante de la Solana, el testigo de un orden antiguo y salvaje.

En la esquina del estanque sigue habiendo hinojo. Mastica un brote y la boca se le llena de sabor anisado. En los bordes umbríos de las acequias aún crece el toronjil. Al arrancar un tallo le viene al instante el olor a limón y menta. Otro atajo instantáneo hasta el tiempo ido. Le reconforta. A pesar de su insignificancia, ha sabido transmitir su semilla año tras año.

Detecta aquel tráfago incesante, afanosos convoyes de hormigas cargadas de granos, pajuelas, plumas. De poco ha valido la pelea de su padre para acabar con ellas. Lo convirtió en una cuestión personal, una lucha a muerte. La perdió. Allí siguen, campando a sus anchas. Ya sabe que son otras, aunque parezcan las mismas de siempre.

Alza la cabeza al oír el repique. Es la campana de la ermita. ¿Cuántas veces la habrá tocado de niño? Suena la tercera tanda, la que anuncia el comienzo de la misa.

Se asoma a la tapia de piedra, sobre la carretera baldada. Enfrente, en el atrio de la iglesia, los parroquianos endomingados se disponen a entrar. Son casi todo viejos, vencidos por la edad.

Una de las mujeres vuelve el rostro. La reconoce. Le da un vuelco el corazón. Es ella, Candela. No se lo puede creer. Sigue siendo hermosa, pero le estremecen los estragos del tiempo.

Se retira de la tapia, no vaya a verle. Es lo último que desearía.

Rechinan los goznes oxidados de la verja. Julia entra en la huerta con su bicicleta en la mano.

—Hola, papá, ¿qué tal has descansado?

—Me desvelé y por eso me he levantado tan tarde.

—Ya te irás haciendo al horario.

Miguel agarra a su hija por el brazo y la lleva hasta la tapia.

—Cuidado, no te vean. ¿Sabes quién es esa mujer, verdad? La que va vestida de negro.

—Ah, sí, Candela. Creo que hoy hacen una misa por su familia, que murió en un accidente de coche, hace ya años.

—¿Y la chica que está al lado?

—Su nieta.

—¿Viene mucho a la ermita?

—Casi nunca. La gente no quiere tratos con ella. Bueno, ya sabes, todos los negocios que se llevaban en ese chalé, la casa del indiano... Tío Antonio te lo podría haber contado mejor. Y seguramente lo ha hecho en los papeles que dejó... Por cierto, ¿qué te apetece para comer?

—Acabo de desayunar.

—Pues algo ligero. Una ensalada. Todo de aquí, fresco, natural.

Asiente. Julia señala uno de los bancales. Deja la bici contra un árbol y se lo muestra orgullosa.

—¿Qué te parece?

Miguel se encoge de hombros.

—Son lentejas —le aclara ella—. Las encontré en un tarro enmohecido de vuestro padre. Las sembramos y han brotado.

—¿Qué tiene de particular?

Ella abre los ojos, incrédula.

—El tío Antonio me contó que las trajisteis del pueblo. La primera cosecha que tuvisteis aquí y os permitió sobrevivir. ¿No te das cuenta? Es un milagro, estas semillas apenas se conservan. Las que se comercializan ahora no germinan pasados cuatro o cinco años, y estas han durado medio siglo. Además, son mucho más finas y sabrosas.

—Yo era muy pequeño, no me enteraba de las cosas como Toño. Y quién me iba a decir que la gente se pegaría por comer lentejas. Las aborrecíamos.

—Vamos a coger unos tomates.

Ya en la cocina, los aliña con una pizca de sal, ajo y aceite.

—Saben como los de antes —admite Miguel.

—Es que los cultivamos como lo hacía vuestro padre. En el mercadillo la gente nos los quita de las manos.

—Ya pasará la moda de los productos ecológicos. Los de ciudad se cansan pronto.

—Esta vez es distinto. Hay que volver al consumo de proximidad, porque no nos va a quedar otra. No podremos seguir comiendo judías de Kenia o cerezas de Chile en pleno otoño. No habrá petróleo para mover tantas mercancías.

—Y lo vais a conseguir vosotros dos, solitos...

—No estamos solos. Hay mucha gente.

—¿Sabías que cuando era joven tu madre estuvo en una comuna?

—Me lo ha contado. Ahora ya no es cosa de cuatro *hippies* que se van a vivir al campo, esto nos afecta a todos.

Va a replicar, pero alcanza a callarse a tiempo y preguntarle:

—Por cierto, ¿dónde está ahora tu compañero?

—En la carretera. Pedro ha tenido que llevarse la furgoneta para la trashumancia de nuestras abejas.

—¿Tenéis ovejas?

—Abejas —le corrige—. Para mantener la producción hay que mover las colmenas, siguiendo las floraciones.

—¿Y cómo conseguís transportar a las que andan por ahí sueltas? ¿Con abejas amaestradas que las arrean como los perros pastores?

—Hay que esperar a que se haga de noche, cuando se han dormido. Las metes en la furgoneta y al amanecer ya despiertan en sus nuevos destinos.

—¿Las lleváis muy lejos?

—Bastante. Son colmenas ecológicas y tenemos que buscar plantas silvestres en floración, por encima de los mil metros. Nunca las llevaríamos a invernaderos o cultivos de girasol o colza tratados con pesticidas. Eso las mata. Hay gente que lo sabe y las presta, sabiendo que perderán al menos la mitad de la cabaña, porque les pagan treinta euros por colmena. Son abejas comerciales, profesionalizadas para polinizar, que terminan exhaustas. Las crían en granjas-fábricas desde donde las llevan en aviones a los invernaderos de plástico para que polinicen la cosecha, y cuando terminan su trabajo se las deja morir y las tiran a la basura. La siguiente temporada se compran otras, que seguirán la misma suerte, porque sale más barato. Si a eso le añades que miles de millones de abejas están desapareciendo en todo el mundo...

—Supongo que podemos apañarnos sin miel o cera.

—No es lo más importante de estos animales. Los necesitamos para polinizar los cultivos. ¿Te imaginas que las plantas dejaran de dar fruto, de reproducirse? Toda la vida en este planeta se vendría abajo, incluidos nosotros. Las abejas llevan aquí sesenta millones de años y ahora están desapareciendo. No valoramos lo que se nos da gratis. Quizá ahora entiendas mejor lo que tratamos de hacer aquí Pedro y yo.

—Este terreno pronto será recalificado, se podrá construir en él, y el solar valdrá demasiado dinero para dedicarlo a uso agrícola.

—Sabes muy bien que esta tierra no es un simple solar, sin más. Es lo que frena que la ciudad crezca a lo largo de la carretera. Si cae esta huerta detrás irá todo el valle. Y también la cañada.

Acabarán urbanizándola porque nunca será declarada espacio protegido.

—¿Y qué necesidad hay?

—Ahora tenemos una oportunidad única. Al hacer la circunvalación y eliminar la vía del tren, están retirando el terraplén que separaba la cañada de la Solana. Esta huerta es su continuación natural. Se podría recuperar la vaguada original, y comparar su estado salvaje con la parte cultivada. Los dos terrenos se necesitan. El uno alimenta al otro, lo nutre y mantiene vivo, a través del subsuelo. Si la declaran espacio protegido se podría montar aquí en la huerta un centro de interpretación de la agricultura tradicional. Nosotros hemos hecho un informe y organizado una exposición. El tío Antonio puso su firma apoyando la solicitud. Ahora necesitaríamos la tuya, cuando sepamos cómo queda su testamento.

—¿Un centro de interpretación?

—Es solo una idea. Todas las ciudades están fomentando los huertos urbanos. Nosotros traemos aquí colegios para que los niños vean cómo se produce lo que comen. Si se desentienden de la tierra, las huertas tienen los días contados. Bastará con un par de generaciones que dejen de conocerla.

—Los chicos de ahora se han criado con ordenadores, móviles y videojuegos, ¿qué les importan estas antiguallas?

—Cuando vienen a esta huerta yo no les hablo solo de eso, sino también del modo de vida que llevaban quienes la cultivaban, como vuestros padres.

—Lo único que hacían era trabajar como esclavos, de sol a sol.

—Aun así, ese modo de vida tenía sentido. Es lo que ha tratado de contar tu hermano en sus dibujos. El tío Antonio no le dio la espalda.

Miguel guarda silencio. Sabe que Julia se está dejando allí la piel. Y él no tendrá otra oportunidad para ganarse a su hija.

—Anoche me desvelé, subí al estudio de mi hermano y estuve viendo una carpeta que parecía una especie de tráiler o algo así.

—No sabía muy bien cómo organizar sus viñetas.

Cuando se levanta para fregar los platos, Julia le ataja:

—Deja, de esto me puedo encargar yo. Si solo vas a estar una semana, es mejor que la dediques a ordenar los papeles de Antonio. Se lo prometí. Me hizo jurarle que los leerías antes de que tomases cualquier decisión.

Su gesto, entre escéptico y desconfiado, la empuja a continuar:

—Escucha, papá. Cuando el tío me propuso que Pedro y yo nos viniéramos a vivir aquí, en un primer momento creí que buscaba ayuda en la huerta. Y algo había de eso. Pero en seguida vi que se podría haber apañado con Lorenzo, el hortelano, como siempre. Luego pensé que deseaba compañía. Y también había algo de eso. Pronto descubrí que lo verdaderamente importante para él era que le ayudara a organizar esos materiales.

—¿Ayudarle tú?

—Me decía que él no sabía escribir. Que necesitaba dar un sentido a lo que estaba reuniendo. Todo se quedó a medias y hay cosas que yo no sé cómo van. Te necesito. Y Toño también.

Miguel sigue dudando. Su hija insiste:

—Por ejemplo, no sé muy bien por qué os distanciasteis tú y él. Nunca quiso decírmelo. Pero no soy tonta. Algo intuyo a través de sus papeles.

—¿Habla de eso en ellos?

—De eso, de vuestros padres y de muchas más cosas.

2

Al sentarse en la silla de su hermano le rodea todo lo que Toño ha ido atesorando. Ahora, de día, el estudio tiene otro aspecto. El sol se cuela entre las persianas, restalla en los cristales, lo convierte en un fanal.

Al despejar los papeles del escritorio aparece una novela gráfica, *Los ignorantes*, de Étienne Davodeau. Le echa un vistazo. Es el relato de la iniciación cruzada entre un viticultor que no sabe nada de tebeos y un dibujante que lo desconoce todo sobre la elaboración de los vinos. Cada uno mostrará al otro los secretos de su oficio.

El dibujante trata de entender la poda de las cepas, las querencias del suelo, el vino como pacto de sangre entre el hombre y la tierra por la que camina. De ella han cuidado catorce generaciones. Está bien drenada, suelta como la arena, asentada sobre una piedra volcánica de quinientos millones de años, capaz de conservar el calor por la noche y mejorar la maduración de la uva. Su dueño nunca la aplastaría con un tractor de diez toneladas como hace el vecino. La respeta demasiado.

El viticultor, por su parte, se exaspera en la imprenta mientras el dibujante hace repetir una y otra vez la tirada de sus viñetas, aquel derroche de papel que tantos árboles consume. Solo con la doble lupa del cuentahílos aprende a distinguir las tramas, cómo van ganando en luminosidad el amarillo y el rojo, dando mayor relieve a las imágenes.

Tras la vendimia y la explosión de colores de los viñedos, llega el invierno. La severidad de las cepas desnudas, en reposo. Si en primavera y verano la vid es como una adolescente mostrando sus encantos, abriéndose al sol, ahora es un viejo sarmentoso y sombrío, anclado a la piedra. En esa estación todo el trabajo se desarrolla a oscuras, en la bodega. Entonces visitan la casa del dibujante, donde surgen las historias. Los archivadores repletos de fotografías, notas, cintas magnetofónicas, vídeos. Otra bodega en fermentación.

Al cerrar el álbum, Miguel observa que hay un pósit con una nota en la contraportada: *ESTA NOVELA GRÁFICA DEBERÍA TITULARSE* VIÑAS Y VIÑETAS. *NO SON DOS PALABRAS AJENAS: LA SEGUNDA VIENE DE LA PRIMERA. Y «PÁGINA», EN LATÍN, ERA UN EMPARRADO DE FORMA RECTANGULAR, IGUAL QUE «VERSO» NOMBRABA EL GIRO DEL ARADO AL FINAL DEL CAMPO, CUANDO SE DA LA VUELTA PARA FORMAR EL CONTRASURCO.*

Las letras mayúsculas dificultan la identificación de su autor, pero ni por asomo se cree que eso lo haya escrito su hermano.

A pesar de las reservas que aquello le produce, abre el segundo archivador y despliega las láminas por la mesa.

Trata de dejarse llevar por las sensaciones que le prestan sus dibujos. Como estos donde se cuenta lo sucedido aquella lejana noche. Cuando él apenas había cumplido los cinco años y Toño andaba por los doce o trece.

Es el padre quien los despierta. Al abrir los ojos aquella madrugada, su silueta se alza sobre ellos, aún más imponente vista desde el jergón donde han dormido. No hay camas. Como el resto de los escasos muebles, el día anterior han desaparecido mientras estaban en la escuela.

La voz paterna los apremia, desapacible:

—Arriba. Tenemos que irnos.

Sienten el frío intenso y la humedad al poner los pies en el suelo de tierra apisonada. Afuera, la luna se refleja en las lajas de pizarra de los tejados, empañados por el relente. Solo se oye el viento aullando entre las casas.

Toño se viste rápido y lo deja solo. Miguelito llama a su madre. Suenan sus pasos apresurados, para pedirle que no grite. Al igual que su padre, ya está vestida de calle.

Atajan las preguntas de los chicos de modo expeditivo. Hay que aguantar el hambre. No es momento de hacer lumbre, ya comerán algo por el camino. La madre enrolla el ligero jergón y hace un hatillo con la ropa de cama.

Echan un último vistazo a la casa y salen por la puerta de atrás, la que da al corral. El aire los golpea en el rostro. Allí recogen al carnero y caminan hasta la era. Sortean los trillos volteados contra las tapias, esquivando sus afiladas hileras de pedernal.

El padre mira a todas partes. De vez en cuando recoge una piedra y la lanza a lo lejos.

Se oyen los ladridos de un perro. Los padres se miran atemorizados. Aprietan el paso.

Llegan al cementerio, rodeado por la explanada de las despedidas. Allí se deshacen los duelos tras los entierros. Pero también se dice adiós a quienes se van del pueblo con el reconocimiento de todos. No de un modo furtivo, como ellos ahora. Como los ladrones.

Una vez que han bordeado la tapia del camposanto, su padre respira aliviado. Bajan el ribazo que conduce hasta la carretera y el puente sobre el río, donde nadie puede verlos.

Hay un camión, esperándolos. Reconocen algunos de sus enseres, sobresaliendo de la lona que cubre la caja. Incluso les parece distinguir el arado de su padre. La madre comprueba que la máquina de coser está bien sujeta, envuelta en su embalaje de sacos y mantas. El chófer, impaciente, embutido en una zamarra de cuero, tira el cigarro que está fumando, lo aplasta contra el suelo y los ayuda a encajar la ropa de cama. Luego mira al carnero, que se mantiene ajeno a todo aquel barullo, como si no fuera con él. El conductor señala la parte trasera y dice:

—El animal, detrás. No lo podemos meter en la cabina.

Los padres se miran entre sí:

—Pero hace mucho frío... —tantea Ángel.

—Cúbralo con la lona.

Irene alza a Miguel y lo sube al estribo del guardabarros. Luego lo sienta en su regazo. Toño no deja que le ayuden. Ya es mayor.

El chófer mete la manivela de arranque por la rejilla que protege el radiador. La gira y pone en marcha el camión, que retiembla entre un crujido de chapas desajustadas. Sube a la carlinga y se pone tras el enorme volante de madera. El padre suspira:

—Nadie nos ha visto.

Pero alguien se ha dado cuenta de su marcha. Allí está, perfilándose con claridad a la luz de la luna contra la tapia del cementerio. Es el gato Moro. Miguelito lo llama. El viejo gato negro no se atreve a acercarse, por las pedradas que le ha lanzado su padre.

Salta del camión y corre hasta él. Lo toma en sus brazos y pide ayuda a la madre.

El gato ronronea en sus brazos, el padre lo recibe con disgusto:

—Está muy viejo —dice Ángel—. No nos vale para nada.

—Necesitaremos un gato —le contesta Irene—. Y este es un buen gato, el mejor que hemos tenido.

Moro nunca ha salido del pueblo y aguanta mal el ajetreo. Mientras viajan por aquellas carreteras infames, se descompone más y más. Y no tarda en morir, entre arcadas y vómitos.

Ahora piensa Miguel que si lo hubieran dejado en Castañares, quizá los hubiese echado de menos al principio. Pero al final se hubiese acostumbrado. Habría vivido sus últimos días en paz. Se tumbaría al sol en la era, como un patriarca. Entornaría los ojos para ver pasar a sus innumerables hijos y nietos, mientras iba siendo carcomido por el tiempo. Más de una vez, en los durísimos tiempos que les esperaban, se acordó de Moro, preguntándose si a todos ellos no les hubiera valido más quedarse en el pueblo.

Muy distinto es el carnero, joven y vigoroso. Su padre tiene grandes planes para él, como semental. No parece inmutarse durante el accidentado viaje, ni por las penalidades que vinieron después. Vivirá largos años bajo el nombre de Atila. Bastaba atarlo a una estaca con una cuerda para que empezara a triscar toda hierba que quedaba a su alcance, hasta dejar un círculo mondo.

Un animal decididamente innoble, sin principios. Con un ojo infalible para las distancias. En cuanto advierte que alguien acaba de entrar en el radio de acción de la cuerda que le sujeta, coge velocidad en un santiamén y ataca por la espalda. Las embestidas de sus cuernos son temibles. Sobre todo cuando la víctima se encuentra al borde de un barranco. Y barrancos no faltan en la Solana.

Porque ese es su destino, aunque nada sepan aún Toño y Miguelito mientras atraviesan la meseta. Inmensa, desolada, bajo un cierzo que afila la acerada luz de la luna que les sirve de guía en su peregrinar por rutas secundarias. Han de reducir la velocidad cuando se meten por entre aquellos árboles que bordean la carretera, con los troncos encalados por una franja blanca.

El conductor procura esquivar las garitas de los fielatos, donde cobran los arbitrios y, armados de una fina barra de hierro, pinchan en los sacos para detectar consumos no declarados.

Cuando los niños tienen ganas de orinar abren el hule que rodea la palanca del cambio de marchas. Se descubre un generoso agujero, por donde apuntan con la pilila rezando por que no se les congele con el aire que sube, entre un intenso olor a gasoil.

El camión renquea en un puerto de montaña. Cae aguanieve y el limpiaparabrisas traza su semicírculo embarrado, a trancas y barrancas. El chófer pide al padre que le desempañe los cristales con una bayeta. Al llegar a lo más alto se detiene al borde de la carretera para mirar el aceite. Ellos tiritan dentro, bajo las mantas. Siempre pendientes de algún tropezón inoportuno y del ruido de cacharros y maderas que crujen en la caja del camión al salvar los estremecedores baches.

Llegan a su destino cuando termina el día. El sol desparrama su luz amoratada, vertiéndola sobre los campos entumecidos por las heladas. Al conductor le cuesta encontrar la Solana. Es la madre quien le guía al final, por la carretera flanqueada de árboles desnudos. Ella reconoce el lugar, la ermita, la vaguada cortada en dos por la vía del tren.

Ya es de noche cuando se detienen ante una casa destartalada. Exhaustos y hambrientos, aún sacan fuerzas para descargar sus enseres, antes de pagar al chófer.

Alrededor se extiende un terreno lleno de abrojos y desniveles. Parece haber estado abandonado a su suerte durante largos años.

La casa no se encuentra en mejor estado. Se alza en la parte más alta, junto a un árbol inmenso, ahora sin hojas, que parece ampararla. Lo necesita. La puerta apenas ajusta y las ventanas tienen los cristales rotos.

Mientras el padre monta las camas, ayudado por Toño, la madre apenas puede ocultar su contrariedad. Aquello está hecho una pocilga.

Manda a Miguelito a por agua a la fuente de la ermita y a recoger leña para la lumbre. Encienden el primer fuego. Comen algo caliente. Después, agotados, tratan de dormir.

3

Al alzar la vista de las viñetas, Miguel vuelve a preguntarse por aquella huida. ¿Por qué sus padres tuvieron que abandonar el pueblo? Nunca regresaron, ni nadie vino a visitarlos. Su hermano debió tener muy buenas razones para viajar hasta allí cuando ya estaba tan enfermo.

Quizá ahora pueda averiguarlo. Tras de las láminas, Toño incluye algunos documentos. Ha debido costarle lo suyo encontrarlos. Los ha guardado en el mismo cartapacio, junto a los contratos de la Solana.

¿Qué papeles deja un labrador tras él cuando desaparece de la faz de la tierra que trabajó? Sobre todo si no es propietario. En el caso de su padre, poca cosa. Ángel solo tuvo la cartilla militar, el libro de familia. Ni siquiera contaba con partida de nacimiento. Una vida del común, apenas interferida por recaudadores y sorteos de quintas. Se ha limitado a levantarse al alba, ordeñar las vacas, desmigar el pan sobre el tazón de leche, dar de comer a los animales, esperar el turno de riego.

Su madre es harina de otro costal. Nieta de maestro, hija de secretario, ella es la heredera de aquellos documentos. Viejos pliegos en papel de barba. Cosidos con hilos toscos y vehementes, so-

brellevan una caligrafía sepia de escribano, cuidadosamente pautada. Al pie, junto a la exuberante firma del notario, las rúbricas
erráticas de campesinos apenas alfabetizados que confían el esfuerzo de generaciones a alguien versado en leyes.

Irene guardó esos documentos como oro en paño. Ahora, retrospectivamente, muestran hasta qué punto quemó las naves, vendiendo de golpe lo conseguido palmo a palmo por sus mayores.

Ha oído contar que el abuelo de su madre fue un hombre de
gran autoridad, al que solo mesaron las barbas sus nietos. Se jactaba de no haberse quitado el sombrero ni la gorra al paso de ninguna procesión.

También está el padre de su madre, secretario del ayuntamiento. Hombre conciliador, se llevaba bien con todo el mundo, incluido
el cura. Nunca torció la religiosidad de Irene. Pero murió en 1934.
Y la viuda no tenía su empuje. Al quedarse sin hombre en la casa, al
año siguiente casó a la tía Petra —la hermana mayor de Irene— con
un hombre de mucha más edad que ella, para que les llevase las
tierras. Entonces Irene reclamó su parte de la herencia. De ahí es de
donde salen esos papeles.

Así lo explica Toño en sus notas, preguntándose por qué su
madre reclamó la legítima en 1935, si no se casó con Ángel hasta 1939. ¿Un intento anterior de matrimonio? ¿Hubo una Irene
distinta, en otro lugar, y eso explicaría su abrupta marcha años
más tarde?

Tras 1935, los papeles van cambiando, especialmente después
de la guerra. Las últimas validaciones corresponden al momento en
que la madre vende las tierras de Castañares para embarcarse en la
compra de la Solana, a muchos kilómetros de distancia. Hay cartas
suyas con don Santiago, el abogado y administrador de la marquesa, la anterior propietaria de la huerta.

Excepto el carnero y el arado de Ángel, las pertenencias que
han llevado en el camión son de la madre. Su hermano Toño las ha
reconstruido gracias a una carta de dote.

El documento sitúa las parcelas que han tocado en herencia a Irene. Precisa si son prados, carboneras, helechales o eras. Se diferencian los huertos del secano, y entre estos los trigueros y los más pobres que solo sirven para el centeno. Se señala si tienen árboles, especialmente castaños, muy valiosos. Se indican hasta los tocones, con el número de tallos que les brotan. También si los terrenos cuentan con casas, pajares, palomares, corrales, parideras o cobertizos. En las escrituras anteriores, unas diligencias del padre secretario han añadido de modo muy minucioso los derechos de recogida de frutos caídos y las servidumbres de paso. El agua es decisiva, en cualquiera de sus formas: acequias, pozos, balsas, accesos al río.

Vienen a continuación cinco cabras de las que se dan señales y edades, un mulo, un caballo y una vaca de cuatro años. Todo ello, sumado a los enseres, convierte a la madre en un buen partido. De los mejores, dentro de las estrecheces de miseria crónica del pueblo.

Los enseres incluyen un reloj de pared con sus pesas, un catre y tela para el jergón, lana y tela para el colchón, dos almohadas, dos mantas y una colcha, una sábana de lienzo, otra de sedija, dos de paño y un rollo de lienzo casero de dos varas y media, un mantón nuevo, cinco camisas, cinco puños nuevos, tres vestidos, tres enaguas, unos zapatos y un baúl.

Vestigios de una economía estricta, de apego y subsistencia, donde no se tira nada, todo se guarda, reaprovecha y transmite de generación en generación.

También se menciona la mitad de una máquina de coser Alfa que ronda la astronómica cifra de dos mil pesetas. La otra mitad de la máquina es de su hermana, pero la madre ha debido permutar o comprársela. Desde muy niño, Miguel la recuerda en la Solana pedaleando en la vieja Alfa, arreglando la colcha de seda dorada, con el adorno de un trovador que toca el laúd bajo la torre de un castillo. Arriba, asoma la dama con un gorro cónico como los de las hadas. Un esplendor que parece venir de otro mundo paralelo.

El baúl es, sin duda, *el ataúd*, que todavía sigue en su habitación. Allí guardaba la madre la ropa de cama y, tras su desaparición, metió el padre la colcha y todos esos documentos.

Los utensilios de cocina incluyen dos tajos de fresno, un escaño de pino, media docena de cucharas y otros tantos tenedores, un cuchillo con mango de cuerno, siete platos, tres vasos de cristal, una jarra de loza verde, dos tazones, dos pucheros de barro, una tinaja para el agua, una caldera de cobre, una cántara y un barreño, dos sartenes, una medida de cuartilla para grano, dos costales de lona, una criba, un farol, un candil y una aceitera.

Algunos muebles, difíciles de transportar en su viaje, los han cambiado por alimentos: una fanega de trigo, otra de centeno, dos kilos de tocino y ocho costales de patatas de siete arrobas cada uno. Y tres sacos de lentejas, las famosas lentejas. Su gran tesoro.

Gracias a estas previsiones han podido comer algo tras su llegada a la Solana, antes de conciliar el sueño.

4

Ni siquiera les dejan descansar. Muy de mañana suenan unos tremendos golpes en la puerta. Como si tratasen de echarla abajo.

El padre sale a abrir y se topa con aquella mole enconada. Un hombre a contraluz del lento y rasante sol invernal. Lleva una pelliza y un sombrero negro de fieltro. En la mano derecha, un bastón de rosal silvestre, lleno de nudos. Detrás de él se adivina un muchacho gordo, pecoso, que mira fijamente a Toño y Miguel. No se atreve a rebullir, debe conocer bien las cualidades del bastón de su padre.

—Ayer vi el humo, y quería saber quién andaba por aquí —dice el visitante.

—Acabamos de mudarnos —contesta el padre.

—¿De mudarse? ¿Quién les ha dado permiso?

—Don Santiago.

—¿El abogado que administra las tierras de la marquesa? —ante el asentimiento de Ángel, da un paso adelante para bramar—: ¡Esos se han creído los amos del barrio! Pues sepa que en el terreno de ahí delante hacemos la era. Y en esta casa metemos a la gente de paso. Los podadores, esquiladores, temporeros o los que estañan las ollas. Como mucho podrán quedarse algunos días. Y luego se me van por donde han venido.

—Mire, acabamos de llegar y estamos cansados. Ya lo discutiremos en otro momento.

—No hay nada que discutir —añade el visitante mientras empuja a su hijo con una mano y con la otra se golpea la pierna con el bastón—. Cuanto antes se vayan, mejor para ustedes. Ya están avisados.

El padre lo ve alejarse, arrastrando a su hijo tras él. El muchacho gordo se vuelve para mirar a Miguelito y sacarle la lengua.

Cuando los chicos vuelven a la casa oyen cuchichear a los padres. Están preocupados.

No tardan en oír ruido. Ladridos, esquilas de ganado. Alrededor del carnero Atila no ha osado entrar ninguna oveja. Tampoco el perro, al comprobar cómo se las gasta.

El pastor parece un buen hombre. Explica al padre que allí se ha pastado toda la vida.

Irene y Ángel visten a sus dos hijos con la mejor ropa y les dicen que han de bajar a la cercana capital. Son tres kilómetros largos, y otros tantos de vuelta. A pesar del invierno, da gloria ver aquellos campos bien cuidados, con casas de verdad.

En la ciudad los encaminan hasta la dirección que llevan escrita en un papel.

Los reciben con extrañeza. Se sientan en el sofá de la sala de espera. Están cohibidos, como si temieran mancharlo. Los otros clientes los examinan disimuladamente de reojo, preguntándose qué hacen allí aquellos paletos.

El abogado y administrador de la marquesa les hace pasar a su despacho. Mientras le cuentan lo sucedido, da caramelos a los niños, que Toño rechaza en nombre de los dos. Miguelito protesta: él quería un dulce.

—¿Por qué no vinieron a verme antes de ir a la huerta? —arranca don Santiago.

—Era ya de noche y teníamos que dejar libre el camión que nos trajo. Nos cobraba por horas —se disculpa el padre.

—Entiendo. ¿Y qué les ha dicho ese vecino, el que los amenazó?

—Que esas tierras no son nuestras.

—¡Otra vez la misma historia!

Llama a una secretaria y le pide un expediente.

Lo abre, examina el título de propiedad y confirma:

—No hay ningún error. Los acompañaré al ayuntamiento a empadronarse.

Por cómo lo tratan en las oficinas, se nota que es hombre importante. Y también por el lugar donde los invita a comer.

Don Santiago se da cuenta de que es el primer restaurante que pisan Toño y Miguelito. Seguramente, también el padre. No así la madre. Es ella quien les indica discretamente cómo usar los cubiertos y les aclara algunas palabras del menú. Lo hace dirigiéndose a los niños, aunque piensa sobre todo en Ángel. No quiere dejarlo en evidencia. Y en un momento determinado, cuando el administrador se mancha la chaqueta de cheviot, ella sabe muy bien qué debe pedir al camarero para sacar la mancha de aquel tejido.

El padre está aturdido por el alarde de espejos, arañas y luminarias, los muebles henchidos y relucientes, los mármoles y alfombras. Toño ha captado muy bien en sus dibujos el comportamiento paterno. Su retraimiento. Su falta de desenvoltura para moverse, calcular y contener los gestos. Esa eterna sensación de intruso, de ocupar espacios que no le corresponden.

El pago de la comida lo hace el administrador con un billete de cien. Los de peseta que maneja para la propina parecen más lustrosos que los del mísero pueblo donde se han criado. Los de allí llevaban dibujado un don Quijote tan escuálido que solo le faltaba la cartilla de racionamiento.

Cuando regresan y están a la vista de la Solana, el padre lanza un grito y corre hacia la casa. Han echado abajo la puerta.

Les basta una rápida inspección para saber que han robado.

Siguen meses descorazonadores. El único alivio es la confirmación del administrador de que todo está en regla respecto a la casa.

Ahí nunca ha habido dudas. Los terrenos de la parte alta, próximos a la vivienda, son más problemáticos. En su día, la marquesa los cedió a la comunidad, para que hiciesen la era. Pero no firmó nada. Y ahora habrá que dejar claro que vuelven a tener propietario. Les aconseja que procedan a hechos consumados. Si surge algún pleito, ya se irá viendo.

Entretanto, tienen por delante más de seis meses antes de que aquel terreno produzca algún sustento. Llegan a plantearse vender el carnero. Al final, el padre se echa atrás. Lo considera una inversión como semental, a la espera de mejores tiempos. No habrá tal. Más tarde, cuando compren ovejas, Atila se desentenderá de ellas.

Sus primeros esfuerzos se encaminan a arreglar y hacer habitable aquel chamizo. La madre va a la ciudad andando sobre la nieve. Intenta conseguir algo de comida regateando aquí y allá.

Solo hace algo de calor alrededor de la cocina económica. Se oye trajinar a Irene, agavillando leña menuda para encenderla cada mañana. Y luego, por las noches, apurando el tiro para que los rescoldos calienten el calderín de cobre donde cabe el agua justa para las bolsas de goma que pone en las camas.

En la alcoba no se pueden sacar los brazos, se quedan pasmados. Las paredes rezuman humedad. Una larga y continua exudación que deja su huella en largas costras de salitre.

En cuanto a la huerta, pagará con creces el trabajo que se le dedique. No es como aquella pizarra dura e inhóspita del pueblo. La tierra es de primera y está descansada, lleva muchos años sin labrar. Sin embargo, fuera de la llanada superior, donde se asienta la casa, el resto del terreno está lleno de desniveles. Eso obliga a aterrazarlos. El padre acomete el agotador trabajo de desbrozar las piezas y reforzar los ribazos.

Lo que más le preocupa es el riego. Los vecinos toman el agua de la acequia madre, que discurre por las faldas de los dos montes que cierran el barrio, más allá de la vía del tren y la cañada.

Al seguir el curso de la cuidada red de canales surtidos por la acequia, Ángel cae en la cuenta de que no hay ni una sola toma de agua para la huerta.

Cuando pregunta, le remiten al representante de la Hermandad de Labradores y Ganaderos. Él es quien avala los riegos. Se dirige a la casa que le indican, la más grande.

Sale a abrirle una mujer que se seca las manos en el mandil. Le pide que espere.

Aparece el hombrón que los despertara el primer día. Lleva una servilleta al cuello y le espeta, malhumorado:

—¿Qué pasa? ¿No ve que estoy comiendo?

Cuando el padre trata de explicarle su problema, le corta, expeditivo:

—Ya se lo dije. Esas tierras no tienen derecho a agua. Por eso las usamos como era. Cuando llegue la siega pondremos ahí la trilladora.

Y le da con la puerta en las narices.

La gente muestra un escepticismo absoluto cuando los ven trabajar sin descanso. Les aseguran que es inútil hacerlo. Si el padre pregunta por qué, responden lo mismo:

—Esas tierras apenas están domadas. Son parte de la vaguada. La gran sequía o la gran remojada. Espere y verá.

Confían ciegamente en las lentejas, en que no les fallen. Son semillas duras y resistentes, acostumbradas al clima de la sierra.

De vez en cuando ven pasar a aquel hombre de la pelliza que los ha amenazado el día de su llegada. Casimiro Saldaña, se llama. A pesar de su silencio, su presencia es ominosa, continua.

Alguna vez su hijo, el muchacho gordo, Jesús, se escapa solo y se sienta a verlos. Se queda mirando a Miguelito, quien al lado suyo está hecho un alfeñique. Apenas se hablan, pero sus ojos lo dicen todo. Aquel muchacho solo espera a ver cuánto duran allí. Es lo que debe haber oído en casa.

Y el ganado sigue campando a sus anchas, por los sembrados. Cuando su padre acude a espantarlo, la gente se lleva los animales después de una agotadora discusión que suele terminar agriamente. Pero no tardará en llegar otro con su rebaño, al día siguiente. No es el mejor modo de hacer amigos en el vecindario.

—Necesitamos una valla —dice el padre.

No tienen dinero para comprar madera ni alambre. Ángel pone espinos y abrojos para proteger los cultivos. Un día los despierta el olor del humo: están ardiendo. Ángel empieza a suspirar por una tapia, una buena tapia de piedra. Lujo inalcanzable. Primero deberían hacer una casa como Dios manda.

Cuando intentan obtener más información de los vecinos, les explican que el problema es la vaguada que hay entre los dos montes. Antes bajaba directamente hasta el río. Pero la cortaron en dos al alzar el terraplén del ferrocarril. Al otro lado quedaron los montes y la cañada; a este lado, la Solana, el valle, el barrio y el río. Los ingenieros hicieron un desagüe subterráneo, que pasa bajo el terraplén y bordea la huerta por la linde de abajo. Es muy buena tierra, quizá la mejor del barrio, pero no se utiliza porque no se puede regar cuando el año viene seco y se inunda cuando llueve mucho.

Las razones están en un documento que ha fotocopiado Toño. Cuántas penalidades se habrían ahorrado si sus padres lo hubiesen conocido a tiempo.

5

El paisaje resulta reconocible en las viñetas dibujadas por su hermano. Es la Solana, muchos años atrás. Quizá varias generaciones, por el modo en que viste la gente. La carretera aún es un simple camino, sin los plátanos de sombra que la flanquearán. No hay vía del tren. Y la vaguada, encajonada entre los dos montes, desciende hasta el río como una avalancha de maleza.

En los bancales donde ahora está la huerta alguien ha intentado establecerse, desbrozando y roturando la tierra. Un hombre, una mujer, cinco hijos. Aplicados a los surcos, arrancan las malas hierbas.

Levantan sus cabezas al advertir la tropa de vecinos que se dirige hacia ellos.

La capitanea el alcalde, a caballo, armado de una bandera. Siguen a pie los alguaciles y el pregonero, con su trompeta. Tras ellos, numerosos labradores con hachas, guadañas, hoces, azadas, picos y palas. Se persignan, haciendo la señal de la cruz, al pasar junto a la ermita. Algunos beben de la fuente que brota junto a ella. Luego se internan en la pieza labrada. Pasan junto al hombre, la mujer, los cinco hijos, ignorándolos. Ni siquiera los miran.

Cuando el alcalde que va al frente llega a la mitad de la pieza, se inclina en su caballo, echando todo el peso sobre el mástil de la bandera. La clava entre los surcos, ya completamente invadidos por los vecinos. El hombre intenta avanzar hacia ellos. El alguacil lo retiene. La mujer del labrador cae de rodillas.

A una señal del alcalde, el pregonero toca la trompeta. Los hombres que llevan hachas se aplican a los árboles y arbustos de cierto porte. No dejan ni uno en pie. Solo respetan la morera, que se alza imponente en lo más alto del ribazo, a modo de cerro testigo.

Cuando han terminado su labor, el alcalde hace una nueva señal. Hay otro toque de trompeta. Una cuadrilla echa mano de sus aperos, ensañándose con los cultivos. El labrador suplica. La mujer llora arropando a sus cinco hijos, llenos de espanto.

Los invasores tronchan y pisotean todo lo que encuentran. Lo repasan a conciencia. Tras largo rato, suena de nuevo la trompeta. Se apartan y entra una yunta de bueyes. Mientras se remueve el terreno, los armados de picos destrozan y ciegan las improvisadas acequias que riegan aquella tierra.

Finalmente, entra un mulo con alforjas. Dos hombres lo flanquean. Introducen sus cazoletas en los capazos de esparto, las llenan de sal y la esparcen. La tierra queda sembrada de afloramientos blancos. Será estéril durante muchos años. Y aquella familia se verá abocada al hambre y la mendicidad.

La bandera ondea durante mucho tiempo. Un aviso de que nadie puede apropiarse de la Solana ni saltarse las estrictas normas sobre el uso del agua.

Así es como su hermano ha traducido en viñetas aquel viejo documento que Miguel tiene delante, donde se decreta la cruel y minuciosa ceremonia de la *tala*.

Es una resolución donde se describen los antecedentes de la huerta y las reclamaciones posteriores por parte de los antepasados de la marquesa. Para cargarse de razones, mandan plantar árboles que marcan los límites de sus dominios. Hay una mención especial para la morera. Debe ser protegida, por asentar la terraza principal, el cerro allanado sobre el que construyen la caseta para los guardeses que deben vigilar los linderos de la propiedad...

En ese momento, Miguel oye la voz de su hija, que le llama desde abajo, al pie de la escalera:

—Papá, ¿te apetece una cerveza y algo de picar?

—Vale.

Cuando Julia llega con el queso, las aceitunas y un solo vaso, le pregunta:

—¿Tú no tomas nada?

—Voy a salir. ¿Qué tal vas?

—La carpeta que estoy leyendo parece bastante organizada. Algunos documentos son antiguos. ¿Cómo se ha hecho Antonio con estos papeles?

—Creo que los tenía el administrador de la marquesa.

—¿Aún vive don Santiago?

—No, el bufete lo lleva su hija.

—Debe ser el mismo despacho de abogados que figura en el membrete de esta carta dirigida a mi madre.

Se la lee. En ella don Santiago le explica los problemas de riego, los antecedentes, el alcance de aquel documento olvidado. En ese momento —dice el administrador— resulta dudosa la vigencia de la *tala* que devastó aquellas tierras y las privó del agua. Todavía rigen leyes del siglo pasado, pero la Solana podría acogerse a las nuevas de Fincas Mejorables, recién promulgadas. Para saber cómo afecta a esos terrenos habrá que esperar y ver cómo se van aplicando.

—Yo te dejo, papá, tengo que marcharme —se despide Julia.

En las imágenes que siguen, Toño retoma la historia de su familia, mostrando las consecuencias de aquellos antecedentes. El año viene seco. Solo hay un sitio donde el agua sigue brotando: la fuente de la ermita, frente a la huerta. Hay que recogerla con calderos y llevarla hasta los surcos, planta a planta. Todo el día regando, desde que sale el sol. Un trabajo extenuante. Lo que otros hacen en un par de horas a ellos les cuesta dos días. Apenas pueden mantener con vida unas pocas plantas.

Cada día que pasa sin llover, saben que mengua la cosecha. La sequía es la estocada final para algunos árboles, que se vencen exhaustos sobre las tierras agrietadas. Ángel se detiene junto a un almendro, aún vivo. Tantea las hojas. Restriega entre el pulgar y el índice las gotas viscosas que cuelgan de sus ramas. Es como la fiebre de un moribundo. El almendro se sacrifica por su fruto. Aunque el árbol muera, sigue aguantando las almendras. En cambio el olivo es más listo. Si le falta agua, deja caer las aceitunas, para salvarse.

Les maravilla la morera que se alza junto a la casa. Sigue tan fresca. Sus raíces son capaces de llegar hasta el agua que escurre desde la cañada, oculta en lo más hondo.

Una mañana, Casimiro Saldaña acude con su tractor. Entra por la terraza superior. Ignorando los gritos de Ángel, aplasta los cultivos que hay allí. Rompe la tierra y la apisona con un rodillo. La convierte en una era.

Otro día llega una enorme máquina. Crujen las poleas, cigüeñales, tolvas, cribas y ventiladores. Es una trilladora Ajuria. Dicen que rinde tonelada y media de trigo cada hora.

Irene vuelve a ir a la ciudad, a ver a don Santiago.

—Estoy en ello —le dice el administrador de la marquesa—, pero les pido un poco de paciencia. Estas cosas no se solucionan de la noche a la mañana.

El ruido atronador y el polvo de la trilladora les martiriza todo el mes.

6

Perico salva en su tartana la distancia con la ciudad. Lleva la leche de las vaquerías del barrio y trae el pan. También hace de recadero.

Cubre su cuello con un maltrecho pañuelo que le sirve de tapabocas contra el polvo de la carretera. A los niños les parece entonces un conductor de diligencias de las películas del Oeste. Si los vecinos le preguntan por qué no tira aquel trapo astroso y se compra otro, repasa con la lengua su diente flojo, dando un rodeo. Y murmura que tiene sus razones. Algo sobre un viejo amor. Una mujer ingrata.

Presume de su yegua fina, con anca de almendra, alzada de orejas. Su trote resuena en la carretera descarnada por las lluvias. Saca chispas en los guijarros, avanza por el interminable túnel verde de los plátanos de sombra. Miguel aún conserva en su memoria el chapotear de las botijas, los cascabeles que ponen música a la mañana, las coplas que Perico mordisquea entre dientes.

Se da unos madrugones pavorosos. Primero recoge la leche y baja hasta la capital. Después de repartirla, carga el oloroso pan recién horneado. Hace los encargos en el mercado, la farmacia, la mercería, los ultramarinos. Y vuelve hacia el barrio, royendo un corrusco.

Conoce la vida de todo el mundo. Saluda a las mujeres que frotan la ropa en el lavadero, restregando el adoquín de jabón Lagarto contra sus nudosas tablas onduladas

Se va parando en las casas. Tasca el tornillo del freno y mientras expide la mercancía reparte noticias y rumores más tiernos que el propio pan. A veces los acaba de averiguar en el vecino anterior. Son de fiar —explica—, no esas trolas que cuentan la radio y los periódicos.

Así, uno y otro día. Trabaja duramente a lo largo del mes. Y al cabo de ese tiempo baja hasta la ciudad el último domingo por la tarde. Va mudado y limpio. La yegua está bien cepillada. Se la puede ver luego rumiando el saco de avena que le emboza los belfos, uncida a la tartana, atada al árbol frente al burdel. La casa de la puerta roja.

Él no es como otros, no se esconde. Y si alguno hace un comentario malicioso, lo ataja sin contemplaciones: ese rato que pasa allí es lo que le da fuerzas durante el resto del mes para levantarse antes de que salga el sol.

Luego se llega silbando hasta el bar de Ulpiano. En algún lugar ha de juntarse la gente para jugar a la brisca, cantar, arreglar el mundo y sus desgobiernos.

—Unos cumplen con el deber y otros con el beber. —Ríe.

Apenas han debido cambiar las gentes a lo largo de las generaciones, se dirían las mismas. Solo el vino y las canciones son distintos, un río que avanza colmando lagares y toneles.

Ulpiano mete el tubo de goma en el agujero de una cuba, chupa para sacar el aire y llena el porrón. Perico lo recoge a pie de barra, se abre paso entre el serrín y las cáscaras de cacahuetes y se llega hasta el poyo de cemento de la entrada. Allí se sientan los mutilados a espantarse las moscas, armando un impenetrable parapeto de muletas y bastones.

Nadie tiene su garbo cuando alza el brazo todo lo que da de sí, avanza el labio de abajo como un capacho abalconado, rompe el chorro contra los dientes y lo corta en seco con un impecable giro de muñeca. No se derrama ni una gota.

Cada año, al llegar el otoño, Perico encarga a su sobrino Carioco la recogida de los frutos del saúco, y prepara un aguardiente bien especiado con canela y clavo. Lo guarda para las grandes ocasiones, hay que beberlo con tiento, te puede dar un jamacuco. Pero si se le toma la medida es mano de santo.

Él y su hermano Fulgencio, el padre de Carioco, no han tardado en detectar a los recién llegados al barrio. Y aprovechan la primera ocasión para compartir su tabaco con Ángel.

Le explican que ese año la trilla se alarga porque pagan caro el trigo y aquel cacique, Casimiro Saldaña, quiere conseguir buenos cupos. Está conchabado con Guajardo, el dueño de la Harinera que hay junto al río. Mangonean los cereales engañando al Servicio Nacional del Trigo. Acaparadores y estraperlistas.

Ángel no entiende por qué Saldaña se mete con su familia:

—No le hemos hecho nada —se lamenta.

—¿Qué no le han hecho nada? Ya, ya... Solo joderle sus planes —le aclara Perico—. Pensará que la marquesa y su administrador los han traído aquí para irle arañando tierras a él.

Le cuentan que su trabajo le ha costado a Casimiro hacerse con aquel barrio. Llegó allí desde un pueblo de la sierra donde sus padres se morían de hambre. Perdió muchas cosechas, el ganado y luego su primera mujer. Se volvió a casar y levantó cabeza comprándole tierras a la marquesa. Siempre peleando con su administrador. Saldaña los verá a ellos como intrusos porque ocupan esas terrazas que nadie quiere trabajar. Suponen mucho trabajo, poca seguridad y no tienen agua hasta que se inundan con las lluvias y riadas. Si Ángel consigue regarlas, les dará más valor, y aquel cacique ya nunca las sacará baratas.

—No podrá enfrentarse a él —resume Fulgencio—. Aquí todos le comen en la mano, le deben favores. Controla el agua, la trilladora, el abono, las semillas, las cámaras frigoríficas de la fruta, los intermediarios, los informes para créditos en los bancos...

Ángel le mira suspicaz:

—Y ustedes ¿por qué me cuentan todo esto?

—Lo nuestro es diferente. No dependemos de la tierra para vivir. Yo le doy un poco a todo, carpintero, herrero, pocero, lo que se tercia. Y Perico tiene la tartana. Vamos a nuestro aire.

—¿Qué puedo hacer, entonces?

—Poca cosa. La parte de la cosecha que siembre arriba, en la era, ya puede darla por perdida. Quizá en las terrazas de abajo le dejen más tranquilo. Seguirá teniendo el problema del agua, tanto si el año viene lluvioso como si no. Si no llueve, porque se agostarán las plantas. Si llueve mucho, porque se le inundarán. Esto siempre ha sido una vaguada... Claro que hay otra forma de solucionarlo. Hacer una buena tapia y cavar un pozo por donde viene el agua de la cañada, bajo tierra, bordeando la huerta.

—Esas tierras no son nuestras.

—Lo serán si hace una tapia. Y así no entrará el agua ni el ganado.

Ángel sacude la cabeza. No tienen dinero para eso. Perico le contradice: la piedra les saldrá gratis. Cerca de allí hay una cantera abandonada y él puede prestarle su tartana. No la usa por las tardes.

En las siguientes semanas, Casimiro Saldaña observa atónito cómo crecen los montones de piedra, día a día. Pero cuando empiezan a alzar la tapia se presenta hecho una furia.

—Esto no quedará así —amenaza blandiendo su bastón.

La excavación del pozo es una labor extenuante. Tras muchos esfuerzos, brota el agua.

Uno de los días en que la madre baja a comprar a la ciudad, visita el despacho del administrador de la marquesa. Piden una conferencia telefónica con Madrid. Irene habla con la señora. Luego le pasa el aparato a don Santiago, quien asiente repetidamente a la voz que le llega desde lejos.

Otro día, mientras están trabajando en la huerta, aparece un coche negro y reluciente.

Ante el asombro del vecindario, se detiene frente a la Solana.

El administrador de la marquesa, bien trajeado, baja del coche y entra en la huerta. Saluda al padre, a la madre y a los niños. Luego, recorre el terreno junto a ellos, despacio, dejándose ver.

Con aquel gesto viene a decir: «Mucho ojo. Esta gente está bajo nuestra protección».

Al despedirse de Irene y Ángel, abre su chaqueta cruzada, buscando la pitillera y el encendedor. Y mientras ofrece un cigarrillo al padre, mira a los niños. No quiere hablar delante de ellos.

Irene interpreta su mirada y dice, dirigiéndose a sus hijos:

—Toño y Miguelito, id a encender el brasero.

Cuando se queda a solas con los padres, don Santiago los informa:

—La educación primaria va a ser obligatoria. Tendrán ustedes que llevar a los chicos a la escuela.

—¿A qué escuela? —se extraña Ángel.

—La marquesa ha cedido uno de sus edificios. Aquí mismo, en el barrio. Ya lo están acondicionando.

Ángel mira a Irene, buscando su opinión con los ojos. Ella los desvía.

—Pero ¿quién nos ayudará en la huerta? —insiste él.

—Ya nos las arreglaremos —interviene la madre—. Nos mudamos aquí para que los chicos tuviesen más oportunidades que en el pueblo.

—Si no escolarizan a los chicos los multarán —apunta don Santiago.

—¿Hasta qué edad es obligatorio? —pregunta Ángel.

—Hasta los catorce.

—Antonio, el mayor, los cumplirá antes de un año. Y ya fue a la escuela del pueblo.

—Bueno, a lo mejor la cosa no va con él. Ya se verá —concluye don Santiago.

En sus imágenes, Toño resume lo que sigue. Las cosas empiezan a cambiar tras la ayuda de Perico y Fulgencio y la visita del administrador. La gente los ha visto partirse la espalda durante meses, desbrozar aquel terreno, acarrear el agua desde la fuente en interminables y agotadores viajes, practicar su oficio de modo honrado, sin meterse con nadie.

Y empiezan a ayudarlos bajo mano. La madre ha ido rompiendo el cerco tendido por Casimiro Saldaña. Las vecinas le pasan algo que –dicen– les sobra en la cocina.

Al caer el sol, Ángel se sienta a ver lo conseguido. Se le ve orgulloso de los surcos rectos y bien trazados. Sabe que pronto podrá sembrar y la cosecha empezará a crecer. Por primera vez en su vida, trabaja sus propias tierras, sin que nadie le mande. Se siente libre, puede decidir por sí mismo. Es lo que siempre ha soñado. Hace oídos sordos cuando Fulgencio le aconseja que se meta en una fábrica, donde todo el tajo es bajo techo, el salario es seguro y pagan más. Él es labrador, tiene ese orgullo. Solo suspira por un caballo que le permita darle utilidad al arado que ha traído.

La madre es otra historia. Más que contenta se la ve, si acaso, esperanzada. O resignada. Ella preferiría comprar una vaca, para tener leche y asegurar la salud de los niños. El padre se resiste, sabe lo que implica mantener productiva una vaca lechera, asistirla en el parto. Opone una extraña resistencia.

Por la noche los padres hacen planes. Con todo, están preocupados. No creen que Casimiro Saldaña los deje en paz. Se preguntan qué tramará contra ellos.

7

En enero hizo calor. Se podía trabajar en mangas de camisa. Y de repente, llegó febrero.

En lo más profundo de la noche, les despierta aquella explosión. Como un cañonazo.

Toño y Miguelito se levantan, asustados. Van hasta el dormitorio de los padres y llaman a la puerta, temblando de frío y miedo.

Suena otra detonación. Desde dentro les contesta la voz del padre, para que dejen de aporrear la puerta.

Ángel no tarda en salir. Mientras busca la linterna, Irene les hace abrigarse.

Cuando el padre sale por la puerta, dos nuevas explosiones llegan más claras e intensas, casi a la vez.

Ángel avanza, se pierde entre la neblina. La noche se traga su frágil luz.

Dentro de la casa, contienen la respiración.

Al cabo, el padre regresa alarmado. Sus palabras atropelladas salen entre golpes de vaho:

—Traed sacos y una manta —pide a la madre.

—¿Qué está pasando?

—Los olivos. Date prisa.

Tardan en entenderlo. Ángel quiere envolver con los sacos y la manta el único olivo superviviente, el que crece aislado, al abrigo de la casa. Los otros han estallado, al congelarse la savia. La tenían muy abundante, por las altas temperaturas. El frío ha calado hasta su esqueleto de savia, y desde allí empuja contra la madera, hasta reventarla y astillarla.

Se oyen crujir otros árboles, con lamentos de muerte.

Miguel se acuerda. Hubo que talar todos los olivos. Sin embargo, la morera quedó intacta. Estaba en letargo y siguió allí, junto a la casa, guardián y vigía.

¿Tuvo algo que ver todo aquello con lo que pasó a continuación?

Las siguientes viñetas de Toño muestran la llegada a la huerta de un desconocido, sobre una Velomosquito.

Aquel hombre no es del campo. Tras escuchar al padre, que sale a recibirlo, saca de las alforjas traseras de cuero un mono blanco de trabajo.

Se lo pone y se dirige a la casa. Examina ventanas y puertas, una por una. Están desencajadas, apenas se sostienen.

—Todo hueco. Hasta los marcos —dice pellizcando la madera.

La carpintería es una delgada piel, sin nada dentro.

Luego pide una escalera y golpea las vigas del techo con un martillo.

—Aún no han llegado aquí arriba.

—¿Quién no ha llegado?

—Las termitas.

Enseña al padre un bicho diminuto y amorfo, que patalea entre sus dedos:

—Aquí tiene una.

—No es más que una hormiga blanca.

—Tienen ese color porque evitan la luz. Por eso no se las ve. Van royendo la madera por dentro y solo dejan la cáscara.

El padre mira a aquella cosa diminuta.

—Solo es un bicho que se puede aplastar con el dedo.

—Ya, pero hay cientos de miles ahí abajo.

—¿Aquí? —El padre mira alrededor—. ¿Dónde?

—La termitera está a decenas de metros bajo tierra. Nunca la verá, es inalcanzable. Pueden tener barrenada la huerta de parte a parte y extenderse luego por todo el barrio. Excavan sus galerías para defenderse de las hormigas. Son su peor enemigo, rondan día y noche buscando grietas por donde entrar.

—No puedo creerlo.

—Porque no se dedica a esto. Yo he visto a gente que ha vuelto a su casa, que parecía entera, se han sentado en una silla y se ha hundido, se han agarrado a una mesa y se ha venido abajo, se han apoyado en una viga y el techo se ha desplomado, como en una broma pesada. Hay que atajar el mal de raíz.

—¿Cómo?

—El único modo es eliminar a las obreras. Ellas alimentan a toda la colonia. Si las matamos, el resto morirá de hambre. Llevará tiempo. Pero es lo único seguro. Volveré mañana con todo lo necesario.

Cuando regresa al día siguiente, el fumigador monta sus cebos con madera de pino, para que las termitas se acostumbren a visitarlos. Cuando comprueba que los frecuentan, pone veneno para eliminarlas.

Como Ángel no está muy convencido, le explica el punto débil de aquellos bichos. Las desproporcionadas mandíbulas de las termitas soldado les impiden alimentarse por sí mismas. Dependen para ello de las obreras. Lo mismo le pasa al zángano real y a la reina, la única pareja reproductora. Cada segundo ella pone un huevo, no interrumpe esa tarea nunca, ni de noche ni de día. En cuanto para, la dejan morir de hambre y se la comen, porque es muy nutritiva. Luego ponen otra en su lugar.

A Ángel todo aquello le suena extraño, pero lo acepta cuando empieza a ver los resultados y ganan la batalla.

En sus viñetas, Toño añade unas notas sobre las consecuencias. Las hormigas aprovecharon las galerías que las termitas dejaron libres al ser exterminadas. Y se convirtieron en una de las pesadillas del padre. Como si la antigua cañada sobre la que se alzaba la huerta bullese allí abajo, en la oscuridad. Solo respetaron la morera y sus raíces.

Le siguió el apuntalamiento y reconstrucción de la casa. Fueron años duros. Pero, a pesar de todos los sinsabores y esfuerzos, quizá fuese aquella la etapa más feliz de la vida de Ángel, trabajando su propia tierra, para legarla a sus hijos.

Miguel ahora se pregunta: si aquello fue la felicidad, ¿cómo hubo de ser el pasado de su padre?

8

Un recién nacido es abandonado en el pórtico de la casa parroquial. Lleva un papel sujeto con un imperdible. En él se indica que no está bautizado. Se acompaña de un atadijo con cuatro camisas, otros tantos pañales, dos mantillas nuevas y otras dos usadas.

El párroco lo encuentra por la mañana. Sabe bien lo que se espera de él. Ante todo, lo bautiza con el nombre de Ángel. Pide al ama de llaves que lo mude y alimente. Hace llamar a un vecino de su confianza, acuerdan un precio y le abona la mitad. El resto, a la vuelta, cuando lo haya llevado en su mulo hasta el lejano hospicio y le traiga el comprobante de entrega. Si pagas antes, no faltan los desaprensivos que se deshacen del encargo a medio camino. Para evitarse el largo viaje, lo tiran por un barranco.

El niño tiene suerte: llega vivo. No es raro que mueran estas criaturas. En pleno invierno, las condiciones del traslado son penosas.

En la inclusa le buscan un ama de cría que lo amamante. Una mujer sana, robusta.

Pero ella solo es un señuelo. No tarda en llevarlo hasta las ruinas desparramadas por un claro del bosque.

Las figuras se mueven lentas, sonámbulas, en una atmósfera sombría. No es solo la falta de luz. La oscuridad se ahonda en un dolor que apenas aflora, en los sollozos entrecortados. Hasta los árboles parecen sobrecogidos. Solo se oye el coceo de los mulos. Se evitan las miradas, recelosas y oblicuas. Se palpa una viscosidad de prostíbulo o mercado de esclavos, sin dignidad, adensada y reseca, encallecida por la miseria.

Un intercambio de monedas sobadas, resbalando con un siseo metálico. A cambio de su comisión, la mujer sana y robusta que ha recibido al niño en la inclusa se lo subarrienda a otra lactante a quien por su aspecto nunca se lo hubiesen confiado. La más lustrosa administra aquel negocio del engorde. Pero será la segunda, la más depauperada, quien lo críe.

Con los cuarenta reales al mes que le pagan por su manutención vivirá toda la familia. Cuidarán de ese extraño como nunca pudieron hacerlo con los hijos de su sangre. Antes dejarán morir al suyo de pecho que a este: sin el certificado mensual de su párroco, acreditando que el pupilo sigue vivo, no les pagarán el estipendio y toda la familia se quedaría sin recursos.

Sus hermanos adoptivos odian al inclusero. Pero lo necesitan con buen aspecto.

A los dos años el niño pasa de pupilo de leche a pupilo de pan. La asignación baja a la mitad, a veinte reales. Entonces, el trato es otro. Ha de resultar productivo. Lo dedican a la mendicidad.

Así hasta los seis años. Cuando se cumple este plazo exacto, deben devolverlo al orfanato. Ya está criado.

Un nuevo calvario empieza entonces, dentro del hospicio. Una ronda de candidatos para darlo en adopción a la que debería ser su familia definitiva. Van desfilando los presuntos padres. Aldeanos desconfiados que lo miran y remiran, cuchichean entre ellos, niegan con la cabeza, se van. Vienen otros. Y vuelta a empezar.

Al fin lo adopta un matrimonio sin hijos. No llegan a llamarlo por su nombre, nunca se acostumbran a él. Lo han cogido a prueba y, pasado el plazo, lo devuelven. No consiguen hacerse con el arrapiezo, explican. Es retraído y huidizo.

Viene luego una viuda de posibles, que le cambia el nombre y, al cabo de algún tiempo, también lo devuelve. Poco cariñoso para su gusto, comenta.

Algún otro intento, igualmente frustrado. Hasta que lo adoptan unos labradores. No han tenido hijos varones y necesitan quien los ayude en las faenas del campo. Así es como lo entregan a esa familia.

La madre adoptiva es fatalista. Cada año está convencida de que ella se va a morir en noviembre. Se lo ha dicho una adivina. Y entonces se sienta a coser en un tronco, que da al callejón, y suspira cada vez que pasa alguien. Suspira porque le pesa la vida, al ver desfilar a los jóvenes, pensando en lo que les queda por delante. Se acuerda de sí misma cuando era niña. Y suspira.

Pero cuando llega noviembre, y no se muere, sale al corral más contenta que unas castañuelas. Nada dice, es poco habladora, como casi todo el mundo en aquel pueblo. Pero se la ve feliz: el sol le da en la cara y le calienta los huesos, los animales salen a pastar y trepan monte arriba. Entra en la casa, la limpia y apaña como si ordenara el mundo. Orea las camas, varea la lana de los colchones. Y al año siguiente, Dios dirá.

No es mala mujer. Quiere y trata a Ángel como a un hijo más, a pesar de los reproches del marido, a quien en el pueblo llaman el tío Miserias. Este se queja de que ya tiene tres mujeres en casa y no rinden el pan que comen.

Dicen que el tío Miserias también ha sido inclusero. Viene de más abajo, donde la vida es aún peor. Donde la tierra escasea, hay que traerla de lejos y sujetarla en los bancales, junto al río. Donde se trabaja sin ayuda de bestias, y el que posee un burro es reputado por rico. Donde algunos hijos matan a sus propios padres cuando son viejos e improductivos, para quitarse una boca que alimentar.

Llega la gripe española. La madre cae enferma y arrastra tras ella a las dos hijas. Mueren todas las mujeres de la casa. El tío Miserias cobra un odio feroz a aquel niño, lo golpea a cada paso, lo culpa de su mala suerte.

Ángel es un superviviente. Lo que queda de aquella niñez de hambre y palizas. Apenas ha tenido infancia. A los siete años lo pusieron a trabajar y lo trataron ya como a un adulto. Emerge de aquellas brumosas enfermedades de nombres casi medievales, como el cólico miserere, que él asocia al apodo de su padre adoptivo. Arrastra una de esas vidas sujetas a la tierra. Crece sin conocer el afecto. Tampoco sabrá transmitirlo a sus hijos cuando él, a su vez, sea padre.

CAPÍTULO TERCERO

Somos todos, en varia medida, como el cascabel, criaturas dobles, con una coraza externa que aprisiona un núcleo íntimo, siempre agitado y vivaz. Y es el caso que, como en el cascabel, lo mejor de nosotros está en el son que hace el niño interior al dar un brinco para libertarse y chocar con las paredes inexorables de su prisión... El canto del poeta y la palabra del sabio... son siempre ecos adultos de un incorregible niño prisionero.

José Ortega y Gasset
El espectador

1

De regreso a la Solana, Miguel apenas puede contener su furia. Zarandea con brusquedad el cambio de marchas, que rasca en una de las cuestas. Enciende un cigarrillo y se vuelve hacia su hija para decirle, empujando las palabras entre el humo:

—Puedo dar rodeos o ir al grano, ¿qué prefieres?

Ella baja la ventanilla y abanica el aire con la mano, para ventilarlo.

—Papá, te aseguro que soy la primera sorprendida. No tenía ni idea de que el tío Antonio pensara dejarme a mí su parte de la Solana.

—Ya... Pedro y tú habéis estado todos estos años trabajando en la huerta, y aguantando a mi hermano, para proteger el medio ambiente y salvar el planeta.

—No lo hemos hecho a tus espaldas. Te he mantenido al tanto.

—Faltaría más. Media huerta es mía, siempre lo ha sido. Pero no contaba con tenerte de vecina. Aunque por poco tiempo, porque yo pienso vender mi parte. ¿Lo oyes?

Ha alzado la voz para sobreponerla al ruido de las excavadoras que trabajan en la carretera. Un peón con casco, chaleco fluorescente naranja y una señal de *stop* les cierra el paso.

—¡No puedes hacer eso! —grita Julia sobre aquel fondo desapacible—. Nuestro proyecto no funcionará con solo media huerta.

Su padre apura el cigarro, lo tira por la ventanilla, sube el cristal y pone el aire acondicionado. Se aparta a un lado para dejar paso a los camiones, que se bambolean pesadamente entre el polvo, y le advierte:

—Pues mira qué casualidad. Lo mismo me sucede a mí con los compradores que he apalabrado. Necesitan todo el terreno para construir su centro comercial. Ahora no les interesará, con solo la mitad del solar.

—¿Solar? Es terreno rústico, no se ha urbanizado. Ni se urbanizará si declaran la cañada zona protegida.

—¡Vaya! Esa era la baza que os reservabais.

—Pedro y yo redactamos la solicitud, pero fue el tío Antonio quien nos lo pidió. Él no quería que se construyese aquí. Lo podrás comprobar si lees sus papeles.

—Por eso tanta insistencia en que lo hiciese. «Papá mira esto, papá mira lo otro...». Querías irme preparando.

—Se trata de vuestra historia. Tú también procedes de ahí.

El coche de atrás les pita para que continúen la marcha, siguiendo las instrucciones del peón.

—Mira —intenta concluir Miguel—, yo lo que quiero es vender. Cuento con ese dinero para jubilarme e irme a vivir a un lugar tranquilo.

—Este lo es... O lo será, cuando acaben con las obras...

—Quiero decir a la costa. No aquí, donde voy a tener que recordar día a día todo lo que he tardado años en olvidar. ¿Lo entiendes?

—Cálmate. Alguna vez tendrás que fiarte de alguien. Yo no he tenido nada que ver con la decisión del tío. Ni se me había pasado por la cabeza que él te forzara a esto. Claro que tampoco suponía que tú mantuvieses esos planes. Creía que eran cosa del pasado, de vuestras discusiones, y que ya habíais llegado a algún acuerdo.

—Pues ya ves que mi hermano me conocía bien y se ha adelantado para jugármela... ¡Todo para obligarme a volver a negociar, ahora con mi propia hija!

—Eres injusto con tío Antonio. Él te quería.

—Ya lo veo...

—Estoy segura de que le habría gustado hablar todas estas cosas contigo.

—¿Y por qué no lo hizo?

—Vuestras diferencias le cohibían.

—¿Te refieres a nuestras diferencias de opinión?

—No solo esas. Él no tenía estudios. Cuando discutíais, siempre terminabas por tener razón tú. No le dejabas hablar. Era más retraído, no tenía tu facilidad de palabra, de argumentar. Lo sabes muy bien. Necesitaba tiempo. Él se defendía mejor trabajando con sus manos o con el dibujo. Por eso recurrió a las viñetas y me pidió que le ayudara. Para decirte lo que no le dejabas.

Va a responder, pero ya han llegado ante la Solana y Julia sale del coche para abrir la verja.

Cuando regresa a su asiento, le pide:

—No discutamos ahora, por favor. Ya seguiremos luego. —Y señala a un hombre que está trabajando en la huerta.

—¿Quién es ese?

—Te he hablado de él: Lorenzo, el hortelano que le ha llevado esto a tu hermano y nos ayuda a nosotros.

—¡Buenos días! —les saluda el hombre mientras se acerca con una escalera al hombro.

—Te presento a mi padre, Miguel.

—Mucho gusto —contesta el hortelano. Y añade—: Ya perdonarás, Julia, pero es que hoy vienen los del árbol con sus hijos, ¿te acuerdas? Los avisé porque están a punto las peras sanjuaneras.

Lorenzo se aleja y coloca la escalera junto al peral y la cesta de mimbre forrada de arpillera, donde recogerán la fruta.

Ellos continúan su marcha. Tras aparcar junto a la casa, Miguel se vuelve hacia su hija:

—¿Qué es eso de la familia que viene con los niños a por las peras sanjuaneras?

—Tenemos un servicio para que la gente de la ciudad adopte árboles. Y lo del día de San Juan es como un rito, empieza la temporada. Duran poco, hay que cogerlas ya.

Él se apoya en la pared del caserón, se seca la frente con un pañuelo y la mira como si no diera crédito a lo que oye.

—Es muy importante para nosotros —insiste ella—. Así tenemos la cosecha vendida, no necesitamos ir de aquí para allá intentando colocarla. Y eliminamos todos los intermediarios. A los clientes les sale por la mitad de precio y les hace mucha ilusión escaparse al campo, saber que se lo llevan directamente del árbol.

—¿Y tienen que venir a recogerla?

—Los avisamos cuando está madura, pero si no pueden lo hace Lorenzo y ellos le pagan ese trabajo.

—¡Dios mío, dónde me he metido! —resopla él, incrédulo—. Supongo que era a esto a lo que te referías cuando me hablabas de vuestro *proyecto*.

—Es el mejor modo de tener compradores fijos. Más que clientes son amigos, entienden la filosofía que hay detrás y la comparten. Saben que es bueno para su dieta, su salud y también para el medio ambiente. —La presencia del hortelano, que regresa a su lado, los obliga a seguir aquella conversación en términos más civilizados—: Pregúntale a Lorenzo cómo se gana la vida cuando no hay tarea aquí.

—No, no, déjalo. Ya tengo bastante —se excusa Miguel.

Pero ella insiste:

—Lorenzo, cuéntale a mi padre lo que haces en invierno.

—Cuando no estoy aquí soy leñador.

—¿Aún quedan leñadores? —se extraña Miguel.

—Bueno, ahora nos llaman agentes forestales. Mi hermana vive en el pueblo donde nacimos, la casa de nuestros padres. Yo limpio los bosques, para que no se quemen en verano. Y la madera de las podas la vendo a gente que tiene chimeneas y hornos de leña en panaderías o pizzerías.

Cuando el hortelano se aleja, dice a Julia:

—Conmovedor. Solo faltan los enanitos, la madrastra y la casita de chocolate.

—Papá, no tienes remedio...

Sus palabras son interrumpidas por una bocina. Desde un todoterreno negro que acaba de entrar saludan una mujer joven y dos niños, que miran hacia ellos y gritan un nombre.

—¿Y esos? —pregunta Miguel a su hija.

—Son los que han adoptado el peral.

—¿Y los berridos? ¿A quién están llamando?

—Al árbol. Cuando lo adoptan le ponen un nombre.

—¡Joder, qué tropa! Yo me voy. Seguro que la mamá adoptiva viene con los niños a hacerse fotos para llevar el arbolito en el móvil y enseñárselo a las amigas en la peluquería. No estoy preparado para esto.

Mientras entra en la casa se siente presa de un cepo lobero. Antonio no solo no ha impedido, sino que ha alentado que su hija y Pedro invirtiesen allí dinero y esfuerzo, cargándolos de razones para el chantaje. Y creándole un dilema irresoluble: o el futuro de su hija o el suyo propio.

¿Por qué le ha hecho esto su hermano? Como si quisiera hacerle tragar su última discusión por la venta de la Solana, cuando quien se jubilaba era Antonio. Cuánto rencor debía sentir para habérsela guardado todos aquellos años, en silencio, roído por la enfermedad, sabiéndose sin remedio.

Miguel ha de aceptar que las cosas se están poniendo mucho más complicadas de lo que esperaba. ¿Debería tratar de entenderlo, como pretende Julia? Es decir, seguir leyendo los malditos papeles.

2

Toño y Miguelito ven a su padre vestido para bajar a la ciudad.

—Vais a venir conmigo —les dice.

Los dos hermanos se miran sorprendidos. Nunca les ha pedido que lo acompañen en sus tratos con los mayores. Debe ser algo serio. Corren a cambiarse.

Junto a la plaza de toros, los feriantes se arriman a las escasas acacias que los protegen del sol. Hay un penetrante tufo a orines y muchas moscas. Abundan las bicicletas y las tartanas con los carros desuncidos, las varas por tierra.

Antes de sumarse al bullicio, su padre les da instrucciones:

—Aquí nos vamos a separar, como si no viniéramos juntos. Cuando nos encontremos por ahí, entre la gente, haced como que no me conocéis. Pero atentos: si me rasco la oreja derecha, así, parad donde estéis y escuchad lo que dicen los vendedores de ganado. Y cuando me rasque la otra, la izquierda, lo dejáis y me seguís a cierta distancia. ¿Entendido?

—Y si vemos algo que merece la pena, ¿cómo nos comunicamos nosotros con usted? —pregunta Toño.

—No llevéis la iniciativa. Vosotros no entendéis de estas cosas.

—Se les miran los dientes —protesta.

—Eso es cuando cambian las paletillas, a los dos años y a los cuatro. Pero a los seis se les cierra la dentadura y ya no se puede calcular la edad de ese modo. Hay que echar mano de otras señas, como los belfos, que se les endurecen, y cosas así. También hay que mirarles los cascos y hablarles bajo en la orejas, para ver si oyen bien o están sordos. Lo que yo busco es un caballo fuerte y joven, que no tenga malas mañas. Me lo quiero hacer a las mías.

Van pasando por entre los feriantes, con sus tagarninas apestosas, sus abultadas carteras de cuero, sobadas y sujetas con una goma por la que asoman los billetes de cinco duros. Unos llevan bastones y sombreros negros, otros blusones grises y boinas. Las botas de vino corren de mano en mano.

En uno de los puestos vocean la venta de mulas de las landas francesas. Despuntan por todos lados las orejas de las caballerías. «Tres mil dos», grita el vendedor señalando un borrico. «Dos mil y nueve», replica el comprador. «Tres mil», zanja el mediador. Un apretón de manos rubrica el acuerdo.

Allí donde hay un caballo que le gusta, el padre se detiene y tantea la compra. Dice que es muy caro y se marcha. Miguel y Toño le siguen a cierta distancia y cuando pasan junto a los que tratan de vender el animal su padre les hace el gesto de la oreja derecha para que se queden allí, escuchando lo que dicen. Los tratantes hablan del dinero que piensan pedirle y hasta dónde están dispuestos a bajar.

Ángel les hace otro gesto para que le sigan y cuando ya no los ven les pregunta:

—¿Que comentaban esos?

A Toño y Miguelito les admira su astucia. Así puede conocer sus intenciones y apostar sobre seguro.

Al final, parece haberle gustado un caballo llamado Lucero, con una mancha blanca en la frente. Empiezan las negociaciones. El padre se sienta en una silla de anea, junto al vendedor, y le pasa su petaca de piel de topo. Comparten el tabaco. Con mucha parsimonia, sopla el librillo de papel de fumar marca Zig-Zag, para separar las hojas. Arranca una y se la ofrece. Saca otra, la desdobla y la sujeta entre los labios, mientras desenchufa las dos mitades de la petaca. Hace un montoncito de tabaco en la mano derecha, vuelve a cerrar la petaca, coloca el fino papel en la izquierda, vuelca sobre él un surco de picadura, la extiende y acomoda con el dedo, la enrolla y lía, pasa la lengua por el engomado. El otro despliega el cordón azufrado del mechero, golpea la ruedecilla y enciende la yesca. Su padre da una larga calada y luego retira el cigarro de la boca con la mano izquierda. Lo cobija en el hueco de la palma, mientras con la derecha quita las briznas de tabaco que se le quedan pegadas a los labios. Se descuida y ha de sacudirse las pavesas del cigarro, que le caen sobre el pantalón de pana marrón. Un ritual meticuloso, que lleva sus buenos minutos. Es de lo que se trata: tomarle el tiento a la otra parte.

Al final, cierran el trato. Antes de entregárselo, su padre bebe con el ganadero, para dejar al animal hacer su despedida. El vendedor le asegura que lo ha sacado del vientre de la yegua y criado con sus propias manos.

—Es como de la familia —concluye.

Cuando vuelven a la huerta, a Ángel se le sale el pecho de alegría. Por fin tiene un caballo y le podrá dar utilidad al arado, la única propiedad suya medianamente importante que trajo del pueblo, junto con el carnero.

Lo llevan a casa de Fulgencio a arreglarle los cascos y ponerle herraduras. Mientras le toma las medidas, llega Perico. Examina al animal de arriba abajo y se hace lenguas de su estampa.

El caballo será muy importante en la vida del padre. Su más constante y leal compañero, con el que más horas pasa. Ángel explica con orgullo que le ha aligerado la testera, el ahogadero y el bocado porque tiene la boca sensible y no hace falta darle tirones.

Cada mañana Lucero relincha cuando él entra en la cuadra y

empuña la almohaza, con sus serrezuelas de dientes menudos y romos. Al caballo le gusta que le cepillen la grupa hasta dejársela lisa y reluciente. Está bien cuidado. Nada que ver con esos mulos huesudos, desportillados, llenos de mataduras y excoriaciones, marcados por los arneses.

3

Miguelito siempre ha soñado con hacer aquello desde que vio en un tebeo a una familia entera viviendo sobre la copa de un árbol.

Apoya la escalera en el tronco y va acarreando las tablas, las cuerdas, la hamaca vieja que el Carioco le ha mangado a su padre.

Ha elegido una robusta enramada en mitad de la morera. Poco a poco va tramando su escondite en el corazón de la copa. Se embosca entre la maraña nunca podada, es como formar parte del árbol. Cuando se tiende en la hamaca siente aquella íntima vibración del tronco y las ramas. La savia que asciende desde lo hondo de la tierra hasta lo más alto de las hojas, sus venas que verdean al trasluz.

Allí lee sus tebeos y se olvida de todo. Se siente seguro. Es su atalaya sobre la huerta, que irradia orden y laboriosidad. Una geometría de contornos nítidos.

El padre se escupe las manos antes de aplicarlas al azadón, con el mango lustroso, bruñido por el uso. Mientras riega, es capaz de asestar el tajo justo, que obliga al agua a entrar en un surco, abriéndose paso terrón a terrón, como un visitante ceremonioso. Pronto convertida en corriente, se hincha en burbujas que reflejan el sol, para terminar estriándose en trenzas atropelladas.

Todo lo unifica ese flujo callado que empapa los surcos, trepa por los tallos, aflora en las hojas tersas. Y reverbera al convertirse en tomates, cebollas, sandías, melocotones rebosantes de jugo. Esa agua que tensa con su plétora las manzanas y las hace chasquear cuando las muerde. La uva moscatel empavonada como un cristal empañado antes de romper el ollejo con los dientes.

Desde su escondite ve alzarse los zarcillos de las judías sobre las cañas unidas en pirámide, agitándose con el aire fresco de la mañana. Sus vainas relucen como si fuesen de cera.

Le llega el abrumador aroma de las flores de las habas, el olor enervante de las lilas. Siente la impaciencia de las semillas esperando en la tierra. La oscura tarea de la germinación, los brotes, los tallos que se estremecen al viento. El maíz que encaña reflejando el sol en oleadas tenues, alzándose hasta tender una bóveda de hojas que filtran la luz como las vidrieras de una catedral.

El silencio, solo roto por el susurro de las abejas, que suena como la respiración del campo, el aliento de la huerta, y el cauto resonar de las herramientas antes de la estridencia del mediodía.

La comida en la casa encalada, robusta y ensimismada, con su galería en penumbra, pertrechada de geranios y protegida del sol por el emparrado. La frescura del zaguán.

La hora de la siesta, con sus sueños entresudados. Sus juegos de luces y sombras danzando en la penumbra. Los postigos cerrados, el rayo de sol que se cuela, gira, trasegando los movimientos del exterior. Los muebles que restallan, resecos, acorralados por la carcoma.

La sensación de la tarde, cumplidas las tareas, cuando se sientan a la fresca y cede el sol, llevándose los últimos rastros del día, apagándose hasta quedar desleídos en las nubes rojizas como un rastro de tinta china. Las parvadas de tordos camino del sueño, que aletean sacudiéndose la luz y pían en sordina, hasta asentarse en los árboles.

Las estrellas encendiéndose una a una por entre las ramas sobrecargadas de la higuera, mientras se oye la fruta en sazón que cae y se despanzurra.

Los cuerpos que se van dejando vencer por el sueño. Los amaneceres más demorados, entre el intenso olor a tierra húmeda. Los pájaros que zumban en todas direcciones, desanudando la luz y extendiéndola como una alfombra.

Nunca volvería a sentirlo como entonces, cuando construyó su refugio en medio de la morera.

4

—No pises ahí —advierte Toño a Miguelito—. Ese agujero tiene aludas.

—¿Qué dices que tiene?

—Hormigas con alas.

Su hermano distingue de un simple vistazo cuándo está madura una colonia. La siente bullir bajo tierra, borbotear como una olla a presión. El suelo rompe en pequeños cráteres de tierra granulada, el hormiguero estalla en miles de alas que brillan al sol, elevándose hacia la luz.

Bandadas de pájaros, al acecho, se lanzan sobre ellas. Las devoran en pleno vuelo, con tal avidez que no pueden cerrar los picos. Se han de posar en una rama para tragar. De sus comisuras gotean tripas viscosas, restos de antenas y patas.

En el tumulto, alguna pareja de insectos logra escapar y aparearse. Deponen las alas y fundan una nueva colonia. Para las demás, el vuelo nupcial ha sido un espejismo de muerte. ¿Qué sabrá de volar un bicho que se pasa media vida a oscuras y la otra mitad pegado a la tierra?

Hay que pillarlas antes de ese vuelo suicida. Con una azadilla pequeña se hace más ancha la boca del hormiguero. Se ahonda con cuidado. Y se van cogiendo las aludas.

Otros las meten en un tarro de cristal. Toño cree que es mejor tenerlas sin luz, en un canuto. Corta una caña grande, ancha, por debajo del nudo que hará de fondo. La otra parte la deja abierta. Mete luego una raspa de uva para que los animales se alimenten. Y la tapa con un corcho, que ajusta con la navaja.

En otro canuto, aparte, guarda las hormigas rojas. A estas es mejor alimentarlas con papel de estraza, mojándolo dos veces al día. Son más vivaces, perfectas para cazar oropéndolas, que van de paso y solo estarán una semana.

En los cepos de cobre el cebo debe estar vivo, agitando las alas, para que los pájaros, desde lo alto, las vean brillar al sol.

Toño le enseña los trucos. Ante todo, el resorte ha de permanecer cerrado, desactivado. Con la mano izquierda se hace una ligera presión sobre la pinza de alambre que hay en el medio, para que se abra. Y con la derecha se agarra la hormiga con sumo cuidado, sujetándola entre el pulgar y el índice. Hay que cogerla como se lleva una novia ante el altar.

El animal debe quedar sujeto dentro de la pinza, muy delicadamente, atrapado por la estrecha cintura. Su gran vientre le impide avanzar, y las alas retroceder. Tiene libertad de movimientos, pero sin poder escapar. Luego se abre el poderoso muelle que está en el centro, en el eje del cepo, y se pasa por encima el alambre del freno, que se sujeta bajo la hormiga.

La ballesta se entierra bajo una fina capa de tierra. Solo ha de asomar el bicho, que no para de rebullir, haciendo brillar sus alas. Es importante que le dé bien el sol. El pájaro ve el centelleo y baja a comérselo. Al posarse sobre él, dispara el mecanismo. El resorte salta y lo atrapa por el cuello, lo estrangula. Así se vende mejor en los bares. Los pajaritos fritos son muy pequeños, y quedan mejor en sus cazuelas de barro si no se los ha destrozado al cazarlos a perdigonadas, como hace Jesús el Gordo, el hijo de Casimiro Saldaña, el único que tiene una carabina de aire comprimido. Los de los bares tuercen el gesto cuando soplan entre las plumas para comprobar el perdigonazo y observan el moratón oscuro de la sangre.

Toño tampoco suele cazar con red como Fulgencio y el Carioco. No le gusta coger esos pajarillos que abren los picos sedientos, con los ojos llenos de espanto y el pecho donde su pequeño corazón late a punto de estallar. Ni estrellarlos contra el suelo o desnucarlos con un fuerte golpe del dedo corazón en la cabeza, haciendo palanca en el pulgar, jugando a las canicas con sus diminutas cabezas.

Con los jilgueros, luganos, verderoles y aves de canto, su hermano prefiere usar liga. Muestra a Miguelito dónde crece el muérdago, cómo triturar los frutos hasta conseguir una papilla pegajosa. Ya tienen la liga. Untan con ella las varetas de los juncos. Las atan entre los cardos donde se posan los pájaros. Quedan pegados y no pueden escapar.

Él y Toño son uña y carne. Su hermano mayor le enseña hasta el último rincón del monte. Las umbrías con setas, en otoño. Los recovecos ocultos donde crecen endrinas, bellotas, madroños. Sabe hacer un barco con las hojas de las cañas y hacerlo navegar por la acequia. Conoce una enredadera que se puede cortar entre dos nudos, encender y fumar como un cigarro.

Un día lo lleva hasta la piedra del lobo. Es un gran peñasco lleno de agujeros y canalillos, que suena de modo distinto según sople el viento. Si el aire del norte es suave, parece reír, con un cosquilleo. Si el viento es más recio, aúlla como un animal hambriento. Si el aire es gallego, el presagio de lluvia la hace suspirar, como a un reumático al que se le reblandecen los huesos. Y con el bochorno suena como una flauta.

Pero nunca ha ido con él por encima de la cañada. Hasta aquel día en que Toño lo despierta muy de mañana, antes de que se levanten los padres. Sin hacer ruido, su hermano va hasta el costurero de la madre, coge la cinta métrica amarilla y la mete en una bolsa de deporte. Salen de la casa y de la huerta. Lleva también una horquilla de madera y una linterna.

Bordean la cañada, sin entrar en ella, y remontan el regato que la nutre hasta llegar al lugar donde el agua aún baja clara. Saca sus ocho reteles, con la carnaza del cebo. Mientras Miguelito sostiene la luz, los va colocando sobre el lecho del río, tensando la cuerda con la horquilla.

Ahora, en agosto, es cuando se da el mejor cangrejo, le explica. Los que se pescan en junio y julio están sin hacer y los que se cogen en septiembre ya se han pasado. Solo tienen dos horas, antes de que salga el sol. Luego no está permitido hasta una hora después de la puesta. El guarda jurado Olegario suele rondar, armado con su temible escopeta de balas de sal.

Hecho esto, desandan el camino y van cobrando las piezas. Le pasa la cinta métrica amarilla que ha cogido del costurero de su madre:

—Vete midiéndolos, Miguelito. Y devuelves al agua los que no tengan al menos siete centímetros desde el ojo hasta la cola extendida.

Los que dan la talla, a la cesta. Le enseña cómo dejarlos fuera de combate: se tira con fuerza de la cola y se les extrae la espina dorsal. Se quedan rígidos, como una imagen congelada.

Qué animales más extraños, los cangrejos. Otro día, más tarde, cuando llega la veda, en otoño, vuelven a verlos. Es de noche, y la linterna ilumina su marcha febril, el hervidero que anima el lecho del arroyo. Algunos avanzan como tanques. Parecen caballeros con armaduras, desafiantes. Apoyándose en las colas y las patas alzan las pinzas y acometen a otros cangrejos. Los voltean con violencia, dejándolos aturdidos. A Miguelito le asusta semejante ferocidad. Lo más extraño es que cuando consiguen poner a los otros de espaldas lanzan algo sobre ellos, un chorro espeso. Y se van.

—¿Por qué hacen eso? ¿Por qué se pelean?

—No se pelean, hacen como los perros con las perras o los conejos con las conejas, o los hombres y las mujeres, cuando quieren tener niños.

No entiende nada, Toño continúa:

—Los que van con las pinzas en alto armando bronca son los machos. Y los otros son las hembras. Las ponen de espaldas y lanzan sobre ellas ese chorro que has visto. Ellas lo usan para mezclarlo con los huevos que ponen. Y de ahí saldrán las crías.

De nuevo aquel aterrador despliegue de violencia, que pretende prolongar la vida. Más tarde, le recordará a lo que ha visto hacer a Toño y Candela en aquel escondrijo de la cañada, cerca de la acequia madre. Cuando jadeaban el uno encima del otro y parecían pelearse sobre la hierba.

5

Miguelito no se da cuenta de lo raro que es Toño. Aún no. Cree que todos los hermanos mayores son así. O todos los mayores.

Y Toño lo ve a él como un llorón blandengue. Un cagapañales.

Trata de endurecerlo. No hay forma de que Miguelito aprenda a nadar. Es el hazmerreír de la pandilla. Los demás se tiran al agua y bracean con furia hasta pasar al otro lado del río. Él se queda gimoteando en la orilla.

Su hermano decide remediarlo de una vez por todas y lo lleva hasta el embarcadero de Paco el Manco.

Todo el mundo conoce su historia. Ya se encarga él de contarla. Ha sido barquero titular en un pueblo con derecho de paso. El ayuntamiento le cedía una casa cerca del río a condición de estar siempre de servicio. A cualquier hora. Solo libraba Nochebuena y Navidad. Una vida muy dura. En cuanto pudo, decidió bajarse a la capital, siguiendo el curso del agua.

Es su mundo. Presume de conocer aquella corriente como la palma de la mano. Como su única palma de la mano. Paco dice haber perdido el brazo izquierdo al ser arrollado por un tren, mientras recogía carbón. Una de esas locomotoras que pasan rugiendo como dragones escapados de la cañada, entre un humazo negro, cuajado de chispas que dejan un rastro de zarzales ardiendo.

Los más maliciosos, como Perico el de la tartana, sostienen que se acercó demasiado a un vagón cuando trataba de desenganchar el saco que le habían tirado desde la plataforma de un economato ambulante. Uno de aquellos que de tanto en tanto paraba en el apeadero del barrio para aprovisionar a los empleados de Renfe.

Él se indigna ante tales calumnias. Brama contra su más mortal enemigo, la Locomotora Tuerta. La reconoce porque no le funciona uno de los faros, aplastado por otro atropello, en la «curva de la muerte». Esa tan cerrada que hacen las vías para esquivar la vieja cárcel, antes de dejar las afueras de la ciudad y enfilar la recta de la cañada, donde cogen velocidad. La emplean para tirar de un tren fantasmal, de horarios imprevisibles. Traslados de presos y cosas así, susurra a quien quiere escucharle.

Paco tiene un embarcadero junto al río y se conoce de memoria corrientes y remolinos. A pesar de estar mancado maneja las barcas como nadie, timoneando un remo con el muñón e impulsándose con el otro. Ha inventado un ingenioso sistema para atracarlas, sujetándolas a una estaca clavada en la orilla y hendida por la mitad. Con una sola mano puede meter la cuerda en la grieta y amarrarla.

Socorrista improvisado, se ufana de haber salvado de morir ahogadas a varias personas. Como premio, la Cofradía del Pez le encarga la pesca de las carpas para sus comidas de hermandad.

A su embarcadero han ido a esperarle aquel día Toño y Miguelito, cuando el verano ya va vencido. Aguardan bajo la chopera, en el bar con merendero que atiende su mujer. Allí se juega a las cartas, se organizan verbenas. El río es el centro del valle.

Miran las golondrinas que rozan el agua con su pecho, para refrescarse, dejando un surco fugaz. Y los peces, un breve relámpago plateado que salta a la caza de moscas.

Cuando llega Paco, Toño le pide que los monte en su barca. Miguelito no lo ha visto, pero a sus espaldas ha cuchicheado unas palabras al oído del barquero. Este asiente con un gesto de connivencia.

En un santiamén los lleva hasta el centro de la corriente. Allí, Toño hace un guiño a Paco, agarra a su hermano y lo tira al agua.

Miguelito manotea, se hunde, traga, sale a flote, vuelve a manotear.

Cuando Toño lo ve sin fuerzas, se lanza a por él.

Y, ya de vuelta en la barca, chorreando, le dice:

—Así que puedes nadar.

Desde entonces pierde el miedo al río.

Al regresar al embarcadero, los espera aquel hombre con su armatoste de madera.

En cuanto lo ve, Paco empieza a gritar:

—¡Otra vez no, don Godo!

Desde la orilla, el hombre del armatoste resopla, yendo de acá para allá. Al fin, replica, indignado:

—Si no atiendes a la parroquia, ya me encargaré yo de hacerlo saber en el ayuntamiento, para que te quiten la licencia y se la den a alguien que cumpla. Y date prisa, que se me va la luz.

Don Godofredo Azcona se sabe una autoridad casi notarial. Sus fotografías atestiguan y perpetúan un nacimiento, la infancia escolar o la primera comunión, el servicio militar, una boda, la muerte. A alguien así no se le puede negar el transporte. Paco se echa a temblar cuando termina el verano y se deja caer por el embarcadero. Sabe de sobra qué le lleva por allí. La postal. Su famoso crepúsculo.

Todos los años lo intenta. Sostiene que la ciudad no cuenta con una imagen digna, indiscutible. Esa que luego sale en libros y cuadernos escolares, envoltorios de mazapanes y pastillas de café con leche. Esa que se reconoce de un simple golpe de vista. Nadie la ha conseguido. Pero él lo remediará. Lo tiene todo calculado, el punto exacto donde el sol se pone tal día, a tal hora. Y eso solo sucede una vez al año.

Entonces, llegado el momento en que la luz es la adecuada, don

Godo está de nuevo empeñado en hacer la foto: un crepúsculo con el sol descendiendo entre nubes hasta situarse exactamente en un punto determinado de la orilla del río, con el perfil de la ciudad desplegado a la derecha, presentando muralla, torres y puentes, listos para la revista.

Carga con su cámara de madera, el trípode, las placas, y alquila los servicios de Paco. Este debe llevarle hasta una isleta en el centro del río. Allí se asienta, lo prepara todo y espera paciente la puesta de sol, atento a la jugada.

Pero, llegado el momento de la verdad, don Godo hace lo de siempre: ladea su boina, observa el encuadre hasta el último detalle, patea el suelo, resopla y farfulla:

—El caso es que si el monte estuviera un poco más a la izquierda, con las nubes más arriba y más foscas; si los cipreses del cementerio se alzaran a media ladera en vez de estar tan bajos, en ese hoyo, que parece que los hayan traído a enterrar; si el molino lo hubiesen colocado delante de la chopera, no detrás, que apenas se le ve; y el sol se pusiera por el Este... sería perfecto. La foto de mi vida. Pero de este modo, no hay manera. No hay efecto. No hay motivo. Lo único que está en su sitio es la isleta esta de los cojones.

Y así, verano tras verano.

La composición nunca sale a su gusto y don Godo grita al barquero que lo devuelva a la orilla.

Mientras rema de regreso a su bar, Paco le dice:

—Y qué más da que no esté tan compuesto. A mí me gusta así.

Don Godo lo mira conmiserativo, entrecerrando los ojillos.

—Anda, calla y rema... Qué sabrás tú de simetría.

Al pedirle el dinero por el servicio, se niega a pagarle, alegando que no ha podido hacer su foto.

En una ocasión, cuando aún se fiaba de otros barqueros, uno de ellos quiso quedarse con su cámara en rehenes, hasta que le abonase. Pero don Godo, alto y de muy malas pulgas, lo tiró al agua a golpe de trípode. Desde entonces, solo quiere tratos con Paco.

Cierto que la isleta en el centro del río no está en su jurisdicción. Pero los otros le dejan invadir sus dominios para quitarse a don Godo de encima. Y le hace un buen precio en otros viajes, cuando el fotógrafo, medio en serio, medio en broma, le dice que un barquero con un solo brazo debería cobrar la mitad.

Ahora está sentado en una de las mesas del bar de Perico. Su mujer le sirve un porrón de vino con gaseosa. Don Godo se lo paga religiosamente, saca una fiambrera y acomete un potaje de garbanzos con bacalao y arroz. El bacalao le chifla. Hace una variante republicana de la receta «Bandera Española», donde las tiras de pimiento rojo son la mitad de anchas que las amarillas de mayonesa. Para la variante republicana, en vez de una de las bandas de pimiento rojo pone otra morada de berenjena.

A don Godo le ha gustado la decisión de Toño, a quien observaba desde la orilla. Le parece de primera eso de enseñar a nadar a Miguelito por métodos expeditivos. Y quiere que le ayude a ordenar su archivo.

Así fue como Toño trabajó durante algún tiempo con don Godo y aprendió los secretos de las famosas fotos genealógicas. Aquel entrelazo de rasgos y gestos que iban componiendo las familias al descolgarse por el tiempo.

Siempre le interesaron esas cosas. Aquellos que terminaban varados en tierra de nadie, escurriéndose entre dos luces. Los espacios sustraídos a los monumentos y la ciudad oficial. Los intersticios. Los descampados y los buhoneros de paso que allí se asentaban.

En su variante de las fotos genealógicas, Toño aplicó al rostro de los individuos a lo largo de su vida la misma superposición de rasgos, sus itinerarios y renuncios.

Así lo hizo en la imagen que Miguel tiene ahora delante. Son, en realidad, dos. La original, una de aquellas fotos escolares de don Godo, y una ampliación donde Toño ha añadido la transformación de esos niños en adultos.

6

Aquella instantánea de don Godo tiene su historia. Tras la visita del abogado y administrador de la marquesa a la huerta, la escuela ha salido adelante a toda prisa. El edificio es una antigua cuadra. Aún huele a vaca cuando la estrenan. El suelo acusa el canalillo del albañal para los purines de los animales. La humedad trepa por las paredes, perfilando las marcas de los pesebres. Como el resto del barrio, carece de agua corriente. Solo cuenta con una bomba de mano que deben cebar para que brote del pozo. En verano, beberán del botijo que aguarda, firme como un recluta, con la embocadura más ancha cubierta por una tapa de ganchillo.

Las influencias de la marquesa logran que el Ministerio de Educación envíe los pupitres, el material escolar, la bandera, el crucifijo, los retratos de Franco y José Antonio. Pero se prolonga el concurso para cubrir la plaza. Y como el nuevo curso se echa encima, don Santiago se pone en contacto con una maestra que conoce.

Cuando se acerca el primer día, Ángel no quiere que vaya Toño. Prefiere esperar a ver si los otros padres mandan a sus hijos más crecidos. Irene discute con su marido. Insiste una y otra vez. Ella es nieta de un maestro, no está dispuesta a consentirlo. ¿Para qué han venido a la Solana, si no es para asegurar a sus hijos un futuro mejor que el suyo?

A menudo, en sus forcejeos, la madre parece disponer de una baza secreta para convencer al padre. Pero Ángel cuenta con un aliado inesperado: Toño tampoco quiere ir. No tiene buen recuerdo de la escuela del pueblo. E Irene parece rendirse. De momento.

Esa primera mañana, es ella quien se encarga de llevar a Miguelito de la mano. Se crea un ambiente extraño cuando se reúnen frente a la escuela todos aquellos niños, venidos desde las cuatro puntas del barrio, tan disperso por los campos. Bajo un olmo está apostado don Godo, con su armatoste.

La maestra aparece allá lejos, en la carretera que viene de la ciudad. Avanza bajo los árboles. Su bicicleta roja relumbra a rachas bajo los fogonazos de sol que se cuelan entre las ramas.

Cuando llega ante la escuela desmonta con cuidado, retirando la falda para que resbale sobre la redecilla blanca que cubre la rueda trasera, evitando su enganche entre los radios.

Al saludar a los padres y presentarse a los chicos dice llamarse Catalina. Todos terminarán llamándola doña Caty.

Aunque la maestra ya debe estar prevenida, le cuesta reponerse ante el aspecto de la muchachada. No es del todo astroso, las madres se habrían quedado sin comer con tal de vestir a sus hijos decorosamente. Solo que resulta un tanto antediluviano.

Don Godo le pide que pose con los críos, en el medio. Es la foto que Miguel tiene ahora delante y que Toño, ausente de ella, ha utilizado para evocar los días escolares.

Deja a un lado el original y examina la ampliación de gran tamaño, donde su hermano ha ido anotando nombres, apodos, comentarios.

No llegan a los veinte, entre chicos y chicas. Casi mitad y mitad. Todas ellas visten bata blanca. Reconoce a Teresa, la hermana del Jesús el Gordo. Y a Milagros, la hermana mayor de Feldespato.

También a la pequeña Eva, con su pelo alborotado y negrísimo. Era casi de su edad. Durante algún tiempo trató de adoptarlo y le regalaba calcomanías de mariposas. Tímida, parece no saber dónde meter las manos. Se las ha atrapado entre las rodillas, recogiéndose sobre sí misma para hacerse invisible.

Allí está Susana, componiendo la faz. No acaba de creerse que la hayan confinado entre aquellos desarrapados. Hasta hace poco ha venido recibiendo clases particulares de un cura tío suyo, que también educaba al Gordo y a su hermana Teresa. Pero el mosén murió durante el verano.

A Susana se la ve impecable, con sus tirabuzones rubios, su rebeca sobre la bata, alzada la cabeza y la sonrisa, sabiéndose guapa a rabiar. Es la más desarrollada, la más consciente de su cuerpo. *Ya era una mujercita. Calculadora. La que mejor mentía*, ha anotado Toño en la ampliación de la foto.

Los dejó a todos a bolos cuando, en vez de beber del botijo a pitorro, a chorro o a morro, sacó una caja redonda de color azul, una especie de polvera. Al quitarle la tapa aparecieron unos círculos de plástico transparente. Tiró del que estaba más afuera y se descolgaron otros más pequeños, formando un pequeño tiesto hecho de aros concéntricos. Estaban tan bien ensamblados que al desplegarse como los catalejos formaban un vaso. Vertió allí el agua del botijo y la bebió con auténtica fruición. Luego lo sacudió, lo plegó, le puso la tapa y se lo guardó en un bolsillo. Nunca se lo dejó a nadie. Bueno, quizá alguna vez al Gordo, cuando ya se rumoreaba que eran medio novios.

Los chicos visten como Dios les da a entender. Cada madre ha hecho lo que ha podido. Algunos —pocos, los mayores— lucen chaquetas; la mayoría, jerséis de pico. Los dos gemelos, el Piojo y el Gorgojo, se cubren con aquellos inverosímiles pantalones de tirantes cruzados sobre el pecho, en forma de aspa. Los huerfanitos, los llamaban. *Su padre, albañil, murió pocos años después, al caer del andamio. Borracho, añadían las malas lenguas*, ha anotado Toño.

Miguel viste una prenda que nunca recordaría haber tenido si no la viese allí: un peto. Qué degradación. Cómo se reían de él.

En aquella diminuta república escolar ya se daba un cierto reparto de papeles.

Destaca por su altura el Carioco, afilado y tenso. Era el que más sabía de mujeres: su tío Perico, el tartanero, le contaba sus andanzas cuando iba de putas. Gran organizador de motines en la sombra, estaba al tanto de cuantos sabotajes se tramaban. Era el que mejor jugaba a las canicas y con el tiempo desarrolló una verdadera pasión por los motores y los coches. Nunca perdonó a Susana el desdén con que lo trataba. Susanita Magefesa, la Perfecta Ama de Casa, la llamaba.

En el extremo opuesto, Feldespato, tirando a canijo. Lleva las gafas recompuestas con esparadrapos. Lo terminaron llamando así cuando la maestra explicó la composición del granito: cuarzo, feldespato y mica. Al tomarle la lección se atrancó en el feldespato. Y con ese mote se quedó.

Le cuesta reconocer a los otros chicos de esa fila. Le vienen a la cabeza sus apellidos, por las veces que los oyó al pasar lista: Ansorena, Apellániz, Campuzano, Ontiveros... Más allá se le extravían en la memoria. No eran propiamente del barrio, sino de casas aisladas de los alrededores.

Ansorena era el chivato oficial de la escuela. Su padre tenía una tienda de ultramarinos. Él venía en una bici que no dejaba a nadie. Menudo cabrón. *Nos salió constructor. Está forrado. Cuando paso delante de su chalé, alguna vez lo veo jugando al tenis*, ha anotado Toño.

Allí está Jesús el Gordo, sonriendo a media asta, con su mirada de niño confiado, cachazudo. Asoman sus famosos zapatos, con un dibujo especial en la suela, que dejaba huella allí por donde pisaba, sobre el polvo o el barro. Despertaba la envidia de todos. En vez de las canicas normales tenía unas de vidrio con hilillos de colores. Llevaba una especie de cojín o tapiz brillante, como de seda, que ponía en el asiento para no mancharse. Su cartera de cuero era impresionante: cajas completas de lapiceros de colores Alpino, gigantescas gomas de borrar marca Milán, sacapuntas de metal, plumieres barnizados. Y un mapa de España, una plantilla de plástico transparente azulado, con todas las cordilleras y ríos, y unos agujeritos donde iban las capitales de provincia. Y reloj. Se sentía importante cuando le preguntaban la hora. Bajo su foto, Toño ha escrito: *No era mal tío, compartía sus cosas. Lástima que luego hiciera lo que hizo y terminara como terminó.*

Tras posar para la foto, entran en la escuela. A lo largo de esa primera semana Miguel entiende enseguida que lo tiene muy crudo. Es el más pequeño de todos y durante el recreo le llueven las hostias.

Un día le quitan el bocadillo que le pone su madre. Son dos niños mayores que él y mientras se lo comen, encima, se le pitorrean. A punto está de echarse a llorar. Se contiene. Sería mucho peor. Y si se chiva a la maestra, está perdido.

Entonces la pequeña Eva, que está con las chicas, al otro lado de la carretera, la cruza y se le acerca. Parte en dos su trozo de pan, y le da uno de ellos, con una onza de chocolate dentro. Luego, se sienta a su lado. Nada dice. Pero Miguelito siente una gratitud inmensa. Ganas le dan de abrazarla

El viernes, ya en casa, durante la cena, estalla:

—No quiero volver a la escuela. Todos me pegan.

La madre mira al padre, que se encoge de hombros:

—Ya te lo decía yo.

—Te acostumbrarás, harás amigos —lo anima Irene.

Miguelito se echa a llorar.

Toño no abre la boca. Pero cuando se acuestan, antes de apagar la luz, le dice:

—El lunes iré contigo. Y me sentaré en tu mismo pupitre.

No se lo cree. Toño aborrece las escuelas.

Pero cuando llega el lunes por la mañana y su madre le despierta hace rato que su hermano le espera.

El padre se sube por las paredes. La madre, en cambio, apoya aquella decisión.

—Solo le tocará ir este curso —dice Irene.

A partir de aquel momento, su hermano le acompaña todos los días. Por el camino, habla a Miguel muy seriamente:

—Si en la escuela y en el barrio te toman por un cagón, no levantarás cabeza.

Miguelito se estremece. Aún se acuerda de cómo le hizo perder el miedo al agua, tirándolo en mitad del río desde la barca de Paco el Manco.

Llevan tres días yendo juntos y las cosas empiezan a cambiar. Ahora, cada vez que tiene un problema y se pega a Toño como una lapa, su hermano le da disimuladamente patadas y puñetazos para alejarlo de su lado, insultándole por lo bajo. Lo llama cobarde asqueroso, sucia rata apestosa.

—¿Para qué te acompaño, si vas a seguir comportándote como una nenaza? Si no cambias, te dejaré solo.

Sin embargo, aquel hermano, que puede ser tan desagradable, siempre aparece cuando más lo necesita. Si durante el recreo alguien trata de amedrentarlo, Toño se entera. No sabe cómo, pero allí está. Se limita a decir: «Miguelito, ven aquí un momento». Él va corriendo a preguntarle qué pasa. Toño contesta: «Nada». Le basta con una mirada al matón de turno para que deje de molestarle en el acto.

Lo mismo en el barrio, aunque no le hace ninguna gracia llevar por ahí a un crío como Miguelito. Lo manda a casa cuando se junta con los mayores.

Un día, Toño se pelea por su culpa. Mientras se limpia la sangre, su hermano pequeño le dice:

—Ya sé que solo te traigo problemas.

—Tienes que aprender a defenderte tú solo.

—Prométeme que un día me dejarás ir contigo y con los mayores.

—Ninguno trae a sus hermanos pequeños. Para sonaros los mocos ya está la maestra.

—Yo me los sueno solo, no soy tan pequeño.

—Sí que lo eres.

—Pues entonces, si me caigo a una acequia o me mata el tren, tú tendrás la culpa. Y ya verás lo que dicen padre y madre.

—Bueno, lo pensaremos.

Miguelito hace propósito de no dar más la tabarra. Pero no tarda en volver a sus cuitas:

—¿Y qué pasará cuando seamos muy viejos, con veinte o treinta años?

—Pues nos echaremos novia, nos casaremos, tendremos familia, hijos...

—¿Hijos? ¡Dios! ¿Y nos seguiremos viendo?

Todo esto lo dice Miguelito tan compungido que su hermano se ríe.

—Claro, no seas tonto.

—Cambiaré, Toño, ya lo verás.

—No cambies demasiado, Miguelito. Los mayores se vuelven malos y calculadores.

7

Se acuerda de aquel día, en la escuela. Cuando aparecen los nuevos. Primero él, desafiante. Es un poco mayor que Toño. Cojea ligeramente, dicen que por un navajazo mal dado. Luce una muñequera de cuero con hebillas y un cinturón reforzado con monedas de dos reales. Le ha debido costar mucho reunirlas, todas son nuevecitas, relucientes. Es muy fardón. Y una buena arma, llegado el caso.

Detrás va ella. Miguelito traga saliva cuando la ve avanzar con su pelo rojo incendiado por el sol. Como una antorcha. En el silencio que se abre a su paso resuena el pequeño cascabel de plata que lleva al cuello.

—Son los hijos de Chon, la Canastera —le dice Toño.

Chon tiene una tienda en la muralla, cerca del Frontón Cinema. Venden y cambian tebeos, cromos, novelas baratas. Aunque sus padres, los Canasteros, siguen en el barrio, ella hace tiempo que se marchó de la casa familiar. Vive a mitad de camino entre la Solana y la ciudad, en un descampado junto al chalé del indiano. Han debido tardar en localizarlos y obligar a la madre a escolarizar a sus hijos.

Él se llama Salva. Más tarde sabrá que es por Salvador, pero al principio le suena a selva, a salvaje. Algunos lo conocen como el Rejas. Lleva varios reformatorios a sus espaldas.

Lo sientan con Toño. Son los dos mayores, a los que solo les queda un año de escuela. A Miguelito le duele en lo más hondo que lo separen de su hermano. Lo pasan detrás, con Jesús el Gordo, a los pupitres que lindan con las chicas. Son como una barrera de protección. El Gordo es de los que no da guerra.

A ella, a la hermana del Rejas, la ponen junto a Susana, quien lo siente como un ultraje: cómo se atreven a rebajarla al mismo nivel que aquella pelandusca. Desde el principio se establece entre ellas una sorda rivalidad. La pelirroja se llama Candela, y al levantarse del pupitre la madera del asiento le deja una marca rojiza en el muslo, junto a un arañazo que destaca sobre la piel dorada. Es como la línea de puntos de los recortables, la señal de alguien que anduviera a menudo entre zarzas y maleza.

Un día en que los chicos, solo ellos, juegan un torneo, Candela hace algo insólito. Le dice a Miguelito que monte en corderetas sobre ella, para que haga de jinete y arremeta a los otros hasta descabalgarlos. Ninguna chica se ha atrevido a tanto. Al principio se ríen, pero resulta ser una temible adversaria. La pequeña Eva parece triste, se siente traicionada.

Otro día hay una pelea con bolas de nieve entre chicos y chicas. Ganan ellos, y salen a perseguirlas. Eva se deja coger por Miguelito y cuando están muy juntos le da un beso repentino. Le entrega un papelito y se escapa corriendo. En él, con letra menuda y premiosa, le advierte: *Esa chica es mala. Ella no te quiere como yo.*

Pronto comprueba que Candela es especial. Sabe correr, silbar y escupir a metros de distancia, como un chico. Es capaz de tirar piedras lanzándolas por abajo, soltándolas al golpear la cadera con la mano. Les gana a todos cuando elige una lisa y la arroja contra la superficie del río, la hace rebotar hasta siete veces sobre el agua.

Dicen que lleva un alfiler para pinchar a los hombres que se le pegan demasiado en los autobuses o en las filas.

Basta acercarse para sentir su temperatura. Parece traer con ella el calor de la cama, esa niebla pegajosa exudada durante los sueños.

Miguel la siente rebullir detrás de él, le llega su olor, penetrante y animal. Susana dice que huele al humo de las hogueras que hacen los Canasteros.

Como sus pupitres están pegados y es más alta que las demás, las rodillas de Candela rozan a menudo a Miguelito, cuando ella estira las piernas o él recoge las suyas. A medida que avanza la mañana la atmósfera se va cargando y volviéndose más densa. El tiempo se detiene. Oye el chirrido de los alambres de la luz, los cobres sacudidos por el viento o los espasmos de la electricidad, el chisporroteo del transformador que zumba como un abejorro. Siente subir por su cuerpo el mismo calambrazo que la dinamo de la bici cuando su cabezal estriado roza la llanta. Candela tiene la costumbre de mover los muslos de forma nerviosa. Eso le excita, especialmente cuando está a punto de mearse. Sin darse cuenta, se acopla a aquel mismo ritmo. Una sensación de bienestar le sube por todo el cuerpo, como si entrase en cortocircuito.

Ha dudado si ella se dará cuenta. Pero un día le ha guiñado un ojo. Y él se ha puesto colorado como un tomate. ¿A qué juega? ¿A qué juegan las mujeres?

No sabría decir lo que siente por Candela. Es la única chica mayor que le hace caso, en vez de tratarle como a un crío. La adora. Haría cualquier cosa por ella.

La maestra también ha puesto juntas a Candela y Susana para que hagan la leche en polvo americana que toman durante el recreo. La rubia no lleva nada bien que la junten con la pelirroja:

—Yo no quiero estar con la chica de los Canasteros, son unos pelaburros.

Cuando Candela se entera de lo que ha dicho, le da una buena tunda. Susana se revuelve, tira del collar de plata que lleva al cuello su rival, le arranca el cascabel y lo echa a la estufa donde acaban de calentar la leche.

La cadenilla se queda enganchada en un tronco llameante. Miguelito toma el atizador y trata de recuperar el cascabel. Cuando está a punto de resbalar hasta las ascuas del fondo, lo coge con sus manos. Lo suelta al sentir el quemazo, al ver el surco rojizo en la palma de la mano, que huele a chamusquina. Pero ha conseguido ponerlo a los pies de Candela.

Ella le lame la quemadura con saliva. Aquello, le cuenta, significa mucho para ella. Es su talismán, regalo de su padre, quien lo hizo con sus propias manos, apurando la última plata que le quedaba. Y le da un beso porque es el único que la quiere de verdad, y cuando sea mayor se casará con él.

Durante el recreo, la pequeña Eva lo mira desde el otro lado de la carretera. Nada dice, sentada bajo el enorme olmo. Pero sus ojos son como pozos, más grandes y negros que nunca.

Tras la pelea con Susana, es él quien ayuda a Candela a hacer la leche en polvo. También le sujeta los envases de queso, mientras ella retira la tapa con un gran abrelatas, sujeto a la pared. Luego lo corta en lonchas con un alambre fino.

Un día la pelirroja aparece con moretones en la cara. A Miguelito le cuesta creer que alguien pueda pegarle.

Viene la maestra y le dice que salga, que tiene que hablar con la muchacha. Desde fuera, oye voces.

Doña Caty se da cuenta de que sigue allí y le ordena:

—Vete a casa con Toño, Miguelito.

Cuando llega junto a su hermano le pregunta:

—¿Qué le pasa a Candela?

—Y yo qué sé.

—Su hermano Salva es amigo tuyo —insiste.

—Eres demasiado pequeño para entender estas cosas.

Siempre lo mismo, piensa mientras da patadas a una piedra: demasiado pequeño, demasiado pequeño... Algún día verán lo pequeño que es.

8

La maestra hace salir a Salva a la pizarra, le entrega un libro abierto y le ordena copiar un párrafo.

Él se niega.

Se produce un tenso silencio. Nunca ha pasado nada igual.

La maestra insiste.

Nueva negativa.

Toño levanta la mano y se ofrece a hacerlo él. Ahora es Miguelito quien está perplejo. Sabe lo mal que lo pasa su hermano cada vez que lo sacan y le hacen escribir. Tiene una letra muy infantil para su edad. En la escuela del pueblo los otros niños se reían de él, aunque se callaran como muertos cuando se volvía furioso hacia ellos, fulminándolos con la mirada. Nunca escribió bien. Le obligaron a usar la mano derecha, corrigiendo su zurdera.

Ahora, al cabo de tantos años, Miguel piensa que quizá por eso parecía torpe. Bien demostró lo contrario cuando empezó a dibujar con la mano izquierda.

Aquel día, la señorita Caty permite a Toño copiar el párrafo en el encerado. Luego ordena a Salva que lo lea.

De nuevo se niega.

La maestra lo expulsa de clase.

Cuando más tarde se reúnen con él, no quiere dar explicaciones.

Otro día lo entienden. Salva tiene que firmar una lista. Y parece incómodo. Remolonea, espera a hacerlo el último, después de Toño. Entonces, mira alrededor y cuando nadie lo ve saca un papelito del bolsillo. Lleva en él su nombre. Lo copia cuidadosamente. Tarda un largo rato.

O sea que le falta poco para ser analfabeto. Pero no es el caso de Candela.

—¿Por qué no has enseñado a tu hermano a leer y a escribir en condiciones? —le pregunta Toño a la muchacha.

—¿Crees que se deja?

Mantienen una relación extraña. Por la tarde, al terminar las clases, Toño se va con Candela y Salva. Antes, pide a Miguelito que le cubra:

—Cuando madre te pregunte por mí, dile que estoy en la escuela porque la maestra me ha puesto deberes.

Aunque enfurruñado, cumple su papel.

Otro día le pide que lo espere jugando por ahí, para volver juntos. Su hermano se retrasa al recogerle y llegan tarde a casa.

Los castigan dejándolos sin paga. A Miguelito le da coraje, y salta:

—Yo no tengo la culpa. Es Toño, que tiene una novia.

Su hermano le da una patada por debajo de la mesa para que se calle, pero él continúa:

—Es Candela. Por eso se ha comprado un peine y se echa brillantina.

Irene se levanta, agarra a Toño por el brazo y se lo lleva aparte. Habla con él muy seriamente. No quiere malas influencias ni que eche a perder al pequeño:

—Una chica de catorce años tiene la malicia de un muchacho de dieciocho. Y la hija de Chon se ha criado por ahí, en la calle. Habrá cogido todas las mañas y picardías. No hay más que verla, su descaro, cómo anda. Me la encuentro en el mercado de abastos, cuando voy a comprar, y le da ciento y raya a cualquier verdulera.

Su hermano se enfada con Miguelito. No le habla.

A medianoche, Toño se despierta para ajustar una ventana que golpea con el aire.

—Está cambiando el tiempo —dice.

Miguelito se revuelve en la cama y pregunta, medio modorro:

—¿Qué decías?

Su hermano no se digna mirarlo. Suelta, con desprecio infinito, una de aquellas frases que debe oír en el cine o leer en los tebeos:

—Yo no trato con chivatos. Solo hablo con el viento y la naturaleza.

Aunque no le dejen ir con él y le hayan arrebatado a Toño, Miguelito admira secretamente a Candela y a Salva. Es la primera vez que ve aquella libertad. No se sienten atados de por vida a un pedazo de tierra, no son esclavos de ella.

Los Canasteros, la familia de su madre, conocen la cañada, donde crecen juncos, mimbres, aneas, cañas. Hacen cestas. Son muy trabajadores y respetados. Pero Chon es la oveja negra.

Lo malo es que Toño siente hacia la escuela el mismo desdén que Salva. Los comentarios de este dejan perplejos a todos. No le interesan los héroes. Ni siquiera los de la Historia Sagrada, como los siete hermanos Macabeos, hijos de Matatías, que murieron por la fe, entre atroces tormentos.

—Ya querría yo verlos enfrentarse a mi padrastro, cuando viene borracho —dice para hacerlos de menos.

Se refiere, en realidad, al antiguo legionario a quien llaman el Ceuta, el hombre que vive con su madre.

—El que se la chulea ahora —informa Carioco—. A saber los que habrá habido antes de él. Fijaos lo poco que se parecen los dos hermanos, pelirroja la una, moreno el otro. Dicen que cuando el Ceuta vuelve a casa tarde, se encuentra la puerta trancada. Él la aporrea. Entonces sale Chon, le desabrocha la bragueta, le saca la minga y se la olisquea para ver si ha estado con otra. Y si el fiambre no le huele bien, a la puta calle, lo deja fuera.

Salva no ve tanta diferencia entre la escuela y los reformatorios. Cree que mientras se sientan frente a la pizarra están perdiendo la verdadera vida.

Miguel recuerda bien todo eso, porque Toño pensaba igual. Para su hermano, la escuela era como el Tragachicos, aquel gigante de cartón piedra con la boca muy abierta. Los niños trepaban por una escalera, se metían en el garganchón, resbalaban por un tobogán y salían por el culo. Y por el camino se quedaba la sustancia de la persona, como hacían los sacamantecas.

Para Miguelito, por el contrario, la escuela era un oasis frente a la esclava vida campesina. Allí descubrió y paladeó sus primeros momentos sin tiempo. El otro lado de la costumbre. Esos acontecimientos sin transcurso. El resbalar del día mientras la raya del sol se va deslizando en silencio desde las ventanas, barriendo el suelo, los pupitres... los ecos apagados del tren que pasa por la vía, las esquilas de las cabras, el trote de carros por la carretera.

Las viñetas de Toño no reflejan la dedicación y entrega de la señorita Caty en los momentos más crudos del invierno. Cuando en la escuela la tinta se hiela en los pocillos de porcelana anclados a los pupitres.

Doña Caty nunca flaquea, aunque haya nevado. Llega con su bicicleta roja, llevando en las alforjas de cuero negro los cuadernos corregidos con su lápiz bicolor.

No puede olvidar cómo le trata cuando presenta su primera redacción escolar. Ha puesto toda su alma en aquella hoja. Al marcharse la ve junto a la estufa, apurando el calor, debajo de la bombilla. Está reconcentrada en su cuaderno. Le conmueve que se haya quedado hasta tan tarde, y no quiere molestarla. Anda con cuidado, para no hacer ruido y porque le duelen los sabañones de los pies.

Al día siguiente la maestra lee su redacción en público. Dice que es la mejor. Sus compañeros le miran de otro modo.

También es ella quien más tarde insiste para que le dejen continuar sus estudios. Cuando su padre, vestido con su único traje y zapatos, va a verla y trata de explicarle que necesita a los hijos para trabajar la tierra. Ella se pone tan seria que no se atreve a contradecirla.

Recuerda lo que pasó muchos años después, cuando ya era un sociólogo reconocido y lo invitaron a dar una conferencia en la ciudad. Al final, una anciana permaneció en la sala vacía. Se había fijado en ella mientras hablaba, en sus sonrientes cabeceos de aprobación. Cuando la viejecita se levantó para llegarse hasta él, reparó en su ropa raída, el leve olor a naftalina. Era tan diminuta que le dio apuro hablarle desde la tarima y bajó para salir a su encuentro.

—¿Te acuerdas de mí? —le preguntó con voz temblorosa.

—Lo siento, pero no.

—Soy la señorita Caty —dijo con los ojos húmedos.

Estaban a punto de cerrar la sala y él le insistió para que se uniera a la cena ofrecida por los organizadores. Le tendió el brazo y mientras se apoyaba le entristeció verla tan encogida.

Ya en el restaurante, sus dientes eran tan débiles que no podía masticar. Miguel se levantó discretamente y fue hasta el camarero, a encargarle algo más blando. Se lo trajeron, pero tampoco pudo comerlo.

—Tanto da —le agradeció ella con una sonrisa velada de tristeza—. Ya no ceno apenas. Solo quería volver a verte y saber que no me equivocaba cuando dije a tus padres que debías estudiar.

Ahora era él quien tenía los ojos empañados.

9

Se pregunta si sobrevivirá todavía la vieja escuela. Las excavadoras han dejado de trabajar y el sol no aprieta como al mediodía. Sale sin decir nada a Julia.

Mientras camina, el barrio le produce la misma sensación agridulce que la huerta. Apenas ve lo que desfila ante sus ojos. Nota más las ausencias, lo que hubo medio siglo antes. Solo parece intemporal ese crío con el que se cruza. Arrodillado en el suelo, se afana haciendo una pequeña presa de barro para retener el agua que escapa de la fuente de la ermita. Ajeno a la avispa que revolotea en torno suyo, la trabaja como si en ello le fuese la vida, con esa inmisericorde seriedad de los niños al jugar.

La maleza que todo lo invade borra los deslindes de las fincas, ciega las acequias. Antes, cuando el sol se ponía rasando sobre los arbustos de las cunetas, en sus ramas quedaban los vellones de lana de las ovejas, brillando a contraluz. Ahora hay cintas de casete serpenteando al viento, bolsas de plástico que restallan con el latido de la tarde en retirada.

La vieja escuela aún permanece en pie. Se han llevado las tejas, hay demanda para los chalés de las nuevas urbanizaciones. La ventana está aspada con tablas, la puerta arrancada. Los marcos carcomidos albergan nidos de araña algodonosos, polvorientos, con restos de moscas. Sobre el umbral solo queda el tejadillo ondulado de uralita. De las pequeñas jícaras de porcelana del tendido eléctrico cuelga un trozo de cable con el aislante deshilachado.

Junto a la puerta todavía se conservan los hierros para limpiarse el barro de los pies. Baja por la escalera desgastada, evitando los escombros. Del cielo raso cuelgan cañizos desventrados. En el suelo, yesones caídos entre las ortigas que todo lo invaden.

La percibe ahora en toda su descarnada desnudez. ¿Cómo podían caber allí? Hay restos de las pezuñas de hierro sobre las que se asentaba la estufa de leña. También queda, empotrado en su agujero de la pared, uno de los tubos acodados de la chimenea de latón, lleno de hollín.

Entra en el local que servía como almacén. Reconoce los restos de un artilugio oxidado, sujeto a una columna, junto al poyo de cemento. Es el abrelatas del queso americano. Está tan absorto en sus recuerdos, que se sobresalta al oír aquel sonido. Un cascabel de plata, al que sigue una pregunta:

—¿Tú estudiaste aquí?

Aquella voz... Parece proceder de la propia escuela, de su niñez... Pero no. Viene de lo alto de los peldaños que arrancan al nivel de la carretera.

Sube la escalera, se acerca a la chica. Lo primero que encuentran sus ojos es la camiseta, negra, con un letrero blanco sobre el pecho: *You can't be FIRST, but can be NEXT.*

Le suena su cara. Estaba en el pórtico de la ermita, junto a Candela. Y el cascabel al cuello es inconfundible.

Ella añade:

—Has cogido ese chisme de la pared igual que mi abuela.

—¿Cómo te llamas?

—Candy —responde sin dejar de mascar chicle.

—¿Candy, de Candela? O sea que eres su nieta.

—También significa bombón, en inglés. ¿Sabes inglés?

—Un poco... Eres clavadita a ella. Solo te falta el pelo rojo.

—He visto sus fotos de joven. Muy guapa.

—Tú también lo eres. Seguro que te lo han dicho.

—Pchss... Ya sabes cómo son los chicos, esos no te dan ni la hora... Oye, tú no vives por aquí.

—No, he venido a ver a mi hija —dice señalando hacia la huerta.

—¿La *hippy*?

Asiente, con una sonrisa.

—Ella es simpática —continúa la chica, ajustándose la minifalda—. De esas de ciudad que buscan lo auténtico. Je, je. Pero el que vive con ella, menudo cardo. Aunque era más raro todavía el que se murió.

—Ahora estás hablando de mi hermano.

—Un poco colgado, ¿no? Tú pareces más normal.

Ella le muestra las uñas pintadas de un color inverosímil.

—¿Te gustan?

Miguel tuerce el gesto.

—Ah, ya sé. Piensas que voy como una putilla.

—Yo no he dicho nada.

—Sí que lo dices. Con los ojos.

—¿Siempre hablas así?

—¿A quemarropa?

—O sea que encima lo haces a propósito.

—Es que eso me dicen los mayores, que suelto las cosas a quemarropa.

—¿Cuántos años tienes?

—Quince. —Y como nota que él la está midiendo con la mirada, hace una pompa de chicle, la explota y añade—: Los chicos me echan más edad. Y los hombres también. Sobre todo cuando me miran como tú ahora.

En ese momento llegan otras dos adolescentes.

—¿Dónde pongo el loro? —dice la que lleva el aparato de música.

Candy le señala el poyo de cemento junto a la pared. Pero sigue mirando a Miguel, quien cree llegado el momento de iniciar una discreta retirada.

Se aleja, carretera adelante. Aún alcanza a oír a la otra recién llegada, que pregunta a Candy:

—Pero ¿qué hacías con ese viejo?

Luego suena la música. Cuando se vuelve las ve, ensayando una coreografía.

Más cerca de la ciudad, los restos de otras casas hacen aflorar nuevos recuerdos. Allí vivían Candela y su hermano Salva, en tierra de nadie, donde acababa el barrio.

En la parte más alta, junto a la acequia madre que bordea la falda del monte, sigue en pie el extravagante edificio con una palmera en cada esquina. El chalé del indiano.

Estuvo deshabitado hasta la llegada de aquel forastero.

No recuerda bien cuándo notaron su presencia. Fue poco después de recibir una nueva visita de don Santiago, el administrador de la marquesa.

Se acercó un día hasta la Solana, con su coche, y dijo a Irene que la señora necesitaba hablar con ella por teléfono.

Don Santiago siempre la trataba con deferencia, aunque con un extraño ascendiente. Como si supiera de ella secretos que pudieran comprometerla.

Su madre se cambió, montó en el automóvil y desaparecieron camino de la ciudad.

Vio al padre inquieto, receloso. Mientras Irene estuvo fuera, no paró de mirar hacia la carretera hasta que oyó de nuevo el ruido del motor.

Ángel salió al encuentro de la madre, que parecía muy disgustada. Los oyeron discutir dentro de la casa. Y esa noche, durante la cena, no se dirigieron la palabra.

Al poco tiempo empezaron a verse luces en el chalé del indiano. Su único habitante, aquel forastero, se convirtió en una presencia huidiza, que no tardó en encender la imaginación de la pandilla.

$$10$$

Termina el curso en la escuela. Miguelito ha sacado buenas notas. Toño ya no regresará allí. La madre ha dado al hermano mayor dinero para el cine. Lo hace a escondidas del padre, con la condición de que lleve al pequeño. Va a ser su primera película.

Toño no está muy convencido. Preferiría ir al Frontón Cinema con Candela y Salva, como en otras ocasiones.

Mientras hacen cola junto a la antigua muralla, llega el barquillero con su ruleta roja a cuestas. La asienta en tierra y durante un rato repiquetea la lengüeta de ballena. Pasa con su carrito el hombre de los helados. Al llegar a la puerta se encuentran a la pipera con su cesta de mimbre. Y los carteles. Miguelito ha fantaseado a menudo mirando hacia lo alto, hasta aquellas mujeres que se abrazan a hombres con pistolas humeantes.

Cuando cruza el umbral, no se lo puede creer. Su hermano lo empuja de mala gana por el estrecho y oscuro pasillo. Al salir al patio de butacas, se queda con la boca abierta. Nunca ha visto un techo de aquella altura, ni tanta gente a la vez, ni el gigantesco escenario, cubierto por un telón que parece no tener fin.

Al abrirse los cortinones de terciopelo rojo para dejar paso a la pantalla blanca, un susurro de expectación recorre la sala como un oleaje. Se apagan las luces, repica el proyector, estallan los aplausos.

La primera película es de espadachines. Miguel no entiende la mitad de lo que pasa delante de él. Cuando el malo asegura que el chico caerá en una emboscada, empiezan sus preguntas:

—¿Qué quiere decir emboscada?

—Una trampa.

El interrogatorio continúa: qué significa *advenedizo, perspicaz, palafrenero...* A estas alturas, los chicos que están detrás lo mandan callar. Y Miguelito, para acabarlo de arreglar, le refrota a su hermano:

—No me contestas porque no lo sabes.

A medida que avanza la película hay tantos enredos, tantas idas y venidas, que no se entera de la misa la media.

El programa es doble. La segunda, más antigua, en blanco y negro, se sigue mejor. Va de esquimales. Hay un perro de esos que tiran de los trineos. Siempre ha ido al frente de la reata. Es el jefe, el más duro y resistente. Pero se está haciendo viejo. Su amo debe cumplir una misión muy importante. Ha de llevar medicinas a un lugar remoto, donde una epidemia está diezmando a los niños. Se dispone a partir sin tardanza. Duda si elegir al perro como jefe de la manada. El chucho brinca, salta, ladra, reclama su puesto. Al final, lo pone. En el camino se desata una tormenta. Al perro le cuesta avanzar, está retrasando la expedición. Su amo lo suelta y lo abandona. Tienen que continuar. Si se paran y no se dan prisa en llevarles sus medicinas, los niños enfermos morirán. Y también él y todos los otros perros, sepultados en la nieve. El viejo animal los ve partir, con el rabo entre las patas. No se resigna. Los sigue. Al principio vacila, luego gana velocidad. Y vuelve a colocarse en su lugar, al frente de la reata.

Los detalles lo muestran con la lengua fuera, el vaho de la respiración entrecortada, los ojos turbios contra la ventisca, las patas heridas. No puede aguantar aquel ritmo y, lo que es peor, no deja avanzar a los demás. El hombre detiene el trineo, agarra por el collar al perro cansado y enfermo y lo lleva hasta un barranco. Saca su revolver. Sobre el paisaje blanco, suena un disparo. Un bulto peludo cae rodando.

Debería haber un silencio sepulcral en el cine. Pero no. Miguelito ha empezado a llorar. Primero de forma contenida. Luego, ya a moco tendido. Apenas ve la pantalla, allá, al fondo, a través de una cortina de lágrimas. Sus berridos son tan estruendosos que empiezan a sisearle para que se calle.

—Al cine se viene llorado y meado —le gritan.

Toño ha de sacarlo de la sala.

Ya en la calle, jura y perjura que nunca más volverá a llevarlo.

Esto provoca en Miguelito una llorera aún mayor.

Su hermano cambia de táctica, intenta calmarlo por las buenas. Le dice que las películas no son de verdad, que el perro aquel no ha muerto.

—Me tratas como si fuera un crío. Yo lo he visto, le ha pegado un tiro —responde.

Y sigue llorando.

A su hermano le da vergüenza que los vean juntos por la calle.

Decide retirarlo de la circulación por un rato. Lo lleva hasta la tienda de tebeos, que está cerca. Además, sabe que se callará en cuanto vea a Candela, aunque solo sea por amor propio.

Toño y Miguelito han pasado muchas horas leyendo tebeos juntos, en las tardes lluviosas del invierno, entre la paja del cobertizo. Pero esta es la primera vez que le trae a la tienda.

El garito está encajado en la muralla, pegado a la trasera del Cine Frontón, por el otro lado, intramuros. Cierra, al fondo, la plaza del Revellín.

Junto a la tienda hay una moto, una Bultaco Tralla. Cerca de ella cuelgan como reclamo los ejemplares de segunda mano, sujetos a unas cuerdas con pinzas.

Los tebeos nuevos están dentro, en el escaparate, protegidos tras la cristalera. A Toño le llama la atención uno en especial. Es un cuaderno apaisado, con grandes letras rojas que dicen: *¡A sangre y fuego!* Un caballero cabalga a galope tendido, haciendo estragos entre la morisma, mientras un chaval rubio subido encima de un fortachón tuerto vestido a rayas se lía a garrotazos con todo lo que encuentra. No se ve el precio, lo tapa otro cuadernillo de *Hazañas Bélicas* que hay encima.

Entran. Al abrirse la puerta suena una campanilla que marca el ingreso en un mundo mágico. La tienda está inundada de chucherías, tebeos, revistas, novelas baratas, libros de segunda mano. A la entrada, hay una máquina de chicles. En el mostrador, una balanza y pesas, golosinas, pirulís de caramelo con su cucurucho de barquillo, juguetes de perra gorda. En una estantería, indios y vaqueros de caucho, soldados, espadas y cuchillos de goma, pistolas de juguete con sus ristras de pistones, cigarrillos de anís, cancioneros con las letras de Pepe Blanco y Carmen Morell.

Esperan a que salga alguien de la trastienda. Dicen que hay un laberinto de sótanos que se interna bajo la muralla y que al otro lado de la pared de ladrillo un pasadizo comunica con el Frontón Cinema.

Toño indica a Miguelito los muebles de madera detrás del mostrador, los cajones con tiradores de cuero. Ahí tienen los cromos.

También hay sobres de color manila con descartes de películas. Cuando se meten en un visor con lente de aumento y se miran al trasluz aparecen imágenes de *Los diez mandamientos*, *Ben-Hur*, *El libro de la selva*, *Veinte mil leguas de viaje submarino*.

Los de la pandilla del barrio cambian aquí los ejemplares ya leídos. Los entregan y por una o dos perras gordas cogen el que han dejado otros niños. Dan un poco de grima, están muy sobados, con marcas de lápiz o tinta y no siempre enteros. En los sobres sorpresa te salen dos tebeos nuevecitos, junto con un chicle y una figura de goma, un indio, un soldado. Pero cuestan una peseta. Y ahora no traen suficiente dinero. Casi toda la paga se la han dejado en el cine.

Quien sale de la trastienda no es Candela, ni Salva, ni su madre, Chon la Canastera. Es un hombre, al que Miguelito no conoce. Tiene el pelo muy negro, peinado hacia atrás. Debe ser el Ceuta, el que se chulea a la madre de los dos muchachos.

—¿Qué queréis? —pregunta dirigiéndose a Toño.

—*¡A sangre y fuego!*

—¿Cómo dices?

—Uno nuevo, que está en el escaparate.

—Ah, *El capitán Trueno*. Solo tengo ese. Ahora te lo traigo.

A ver cuánto vale. Conseguir el dinero es toda una aventura. Otra posibilidad es compartir la compra con otros de la pandilla. Algo que odia Miguelito. Toño es otra historia, ha empezado a tener una colección curiosita. No se la enseña a cualquiera, porque le pedirán prestados los que no hayan leído. Y para eso hay que ser uña y carne. Sin tus buenos veinte tebeos para intercambiar, eres un paria.

El hombre regresa del escaparate con el ejemplar recién aparecido.

—Una peseta y un real.

Con dolorosa lentitud, Toño echa mano al bolsillo y se atreve a mirar por lo bajines las monedas que lleva en la mano entresudada.

Cuando se las entrega, el hombre las desparrama a lo largo del mostrador.

—Con esto no llega —sentencia.

Le da igual la mirada de humillación de Toño y la de súplica de Miguelito, que se alza en puntillas para calibrar la magnitud de la tragedia.

En ese momento, el hombre deja de hacerles caso. Ha sonado la campanilla de la puerta y se dirige a quien acaba de entrar.

Debe ser un cliente habitual, porque se saludan con un breve gruñido.

Lleva un guardapolvo blanco con manchas de pintura. Pero no parece un simple pintor de brocha gorda. Tiene una prestancia especial, algo de esa hosca fatalidad de los galanes de película, una elegancia natural que por allí no suele verse ni sospecharse.

Cuando el Ceuta nota que los niños están escuchando su conversación, trata de espantarlos.

—Vosotros dos, aire. Ya os he dicho que con eso no os llega.

Toño intenta jugar su última baza. A ver si cuela:

—Soy amigo de Candela y Salva. Si nos fía, les daré a ellos el dinero que falta.

—Aquí no se fía.

—Es que ese tebeo del escaparate se lo podría llevar otro niño, y nos quedaríamos sin él.

—Y a mí qué.

Toño insiste. No quiere irse de allí sin su *Capitán Trueno*.

El Ceuta ya los está empujando para que salgan de la tienda, cuando el hombre se acerca con un par de revistas y le entrega un billete de cinco pesetas.

—Aquí tiene, un duro. Cóbrese lo mío y lo que les falta a estos chicos para su tebeo.

Recoge las vueltas y se marcha por donde ha venido.

—¿Quién es? —pregunta Toño.

—Y a ti qué te importa...

Salen a escape y lo ven entrar en el callejón que conduce al lateral del cine. Se mete dentro y cierra tras él.

Al acercarse, descubren unos agujeros en la puerta. Pegando el ojo se ve parte de la trasera de la pantalla y el almacén que hay allí. El hombre del guardapolvo blanco entra en el radio de visión, junto a un gran cartel que está secándose. Debe ser el anuncio de la próxima película. *Cuando ruge la marabunta*. Ese es el título que alcanzan a leer contra un fondo donde Charlton Heston agarra por la cintura a Eleanor Parker. Bajo ellos, la gente corre aterrorizada. Huyen de las hormigas que avanzan como un río de lava, arrasándolo todo a su paso. Selva, bestias, hombres... quedan reducidos a sus esqueletos. Tras aquel ejército devastador solo dejan árboles o huesos mondos y lirondos.

Al cabo de tantos años, Miguel piensa ahora que ojalá no hubieran visto nunca a aquel forastero.

Frontón Cinema. Así se titula el archivador donde Toño ha guardado los restantes materiales para aquel capítulo. También hay una libreta con notas, esbozos y dibujos.

En uno de ellos reconoce a la taquillera. Cuando no estaba cogiendo puntos de medias, amamantaba al niño. Se oían sus chupadas ávidas, bajo el chal que se ponía mientras despachaba las entradas. Toño ha retenido un detalle que Miguelito no podía ver: el rorro agita los dedos de los pies, loco de contento.

Allí está también el portero, un requeté enorme que ayudó al dueño del cine durante la guerra. Él es un patriota, dice, y no puede soportar que la gente haga pedorretas cuando los del Tercio salen en el NO-DO, desfilando a paso de cagalera.

Y el dueño, Maroto. De vez en cuando baja desde la oficina que tiene en la parte alta de la trasera del cine y se llega hasta la puerta principal. Le gusta ver la cara de la gente, si sale satisfecha o no. Conoce bien ese destejerse de los espectadores que han estado juntos dos o tres horas con el alma en vilo, hechos una piña. No son el público bullicioso del fútbol o de los toros. Ni siquiera del teatro. Les cuesta salir a la luz, volver a la realidad. Antes de disolverse en ella, remolonean desorientados, poco comunicativos, metidos para adentro.

Maroto se apoya en el quicio, fumando su «Faria», y va saludando a la parroquia. Se hace de rogar cuando le preguntan:

—¿Qué películas vas a traer?

—El otro día estuvo el representante con los avances de programación. Ya veréis la próxima de Sarita Montiel...

—¿Cómo se titula?

—*El último cuplé*.

—¿De qué va?

—¡Ah! —dice, misterioso—, tendréis que venir a verla. Pero ella canta. Y es mucha hembra.

Los niños saben que eso no es para ellos. Esperan su turno.

—¿Y *Saeta Rubia*? —pregunta el más atrevido.

Han visto los cromos de Alfredo Di Stéfano en la película, pero esta no acaba de llegar.

—Las de fútbol aquí no funcionan bien. Acordaos de *Once pares de botas*.

—Pues con aquella de Kubala se llenó.

—¿*Los ases buscan la paz*? Nada que ver, por Dios, qué sabréis vosotros —contesta él, sacudiendo la ceniza del puro—. No sé si estáis preparados para cosas así. Además, luego hay que sacaros del cine, porque os tragáis dos veces la sesión continua, y en la segunda empezáis a vocear, contáis lo que pasa en las películas y me jodéis el suspense.

Aquí se acaban las viñetas esbozadas a lápiz.

Sigue una nota de Toño: *Ver la primera entrevista con Maroto. Guardo la cinta de vídeo en este mismo archivador.*

Efectivamente, allí está. Enciende el televisor y al reproducir la cinta aparece el dueño del Frontón Cinema en el sofá de su casa, ligeramente desenfocado. Entra en la imagen Toño para ajustar el micrófono, mientras Maroto duda:

—¿Tú crees que esto es buena idea?

Apenas se oye la respuesta de su hermano, que debe de estar detrás de la cámara, enfocando. Pero a Maroto se le escucha perfectamente:

—Cómo empezó esto, me preguntas. Pues habría que echar hasta muy atrás. ¿Que no te importa, dices? Allá tú. Es que no conoces la historia de León, el padre de esos chicos, Candela y Salva. Y qué te voy a contar de la madre, tenías que haber visto a Chon de joven. Era una perita en dulce. En cuanto a esto del cine, funcionaba entonces de forma muy distinta. No sé si te interesa... ¿Que sí? Ah, bueno. Entonces te cuento un poco. ¿Está ya en marcha ese trasto? Vale, pues vamos allá.

»El asunto lo empezó mi padre. Y luego ya me llevó con él. Íbamos por los pueblos, de aquí para allá. Unos matados. Él era quien hacía de voceador, fuera, y de explicador, dentro. Pero nunca llegó a sentirse cómodo, no creas que resultaba fácil. Un explicador se tenía que aprender quince o veinte argumentos, unos dramáticos y otros cómicos, dándoles carácter, interpretándolos, y sin equivocarse, sin la menor vacilación. Porque si te pillaban en un renuncio se te choteaban, perdías autoridad.

»Había que "explicar" porque la gente entonces era muy ignorante. Los pueblerinos se asombraban al ver por primera vez una proyección: "¿Cómo puede salir todo eso de una sábana?", gritaban. Pensaban que aquello era de verdad, lo comentaban a gritos, como niños. En verano lo hacíamos al aire libre y había que colocar la pantalla con piedras para tensarla y tener cuidado si hacía aire, que no se te combase como un globo. En invierno lo teníamos más crudo, los locales eran una pena. Parideras o corrales con dos puertas y tres ventanucos, que aquello no había Dios que lo ventilara. Tampoco encontrabas forma de calentarlos. Y a mí se me ocurrió una idea: la noche anterior hablaba con algún pastor y este metía en el local el rebaño de ovejas o cabras. Cuando lo sacaba, poco antes de la función, aquello estaba calentito. Solo había que barrer las cagarrutas y echar un ambientador. Cada cual venía con su silla o su taburete. Luego se retiraban los asientos contra las paredes y se hacía baile con un gramófono.

»Como fuimos creciendo, necesitamos ayuda y había que espabilarse, por la competencia. Para poner un poco de orden contratamos a un acomodador que tenía fama de bravo. Pero era un hombre tan de campo, se tomaba tan a pecho su trabajo, que hubo problemas. No dejaba cantearse a la gente. Ni reírse los dejaba. Llevaba una navaja en el bolsillo y nos daba miedo de que algún día hubiera un percance. Tuvimos que despedirlo. Él lo sintió mucho, lloraba como una Magdalena cuando se lo dijo mi padre. Nos confesó que aquello de las películas le gustaba más que trabajar en el campo. Pero lo entendió, el hombre, y se volvió a tirar del arado, con su mula. Nos dio pesar.

»Entonces le echamos el ojo a León, el padre de Candela y Salva. Habíamos coincidido con él en las ferias y hecho buena amistad. Sobre todo yo, teníamos la misma edad. Era hijo de un estañador de esos que van arreglando pucheros y paraguas. Pelirrojo, como la hija. Y con mucho don de gentes. Era el mejor charlatán que he visto en mi vida. Un hombre capaz de vender de todo, y a todo el mundo. Nos lo encontrábamos en las ferias importantes. Empezaba en marzo con las Fallas de Valencia. En llegando mayo, a Madrid, por San Isidro. En julio, a Pamplona, San Fermín. Por agosto, a Bilbao, nunca se perdía la Semana Grande. En septiembre, los San Mateos, en Logroño... Y ya no paraba hasta octubre, con el Pilar.

»Como coincidíamos, empezamos a fijarnos en él. Era un espectáculo. Le bastaban sus cuatro palitroques para montar el toldo, el tingladillo y sus maletas. Se desabrochaba la corbata, se ponía un lápiz sobre la oreja con el que fingía echar cuentas, se ladeaba el sombrero y se arremangaba un poco, como para entrar en faena. Tenía tanta gracia y picardía que sus propios competidores se quedaban embobados. Se decía que iban a verlo hasta los abogados, por lo bien que se explicaba. Era único para meterse a la gente en el bolsillo. En las fiestas del Pilar bajaban de los pueblos y decían: "¡Hala, maño, vamos a Zaragoza a ver a la Patrona, los toros y a León el charlatán!".

»En cuanto él llegaba a cualquiera de esos sitios ya olía a feria. Bastaba con que empezase a decir, con aquella voz que tenía, que parece que aún lo estoy oyendo: "Y no las vendo ni por veinte, ni por diez, ni por cinco...". Y cuando había rebajado el precio se quitaba el sombrero, muy teatrero, se lo ponía en el pecho, volvía los ojos al cielo, y decía: "Perdóname, Virgencita, porque de esta me arruino".

»Le propusimos que hiciera de voceador para nosotros, y luego que animara un poco dentro del cine y controlara la cosa antes de empezar. Él nos dijo que de acuerdo, siempre que le respetáramos lo que llamaba sus "dos horas". Una era la del vino, al mediodía, cuando la gente salía a sus asuntos y a chatear. La otra era la hora del soldado, de seis a ocho de la tarde, cuando soltaban a los reclutas. Esta planteaba algunos problemas, porque venía a coincidir con una de nuestras sesiones. Pero ahí se plantó, el tío. Dijo que sin la hora de los soldados no le salían las cuentas.

»Y enseguida vimos por qué. Su gran negocio eran las hojas de afeitar. Se estaban imponiendo. Las navajas eran muy jodidas, te despellejabas vivo. Y él podía vender entre cincuenta mil y sesenta mil hojas, de usar y tirar. Ahí estaba el negocio. En fin, como te iba contando, al final llegamos a un acuerdo y empezó a trabajar con nosotros. Era un fuera de serie, lleno de ideas. Por ejemplo, se le ocurrió montar un concurso para darle vidilla a lo nuestro. Teníamos una de esas películas interminables, un serial en quince episodios, que en total duraba doce horas. Y eso echaba a la gente para atrás. Él nos dijo que de perdidos, al río. Que había que darle la vuelta y convertir aquel inconveniente en una virtud, retando a los más audaces. Nos propuso que los espectadores lo viesen en el cine de un tirón, sin parar, desde las seis de la tarde hasta las seis de la madrugada. Un concurso de resistencia. Aguantaron. Pero gracias a León, que los animaba. A cada asistente le dábamos un bocadillo de chorizo, y tira millas. Batimos un récord. Se habló de ello en los periódicos, se hizo bulla. Acudían de los alrededores y nos felicitaban.

»Dejamos de trabajar juntos cuando nosotros nos establecimos en una sala fija, en la cabecera de comarca, y también montamos una fábrica de gaseosas. León conoció a Chon. Se la cameló cuando ella era muy joven, quince o dieciséis años tendría. Se casaron de penalti, a poco de terminar la guerra. Enseguida tuvieron al chico. Le pusieron Salvador, porque a la madre le gustaba como nombre, en vez de apellido. Luego ya vino Candela. Se los llevaban con ellos por las ferias y coincidíamos a menudo. Los chicos adoraban al padre, sobre todo la niña, que era clavadita a él.

»Cuando vino la guerra civil, al principio la sala fija nos tocó en zona roja y nos requisaron el cine y el camión. Mi padre se subía por las paredes, nos acabábamos de comprar un proyector sonoro muy bueno, una máquina alemana de primera, que nos salió la broma por ciento cincuenta mil pesetas de las de entonces, que se dice pronto.

»Había unos comités que controlaban la programación. Ponían unas películas rusas que eran un tostón, espantaban a todo Dios. Venía un teniente con un batallón o dos y se llenaba de gente sin pagar. Llevaban vales para todo, para comida, para espectáculos, para las putas. Recuerdo que un día vino un miliciano y me los enseñó. En uno decía: *Vale por dos polvos con Cuca, la Chochofino*. Pues nosotros éramos otro de los vales. Así funcionaba, qué ibas a hacer.

»Después de la guerra nos lo devolvieron todo, yo había estado con los requetés, Cristo Rey, los escapularios y todo eso. Pero nada fue lo mismo. Mi padre ya era muy mayor y quería una sala fija. El problema es que estábamos arruinados. Y entonces nos acordamos de León.

»Sí, no pongas esa cara. León llegó a ganar mucho dinero. Cuando ya después de la guerra le propusimos hacernos con un cine y ser nuestro socio, a él le interesó si le ayudábamos con el estraperlo. Necesitaba un sitio fijo en una capital como esta, discreta y bien comunicada, para hacer de almacén. Y así fue como surgió esto de instalarnos aquí, cuando se restauró la muralla. Yo creo que, además, quería colocar a la Canastera y a los hijos en una tienda, de tapadera. Porque ellos dos ya no se llevaban bien, llevaban años separados. Chon se la había pegado con algún feriante. Él estaba un poco aborrecido y empezó a beber más de la cuenta.

»Le llevaba bastantes años a Chon, que era muy fogosa. La llamaban la Farola, por los muchos moscones que tenía siempre alrededor. Candela ha salido en eso a su madre, ya lo decía ella: "Esta hija mía es como yo, le salen antes las tetas que los dientes". El chico es otra historia, no parecen del mismo padre.

»Mientras pudo, León les siguió mandando cosas. Y como el garito ese de los tebeos tenía mucha trastienda, allí iban almacenando de todo, porque el sótano es un laberinto, se mete por detrás en la muralla, se conecta con el cine por debajo y tiene su propia puerta trasera. Allí montaron dos depósitos de aceite, tan enormes que para meterlos tuvieron que tirar un tabique. Yo no sé qué negocios harían, pero aparecieron muchas cartillas de racionamiento falsificadas.

»Chon nunca se llevó bien con su familia, los Canasteros, por eso se marchó del barrio y se agarró a lo de la tienda de tebeos. Y luego ya se le pegó ese tipo, el Ceuta, un legionario que era el encargado de unos autos de choque. A Candela la había enseñado a leer y a escribir su padre, pero el chico siempre fue más rebelde, aprendió poco y mal. Aunque el Salva era un chaval trabajador, ojo, sabía buscarse la vida y estaba siempre pendiente de conseguir tebeos, libros, revistas y novelas de segunda mano. Porque el Ceuta era un vago de siete suelas, además de mal bicho. Les fui comprando su parte de la sociedad y al final el local de la tienda era mío, pero se lo dejaba por amistad con León.

»Alguna vez le dije a este que parara de ir de aquí para allá, pero era la única vida que sabía llevar. Él quería vivir libre y a su aire. Palmó en una pensión de Bilbao. Un día se le estranguló una hernia que tenía y se quedó totalmente pajarito. Murió solo. Dicen que no llevaba más de dos reales en el bolsillo. Sus compañeros feriantes hicieron una colecta y lo enterraron dignamente. Era muy popular en el oficio.

»Quien nos echó una mano en todo lo del Frontón Cinema y la tienda fue don Santiago, el administrador de la marquesa, que había sido alférez provisional y tiene aquí muchas influencias. Pero esto no te lo puedo contar si no apagas ese trasto, no voy a meterme con alguien que siempre se portó bien conmigo.

12

Las viñetas de color sepia perfilan la taberna de Castañares. Apenas una corraliza. La única diversión del lugar. Por allí no caen otros entretenimientos, el pueblín queda a desmano. Son pocos vecinos, con fama de pobres. Y tacaños.

Los mozos beben y cantan. Ha de ser domingo, solo entonces se abre. El resto de la semana, su dueño trabaja. No se indica una fecha precisa, pero debe ser hacia 1930. Ángel ronda los veinte años.

Los hombres cantan cuando ya han bebido lo suyo, sin que eso signifique que estén alegres. Sus rostros arcaicos se alinean inmóviles, como un retablo. Cantan sin mirarse, los ojos hacia el suelo. Les da pudor.

La melodía es cansina, triste, casi lúgubre. Las voces raspan como limas. Se les une el tabernero, empuñando un tosco rabel hecho por él mismo. Los mozos han pedido a Ismael que lleve la voz cantante. Y él se arranca:

Dame, dame la vaca negra,
dame, dame la colorá.

El coro repite esos versos, acompañado por el áspero chirrido del rabel, que zigzaguea como un lamento. El solista hace las variantes en la letra, propone otros colores en el mismo ganado: dame la vaca pinta, dame la vaca parda. Los mozos le secundan.

Hasta culminar con este verso, donde el coro se adelanta a Ismael para pedirle:

Dame, dame la vaca blanca.

El rabel crea una pausa, queda en suspenso para ceder de nuevo la voz al solista. Entonces él se enfrenta a sus acompañantes y les contesta, concluyendo la canción:

Esa no te la puedo dar.

El remate del instrumento que le apoya deja la atmósfera tensa, vibrante.

Toño se pregunta si esa negativa final no será una rebelión ante las exigencias de la voz principal, con su insaciable «dame, dame», que parece robarles todo, incluso el protagonismo de sus propias vidas. Y que ese plantarse al llegar a la vaca blanca —tras entregar la negra, la colorá, la pinta, la parda y la intemerata— podría manifestar el cansancio de tantos diezmos y primicias, tantos impuestos como padecen.

Todos en el corro de los mozos, sentados en círculo, cantan lo que saben, hacen la gracia que se espera de ellos.

Hasta que le llega el turno a Ángel.

Asoman a los labios sonrisas burlonas. Saben la poca sal que tiene, lo parado que es. Entonces Ismael, que sigue llevando la voz cantante, le pide que recite lo del arado. Ángel parece no entender.

—Sí, hombre —le dice al oído—, esa poesía que te enseñaron en el hospicio.

Trata de negarse, pero entre todos le empujan. Él se arranca:

El arado cantaré,

de piezas lo iré formando
y de la Pasión de Cristo
misterios iré explicando.

Quienes le escuchan siguen mirándolo con aprensión. Pero, poco a poco, los versos consiguen ganarles:

El dental es el cimiento
donde se forma el arado,
pues tenemos tan buen Dios,
amparo de los cristianos.
Las rejas eran la lengua,
la que todo lo decía;
válgame el divino Dios
y la sagrada María.
Los orejeros son dos,
Dios los abrió con sus manos,
significan bien las puertas
de la gloria que esperamos.

Asienten. Algunos de los que escuchan musitan las palabras entre dientes:

El yugo será el madero
donde a Cristo le amarraron
y la soga los cordeles
con que le ataron las manos.
Los tropiezos que encuentra
el gañán cuando va arando
significan las caídas
que dio Cristo en el Calvario.
La vara que el gañán lleva
agarrada con su mano

significa bien la vara
con que a Cristo le azotaron.

Reconocen en aquellos versos su vía crucis de labradores, su instrumento de redención:

El surco que el gañán lleva
por medio de aquel terreno
significará el camino
de Jesús el Nazareno.
La azuela que el gañán lleva
para componer su arado
significará el martillo
con que remachan los clavos.

Fin del romance. Ángel calla, todavía azorado.

Hay un silencio, en el que cada cual debe andar a la rumia de lo que acaban de oír. En aquel pueblo no son tan bravos como los de Valverde que, cuando llega la Semana Santa, desmontan el timón del arado, ponen ese madero sobre los hombros de su propietario y lo «empalan», atándolo a él con una maroma que rodea el tronco y los brazos. Y así, crucificado con su propio arado, sale por la noche a hacer penitencia, pisando la tierra con los pies descalzos, acompañado de dos cirineos que le alumbran con sus faroles.

No son tan echados para adelante, pero al menos conservan esos versos. E Ismael rompe el silencio levantándose y dando un abrazo a Ángel. Este siente gratitud, nadie lo trata con ese afecto. Su amigo le ha enseñado a leer y a escribir, lo hace sentirse uno más, aunque él sea inclusero y aparcero: alguien que no tiene casa, huerto, mulo ni apenas ninguna herramienta propia, excepto el arado que llegará a comprar con sus ahorros. Para todo lo demás depende del tío Miserias.

Frente a él, la mayoría de los otros mozos son arrendatarios.

Poseen sus propios mulos, trabajan entregando solo al dueño de la tierra la tercera o cuarta parte, en vez de la mitad, como los aparceros.

Y algunos, como Ismael, son propietarios. Es su amigo, le da trabajo, enfrentándose a sus propios hermanos. Gracias a ello, Ángel demostrará unas sorprendentes habilidades como matarife. Todos terminan llamándole para la matanza del cerdo.

Otro día en que se han reunido en la taberna, Ismael se lo lleva aparte.

—Hace calor, podríamos ir al río, a las pozas —le propone. Y sonríe, con cara de picardía.

Avanzan por el camino, dos surcos polvorientos separados por una cresta de yerbajos. En el cielo alto, las águilas quietas sobre el sopor de la tarde de agosto. Después del molino saltan la tapia de piedra seca. Bajan por el ribazo. Asientan con tiento las abarcas entre las lajas de pizarra. Se sujetan a los coscojos y madroños. Tantean la senda entre el crepitar de las cigarras, que se acallan a su paso trazando un camino de quietud.

—No es por ahí —dice Ángel.

Ismael pone el dedo sobre la boca, indicándole que mantenga la suya cerrada. Hace luego gestos para dar un rodeo.

Hay una niña sentada bajo un acebuche. Tras ella, y debajo, se oyen gritos, chapoteos.

—Agáchate, que no te vea —dice Ismael en voz baja—. Es la hermana pequeña de Balbina, la han dejado de guardia. Pero no nos esperarán por este atajo.

Los ojos de los dos centellean.

Junto al arroyo, el agua salpica apretada entre los arbustos de boj, donde los vivarachos pájaros andarríos aturden las aguas claras ensartando lombrices con sus largos picos.

Ocultos entre las jaras, espían más abajo, donde se abren las pozas. Sobre los espinos y brezos, grandes manchas de color blanco. Lienzos de lino, secándose al sol.

—Son para el ajuar de Balbina —le susurra Ismael a Ángel—. Se va a casar con Modesto, el pastor.

Las mozas han traído al río los lienzos para blanquearlos y curarlos, antes de hacer las sábanas y manteles. Mientras se secan, han aprovechado para bañarse.

Se echan agua unas a otras, medio desnudas.

La muchacha tras las que se van las miradas de los dos es distinta a las demás. Irene es la más guapa. Delgada, alta, puro nervio.

La conocen bien. Es de las que creen que algún día podrán escapar del pueblo, aquel lugarejo donde se apretujan unos pocos vecinos entre las nieves del invierno. Quizá espera que llegue algún hombre distinto. Pero han pasado las estaciones, va cumpliendo años y allí sigue, sentada en el poyo de la puerta, acechando la carretera polvorienta, por la que nunca acaba de llegar quien la saque.

La familia de Irene es de las que mata tres cerdos, como la de Ismael. Bien lo sabe Ángel. Poco tiene que hacer. Sospecha que eso de gustarles la misma moza les traerá problemas.

Sin embargo, ahora se miran a los ojos sin recelo. Son como hermanos. Todavía. Aunque Ismael ya resopla fatigado, durante el regreso, cuesta arriba. Debería subir más despacio. Pero es un culebrilla. Tiene esa extraña prisa por vivir, tan diferente de la retraída calma de Ángel.

CAPÍTULO CUARTO

*—Tom... ¿te das cuenta de que todos los veranos repetimos cosas
del anterior?*

—¿Como qué, Doug?

*—Como hacer vino, comprar zapatos de tenis, lanzar el primer
cohete del año, hacer limonada, clavarnos astillas en los pies, recoger
moras silvestres...Todos los años lo mismo. Eso es la mitad del verano,
Tom.*

—¿Y la otra mitad?

—Cosas que hacemos por primera vez.

Ray Bradbury
El vino del estío

1

El martes todo resulta confuso. Durante buena parte de la jornada rehúye a su hija. No sabría qué decirle.

Como se temía, aquellos recuerdos le están afectando. Más que nunca, se siente allí de prestado. Ahora, quien tiene la última palabra sobre esos papeles y documentos es Julia, su dueña. Ella reivindica sin complejos aquel mundo. Está dispuesta a instalarse en él de forma duradera, a planteárselo como una alternativa de vida. De futuro, dice. Siempre tan optimista.

Él aún se siente incómodo con tales orígenes. Quisiera destrenzar ese torcedor íntimo, pero su vulnerabilidad lo está volviendo más agresivo.

Al final, se traga su orgullo y decide bajar hasta la habitación donde ella trabaja, sentada al ordenador.

Cuando se le acerca, pone el salvapantallas. Le duele esa muestra de desconfianza, aunque lo disimule.

—Oye, Julia, ¿y si te invito a comer en algún restaurante de la ciudad?

Le mira, sin acabar de creérselo. Sonríe, no dice nada.

—Uno bueno —añade él.

—A comer no podré, papá. A las cuatro he de ir a un colegio.

Tendría que salir pitando y dejarte plantado. Mejor a cenar. Así estamos más tranquilos.

—Vale, ¿dónde te apetece?

—Tú no conoces los sitios nuevos. Ya reservo yo y te llamo. Ten el móvil a mano.

2

No le resulta fácil orientarse entre los materiales dejados por su hermano. Tampoco está seguro de hacerlo en el orden correcto.

Pero a medida que avanza va cayendo en la cuenta del legado que atesoran. No es el trabajo de los últimos años, sino el de toda una vida. Incluso en semejante desorden mantienen un propósito tenaz. El de quien se sabe próximo a la muerte. Las voluntades postreras. Los últimos mensajes.

Se le hace muy cuesta arriba aceptar que el testamento de su hermano sea una venganza. Antonio nunca fue rencoroso ni mezquino. Debe tener buenas razones para dejar a Julia su mitad de la huerta y también aquellos papeles. Porque sus motivos han de estar ahí, en ese rompecabezas de imágenes y voces.

En las láminas que ahora tiene delante se restablece lo sucedido en aquel mes de mayo ya lejano, cuando llevan dos o tres años en la Solana.

Los mayores del barrio, como Toño o Salva, han dejado de ir a la escuela. También el Carioco. Y Candela, que ahora ayuda a su madre atendiendo el puesto de tebeos.

Miguelito se pasa por allí. A través del escaparate la ve detrás del mostrador, con el Ceuta. Los dos ríen, se gastan bromas.

Callan cuando entra él y suena la campanilla de la puerta. Aquel hombre lo echa con cajas destempladas. Le dice que no tiene un duro y solo le sobará la mercancía.

Candela le pide que entre y lo coge de la mano para vencer sus dudas. Pero lo trata como si fuese un crío. Se siente más humillado aún y sale de la tienda.

De vuelta a la Solana, oye los gritos de su compañero de pupitre, Jesús el Gordo, que le llama. Está en lo alto de la ermita, asomado al ventanuco que hay en el coro, bajo la espadaña. Su padre tiene amistad con don Servando, el nuevo párroco, y lo ha metido a monaguillo. Ya en Navidad pidió ayuda a Miguelito para montar el belén. Recortó las estrellas en papel de plata, las sujetó con pegamento Imedio sobre el fondo azulón de estraza. También le buscó esquirlas de espejo para hacer el río y el musgo que servía de vegetación sobre el corcho que imitaba las rocas.

El nuevo cura está cambiando muchas cosas. Como el anterior, vive en la ciudad y solo viene a decir misa los domingos y festivos. Ahora, sin embargo, se deja caer entre semana.

—Algo trama este —dice Jesús—. Míralo, ahí llega. Y con más gente.

Desde lo alto observan al párroco, que se acerca con un grupo de seminaristas.

Al entrar, don Servando da voces llamando al monguillo.

Cuando acuden, echa un vistazo de arriba abajo a Miguelito y les pide que salgan. Cierra la puerta con llave.

No pueden ver lo que sucede dentro. Pero oyen palabras incomprensibles.

Pasa Perico con su tartana y se detiene a liar un cigarro. Cuando le cuentan que el párroco los ha hecho salir, él también pega la oreja. Se rebrinca al escuchar las voces:

—¡Jodo! Estos andan ensayando el dance.

Es un tosco auto sacramental con algo de mojiganga, que enfrenta a ángeles y demonios. La gente del barrio conoce bien sus versos en romance antiguo, se los sabe de memoria. Se ha venido representando en honor a la Virgen que preside el altar. Convertida en árbitro, ella decide al final la inexorable victoria de las fuerzas celestiales.

Pronto corre la voz. Al siguiente domingo los vecinos van a ver al cura después de la misa.

—Esto siempre lo ha hecho el vecindario —se queja Perico, convertido en portavoz de aquella improvisada asamblea.

Don Servando parece contrariado. Al fin, admite:

—Mi intención es recuperar las partes cantadas de los ángeles. Y eso necesita buenas voces, saber música. Los de aquí del barrio pueden hacer de demonios. —Y con una sonrisa que él cree le servirá para convertirlo en cómplice y dividir fuerzas, añade, dirigiéndose al tartanero—: A usted lo encuentro pintiparado para corifeo.

Perico se rasca la cabeza. Duda. Hace señas a los demás para retirarse.

Al día siguiente, lo comenta con sus propios parroquianos, sentado en el estribo del carricoche, mientras reparte el pan:

—Esa fue la palabra que empleó, «pintiparado», hay que joderse. Nadie entendió lo que decía el fray Estirado este, pero nos callamos como putas, para no parecer ignorantes.

—¿Y qué es eso de «corifeo» que te ha nombrado el cura? —le pregunta un vecino, zumbón.

—Ya te veo venir, Desiderio. Pero no es lo que piensas. Me han dicho que es como ser el capataz, el jefe de los demonios.

—¿Y los ángeles? ¿Qué pasa con los ángeles?

—Se los ha reservado para él. Son esos postulantes que se trae del Seminario Conciliar. Esa panda de maricones.

—O sea que los del barrio solo valemos para demonios. Pues se va a enterar...

Miguelito prepara su primera comunión. Después de la catequesis se pasa por la sacristía a buscar al Gordo. Este le va a enseñar los toques de campana. De ese modo podrá ayudarle cuando él deba atender otras tareas.

Suben hasta el coro, amordazan el badajo con un trapo, para que no suene, y ensayan.

—Fíjate bien cómo se tira de la cuerda. Estos son los tres toques de llamar a misa. En el primero se da una tanda. Al cabo de un cuarto de hora, va el segundo toque, con dos tandas, ¿entiendes? Dejas pasar otro cuarto y ya das el tercero, con tres. Eso significa que empieza la misa. Y ahora aquí ya viene la mano del artista. Dificilísimo, macho, casi imposible: encanar la campana.

—¿Qué es eso?

—Le tienes que dar vueltas controlando la velocidad para que el badajo se mantenga exactamente en el medio, sin tocar el bronce. O sea, que no suene.

—¿Tú lo has conseguido?

—Ni de coña, y eso que lo he intentado miles de veces. Sería el *summum*, el *sursum corda*.

Al despedirse, el Gordo pone cara de mucho misterio y le dice:

—El cura me ha pedido que busque otro chaval para ayudar a misa. Otro monaguillo. Se va a celebrar pronto algo especial, muy solemne. Y con dos monaguillos quedará mejor.

—No tengo ni idea de todo eso que decís en latín.

—Ya te enseño yo. Si lo haces bien luego a lo mejor te puedes quedar. Y alguna propina caerá.

Cuando lo cuenta en casa, el padre no dice nada. Pero nota su disgusto. Él nunca va a misa. Su madre, que no se pierde ni un domingo ni fiesta de guardar, mira preocupada a Miguelito. Hace gestos a Ángel para que guarde silencio y salga a la huerta.

Desde fuera los oye discutir, del mismo modo que lo hicieron cuando hubo que mandarlo a la escuela.

Luego la ve salir a tender, zarandeando la ropa, como si tratara de alejar los malos pensamientos que nunca dirá a su marido. Esos gestos en los que se adivinan los pactos nunca enunciados, enterrados en los silencios del día a día, en tantas aspiraciones aplazadas.

Esta vez es la madre quien cede. No quiere estropear la primera comunión de Miguelito. Si este desea ayudar al Gordo a montar belenes o tocar la campana, eso es otra historia, no hay problema. Pero ya puede irse olvidando de ser monaguillo.

Irene entra en casa, saca la plancha que ha puesto en la lumbre, le da un toque con el dedo mojado en saliva para comprobar que está caliente, y empieza a repasar la ropa que él se pondrá.

—Es la misma que ya llevó Toño —refunfuña Miguelito—. Siempre me tocan los trajes usados y los libros subrayados. Y ni siquiera me vais a regalar un reloj.

—Te compraré unos zapatos de charol —le promete Irene.

Aún se recuerda entrando en la ermita con ellos. Croaban como una charca de ranas. Todos se volvían al oírlos.

Eran de la marca Gorila, y en la zapatería le regalaron una de aquellas pelotas verdes de goma que daban de propaganda.

Pero no fue ese el único consuelo que le ofreció su madre. Aprovechando la escapada a la ciudad, hizo algo insólito: por primera y única vez lo llevó al cine.

No había vuelto desde que entró con Toño a ver la película de esquimales.

¿Ha querido que lo acompañe para evitar habladurías? Entre semana, el Frontón Cinema no es muy recomendable para una mujer sola, tiene mala fama. Y a ella se le ha metido en la cabeza ver aquel reestreno, *Chiruca*.

Con la perspectiva de los años pasados, Miguel recuerda la película como una versión moderna de Cenicienta. Una historia de amor entre el ingeniero Guillermo y la criada Chiruca, a la que se ofrece a comprar unos zapatos nuevos. Y entiende por qué le pusieron ese mismo nombre a aquellas botas. Unos zapatrancos todo terreno, el eslabón perdido entre las abarcas y las deportivas que vinieron después.

Pero nada de eso sabía el Miguelito de entonces. Bastante tiene con lo que tiene. Cuando entra con su madre en el cine pone todo su empeño en no llorar. Aunque mueran todos los de la película, incluidos perros y gatos, se ha prometido seguir allí en su butaca, tieso y seco como un pedrusco.

La que está inquieta es su madre. Parece hipnotizada por la pantalla. Sobre todo cuando llega la escena en la que el ingeniero Guillermo le consigue al fin unos zapatos a la criada Chiruca.

Entonces, es Irene quien rompe a llorar. Discreta, muy discreta, como siempre fue ella.

Miguelito no sale de su asombro.

Al encenderse las luces de la sala, ya está repuesta. Se recoge el pelo y lo cubre con un pañuelo.

El acomodador los avisa de que tengan cuidado, no vayan a tropezarse al salir. En la puerta principal hay dos hombres con escaleras de tijera.

Están subidos hasta lo más alto, cada cual a horcajadas sobre los travesaños. Tensan unas cuerdas en el bastidor de hierro que remata la entrada. Sujetan un gran cartel de cine, con unos muchachos que miran hacia lo alto de un árbol, donde se les aparece la Virgen. Encima, el título de un programa extra, para la semana siguiente: *El mensaje de Fátima.*

Miguelito está terminando de leer el título cuando siente la mano de su madre que lo agarra por el brazo de un modo crispado, violento.

Desde la escalera, uno de los hombres no le quita la vista de encima a Irene.

Lo reconoce. Es aquel forastero que se encontraron Toño y él en la tienda de tebeos y les dio dinero para comprar el *Capitán Trueno.*

Miguelito saluda al hombre con la mano. Aunque él asiente con la cabeza, desde lo alto, a quien mira es a Irene. Trata de llamar su atención. Pero está sosteniendo la lona del cartel y no puede bajar de allí.

—Madre, creo que ese señor quiere decirle algo.

Irene apresura el paso, arrastrándolo tras ella. Miguelito juraría que le ha entrado de nuevo la llorera y trata de enjugarse las lágrimas.

Se estará acordando de la película, piensa.

3

El Cachorro se enfrenta a un montón de filibusteros. Agarrado a una cuerda, se balancea con el sable entre los dientes. Salta por la borda de la nave y cae sobre los piratas. Se llama Miguel. Su tocayo, su preferido.

A Toño le gusta más el Guerrero del Antifaz. El Carioco no lo puede ni ver:

—Ese tío es un agobio. Siempre corriendo de aquí para allá, repartiendo hostias sin parar. No tiene conversación. Además ese renacuajo que va con él, Fernando, es un mequetrefe.

—Pero qué dices, ¿Fernando un mequetrefe?

—Lo que yo te diga. Cuando lo hieren y el Guerrero lo deja al cuidado de Sarita, en lugar de beneficiársela solo piensa en volver a la batalla. Por los cojones iba yo detrás del jefe teniendo a mano a la marquesita de Peñaflor y las moras en sus harenes, medio en pelotas.

Tampoco le convence *Purk, el Hombre de Piedra*, que tiene embelesado a Feldespato:

—Demasiados hombres-rinoceronte, hombres-águila, hombres-gorila, hombres-león. Más que un tebeo, parece un zoológico.

Al Carioco le gusta el *DDT*: *La familia Cebolleta, Don Berrinche, Amapolo Nevera*.

Nadie le hace ascos al *Capitán Trueno*. Ese está más viajado. Desde que le cogió el gusto con lo de las Cruzadas, ya no para. Cuando no sabe qué hacer, el mago Morgano le construye un globo y se va a África a matar al gorila Takunga o a hacer las Américas. Al Gordo le faltan dos o tres cuadernillos para tener la colección completa.

De *Roberto Alcázar y Pedrín* solo les merece la pena el Hombre Diabólico. Y las dudas vuelven con el Inspector Dan. El Carioco tuerce el gesto:

—Demasiado inglés, demasiada niebla. Y no me gustan los que fuman en pipa, son unos sobrados. Mucha pipa de aquí, de boquilla, y poca de aquí, de gatillo. Más le valdría hablar menos y tirar un poco más de pistola.

—¿Qué me dices de Stella? —apunta el Gordo

—Esa es una meapilas, va de muy moderna y en el fondo es una estrecha. Amaga, pero no da.

Se empiezan a oír las voces de las madres que los llaman a cenar. Se despiden y quedan al día siguiente por la tarde, en la plaza del Revellín que hay junto a la tienda de tebeos, pegada a la muralla. El suelo es de cemento. Bien liso, perfecto para lo que necesitan.

Por la mañana, Miguelito se llega hasta el bar. Cuando lo ve entrar, Ulpiano levanta el mostrador y le hace señas para que pase. Le indica el capazo donde guarda las chapas.

Rebusca y va desechando las que están dobladas por el abrebotellas. Una está casi intacta. Cuenta los dientes: veintiún zaques, ni uno más ni uno menos. Si te pillan con una defectuosa, descalificado.

De nuevo en la calle, camino del mercadillo de cromos, saca el papel donde ha apuntado la lista de nombres. Nada de Di Stéfano, Kubala, Gento, Puskas o Ramallets. Demasiado conocidos. Si algún otro chico los eligiera, la coincidencia le traería mala suerte. Prefiere a Bahamontes. Nadie lo pondrá en su chapa, los del barrio no siguen la Vuelta Ciclista a España.

Tampoco parecen muy aficionados a las dos ruedas en el mercadillo de cromos. Le cuesta encontrar uno del Águila de Toledo. Lo mide con la chapa. Centrado, queda perfecto. Pero el chaval que lo tiene pide mucho dinero. El típico aprovechado. Miguel le propone apostarlo contra los que él ha llevado.

—A ver qué traes —le dice el otro.

Le tiende un mazo de cromos sujetos con una goma. El otro debe ver algunos que le interesan. Asiente:

—Vale, nos los jugamos a montar.

Se arrima a la pared y traza una línea con tiza a la altura de sus cabezas. Luego, por turno, ponen en ella el cromo que se juegan y lo dejan caer. Si monta uno del adversario que hay en el suelo, este queda ganado. A punto de terminar las rondas acordadas, Bahamontes ha cambiado de manos y está en las suyas.

Se despide. Se hace tarde para la comida.

De regreso a la huerta pasa por delante de la vieja fábrica de galletas. Arranca el trozo de cristal roto de una de las ventanas de atrás.

Ya en casa, después de comer, quita el relleno de corcho de la chapa, dejando solo el platillo de metal. Recorta el cromo con unas tijeras. El ciclista queda centrado. En la cocina, abre la alacena del pan y coge un trozo de miga.

Sale a la huerta, comprueba que su padre no le ve y toma prestado su pequeño yunque y el martillito que usa para asentar el filo de la guadaña. Golpeando con infinito cuidado y paciencia, redondea el cristal hasta darle el tamaño exacto de la chapa.

Lo encaja entre los zaques y prueba a sujetarlo con miga de pan humedecida. Como se temía, no vale para nada, se resquebraja. Vuelve a la casa, arrambla con un cabo de vela y las cerillas. Enciende el pábilo del cirio y con pequeñas gotas de cera va sellando el cristal a los bordes de la chapa. La limpia y examina. Buen trabajo.

Esa tarde, cuando llega ante la tienda de tebeos, Toño ya está terminando de trazar el circuito en el suelo de la plaza. Se esmera con las tizas de colores, da los últimos toques a la meta en que remata la carrera.

Sigue el modelo que él mismo ha dibujado en un papel. Recuerda un mapa del barrio al que se hubieran añadido detalles sacados de tebeos y películas. Hay un paso de barcas como la de Paco el Manco, pero interceptado por corsarios como los del Cachorro. La ciénaga es la de la cañada, con su inconfundible forma de mujer tendida, pero ha añadido arenas movedizas, serpientes pitón y hormigas marabunta.

El circuito arranca con dos líneas paralelas, que luego se entrelazan en un largo y enrevesado laberinto.

Miguel saca su chapa y ensaya en los tramos más difíciles. Lo deja cuando empieza a llegar el resto de la pandilla.

Carioco, que hará de árbitro, les explica las reglas. La chapa tiene que mantenerse siempre dentro del circuito. Si se sale hay que retroceder hasta el anterior seguro.

—Aquí los tenéis —señala unos rectángulos que hay de tanto en tanto: son los refugios con el dibujo de la ermita—. Y esto es una tumba. Si la chapa se queda dentro se retrocede hasta el comienzo. Estás muerto, chaval.

En otro momento del recorrido la continuidad se rompe. Es el paso de barcas:

—Atentos a la jugada. Aquí hay que pasar tirando de una barca a la otra. Si el platillo cae en la ciénaga, os ahogáis. Hay que retroceder hasta el anterior seguro. Y si cae en un barco pirata, secuestrados, cinco turnos sin tirar.

Toño le interrumpe para decirle que él tiene que marcharse al cine. Carioco le despide con cara de resignación. Le fastidia andar con aquellos críos, pero ellos son los mayores y deben poner un poco de orden. Se vuelve hacia la pandilla y concluye:

—Bueno, pues ya está, que no me voy a quedar aquí toda la puta tarde con unos mocosos como vosotros... Ahora, a ver quién empieza.

Traza una raya en el suelo, a bastante distancia, y luego otra donde están. Les pide que se alineen a lo largo de esta:

—Vais a ir tirando con las chapas. El que se quede más cerca de la raya que he hecho ahí delante sale el primero. El que se pase, a la cola.

Han empezado a tirar, cuando oyen el rugido de la moto. Es la Bultaco del Ceuta.

No tarda en aparecer. La aparca junto a la muralla y la apalanca con el estribo. Los pequeños abandonan el juego para pedirle:

—Ceuta, haz bailar a Zoraida.

Él se ríe, se remanga la camisa y enseña el poderoso bíceps. Allí tiene tatuada una odalisca de esas que hacen la danza del vientre. Alarga y encoje el músculo y la mora baila que te baila.

—Se acabó el espectáculo, Zoraida vuelve al harén —dice el exlegionario, bajándose la manga.

Se dirige a la tienda y entra en ella. Todos se quedan en suspenso. Las broncas entre Chon y el Ceuta son legendarias.

Sale al poco rato, contando los billetes.

—Tomad nota, enanos —les dice Carioco—. Se llega, se pone la casa en orden, se llenan los bolsillos, y a repostar. Eso es un tío con un par, que sabe de qué va la vida y cómo tratar a las mujeres.

4

—¿Dónde nos habíamos quedado? —pregunta Maroto, arrellanándose en el sofá.

La voz de Toño le contesta, desde detrás de la cámara:

—Después de la guerra, cuando vino usted aquí, a la capital.

—Ah, sí, bueno. Pues lo que te decía, que gracias a todas estas gestiones en las que me ayudó don Santiago, el administrador de la marquesa, me hice con el Frontón Beti-Jai. Era municipal y estaba muy machacado, lo habían usado como cárcel durante la guerra. Con el dinero que pude juntar lo arreglamos un poco, lo rebautizamos como Frontón Cinema y a tirar millas. Desde el principio las autoridades me dejaron claro que si invertía en las instalaciones me darían opción preferente a compra.

»Les urgía que aquello echara a andar. El cine se incluyó entre los artículos de primera necesidad. Querían dar sensación de normalidad, como los tranvías, para que me entiendas.

»Con esta gente de Franco había mucha más censura, estos no se andaban con bromas. Pero al menos podías dormir tranquilo. Se respetaba la propiedad. Salías de tu casa, cerrabas con llave y al volver todo seguía allí y continuaba siendo tuyo. Pronto empezaron las funciones patrióticas, el que paga manda. Aquello se llenaba de banderas nuestras, portuguesas, italianas, alemanas... Venían muchos mutilados y convalecientes, aunque tenían el Hogar del Herido, donde también les echaban películas. Pero eran antiguas, copias infames. Y demasiadas batallitas. Ellos preferían estar con gente normal, ver chavalas, todo eso. Tenías que entregar parte del dinero como contribución a la causa. No es que fuera obligatorio, pero allí estábamos todos los del espectáculo, los lunes, en el Gobierno Civil, donando parte de la recaudación. A ver quién tenía cojones de escaquearse.

»El problema entonces era abrirse camino entre la competencia, conseguir las cintas. Los únicos que las tenían buenas eran los americanos, la Fox, la Universal, la Paramount. Esos te venían con copias nuevecitas, daba gusto verlas. Y sobre todo la Metro: *La reina virgen*, *Scaramouche*, *El prisionero de Zenda* y otras del "Lote de la Victoria", que hizo época.

»El cine daba para vivir bien. En aquella época un proyeccionista ganaba ciento veinticinco pesetas a la semana, que era un dineral. Eso sí, había que acertar con la programación. El público es la cosa más rara del mundo, nunca sabes por dónde te va a salir. Yo he aprendido mucho sobre la raza humana con esto del cine. Claro que también está el olfato de cada cual. Tengo claro que había un tipo de película que funcionaba: las de Cantinflas, Antonio Molina, Pepe Blanco, Lola Flores, Paquita Rico, Paco Martínez Soria, Manolo Escobar. O Sarita Montiel, esa era la primera hembra del cine español con capacidad sexual. Y la gente muchas veces, más que por el argumento, venía por la gachí.

»¿Los musicales americanos, dices? Algunos, ojo, algunos. Sí, mira, *Escuela de sirenas* de Esther Williams sí que funcionó. Pero es que aquello eran unos decorados, unas escalinatas, unas piscinas, unas luces, una riqueza de lujo... Me acuerdo que cuando la estábamos echando llegó una cuadrilla de jornaleros, cinco hombres que iban buscando trabajo, con sus alpargatas medio rotas, una bota de vino, una hogaza de pan y unos tasajos de tocino, a ver qué iba saliendo. Me los encontré, y como los conocía del pueblo, los invité al cine, a *Escuela de sirenas,* precisamente. Y al ver aquel derroche, todo lleno de surtidores de agua, uno de ellos exclamó: "¡Y mañana nosotros, a segar!". Me llegó al alma.

»Lo bueno del Frontón Cinema es que iba gente de todo pelaje. Los de vuestra zona porque era el primero que os topabais los de la Solana al llegar a la ciudad. Los de allí mismo porque era un cine como de barrio. Pero también caía gente fina. A estos la película les importaba un bledo. Iban con la novia o la querida a meterse mano y necesitaban pasar desapercibidos. Y se me coló alguna pajillera, como la Chon, que a esa ya se la veía venir. No me convenía, pero tampoco podía echarla, había estado casada con mi socio León. Y las cosas empezaban a irle mal con la tienda de tebeos, desde que les pasó lo del hijo. Me daba no sé qué.

»Ahora, si lo que me preguntas es ya por la época en la que trabajaste tú, esa es otra historia. Y cómo entró ese forastero, Jorge Atienza. Bueno, pues a eso iba...

»El Frontón Cinema marchaba muy bien, a todo trapo. Pero de vez en cuando había que ofrecer algo nuevo, hacer inversión, para meter el cinemascope y el sonido estereofónico. Tras varios años de explotar la sala yo andaba bien de capital. Pusimos aquellos equipos tan espectaculares, renovamos la decoración y arrancamos el domingo de Resurrección con *La túnica sagrada.*

»Fue lo nunca visto. Contratamos a la mejor firma de la ciudad para que ambientara el salón con un perfume estrenado de propio. Más que nada por quitarle aquella peste a zotal y desinfectante, a mugre, a roña y a pobre, que no había Dios que se la sacara. Se dio una sesión especial para los niños del hospicio, con fotos que salieron en los periódicos. Para causar mayor efecto en el público, se proyectaba antes de la película una especie de tráiler sobre la historia del cine: primero iban muestras del mudo, luego del sonoro, finalmente del tecnicolor; todo ello en pantalla normal. Entonces, se descorrían las cortinas y soltábamos la imagen en cinemascope. Aquello salía como un toro del redil, el doble de tamaño. El público aullaba, el sonido estereofónico los envolvía. Empezaba la película y allí no chistaba ni Cristo. Aquello era el no va más, el Apocalipsis, el Bachillerato.

Maroto se ríe con ganas. Luego tose. Se recupera y continúa:

—Fue entonces cuando se me ocurrió lo de los carteles. Me di cuenta de que todo este esfuerzo por subir la categoría del local no lo amortizaríamos si no poníamos en la fachada un reclamo que estuviese a su altura. Y ahí entró ese hombre, Jorge Atienza. Me lo había recomendado el administrador de la marquesa, a quien yo debía muchos favores. Creo que era un conocido de ella, de la señora. Y tú viniste por el mismo camino.

»Me habían dicho que era un buen pintor. Y es verdad, tenía mucha experiencia. Cuando le propuse a este hombre que hiciera aquellos carteles, tan enormes, pues aceptó, con la condición de que le ayudara alguien. O sea, tú. Y así es como te quedaste dándole a la brocha. Y luego, ya, echando una mano al proyeccionista. Quizá esté mezclando unos años con otros, pero sobre poco más o menos, así fue la cosa.

»¿Que si tuvo algo que ver con el cura de la ermita, ese que llamaban fray Estirado? Pues sí, aquello fue un lío. A ver si consigo acordarme. Hubo muchos problemas con él.

Se ve dudar a Maroto ante el nuevo sesgo que cobra la entrevista. Aspira de un inhalador para despejar la nariz y al fin se arranca:

—Bueno, problemas, problemas, no sé cómo decirte. Yo soy católico como el que más, ojo, aunque a los curas siempre les he tenido prevención. Este hombre, el tal Servando, era un metomentodo. Se pasaba mucho con nosotros en sus sermones y en la *Hoja Parroquial*, donde tenía mano. Decía que el demonio estaba en el cine. Yo podría no haberme dado por aludido si no fuese por las fotos. El cura este tenía una cámara, siempre iba con ella a todas partes, la llevaba en bandolera y a la mínima, clic. Y si te retrataba ya sabías que ibas a terminar en la *Hoja Parroquial*. Pues bueno, cuando echaba sapos y culebras contra el cine en algún artículo, ponía la foto del mío. O sea que ya me dirás.

Maroto se levanta y desaparece del encuadre. Cuando vuelve trae en la mano un álbum de recortes. Saca uno de ellos y lo muestra a cámara:

—Mira, aquí está, el Frontón Cinema ilustrando uno de sus sermones. Espera que busco las gafas y te lo leo. Dice el mamarracho este: «El cine es la calamidad más grande que ha caído sobre el mundo desde Adán acá. Más calamidad que el diluvio universal, que la guerra europea, que la guerra mundial y que la bomba atómica».

Se carcajea largo y tendido. Se quita las gafas, saca el pañuelo de hierbas, se enjuga las lágrimas de tanto reírse y continúa:

—¡Qué jodido, el tío! Pero había que tener cuidado, porque era sobrino del obispo. Yo trataba de llevarlo con mano izquierda. Te pongo un ejemplo. Durante una temporada se me ocurrió mover la publicidad de unas películas que podían funcionar bien. Digo publicidad no en el sentido que ahora te dedicas tú, en plan profesional, sino algo inofensivo, una chapucilla: pegar el cartel con engrudo a una plancha de madera, como un estandarte, y organizar a la chiquillería, para que metiera un poco de bulla por la zona. También les dije que fueran hasta vuestro barrio, donde prácticamente todos venían al Frontón. Pues en seguida llegó fray Estirado a llamarme la atención. Me dijo, de muy malas maneras: «Aquí las procesiones las organizo yo y los desfiles el ejército. Un civil no pinta nada alborotando la calle. Solo son desórdenes públicos. Ah, y saqué fotos, tengo las pruebas».

»Tuve que hacerle caso. ¡Qué remedio! Hubo que dejarlo, a pesar de lo bien que funcionaba y de que nadie se había quejado. No me extraña que luego tuvieseis problemas con este mismo cura, por lo de tu padre. Podía haberle dicho que yo había sido requeté o preguntarle quién era él para poner en el tablón de anuncios de la parroquia las fichas Filmor, donde decían qué películas estaban bien o mal, que si eran inmorales o que si patatín o patatán. Pero con esta gente es mejor no enemistarse.

»Y entonces vino la visita del obispo. Lo de la función especial no fue idea mía. Fue un favor que me pidió el administrador de la marquesa. El párroco no se atrevió a hacerlo directamente, por las broncas que habíamos tenido. Ahora, si lo que tú me preguntas es cómo se complicaron las cosas entre tu padre y el curita este, el fray Estirado de los cojones, pues yo ahí ya no sé.

»¿Cómo dices? Que tienes que parar la cámara, que se te ha acabado la cinta de grabar. Bueno, pues dejamos la continuación para otro día. Por hoy ya vale, que si no esto va a parecer el testamento de Isabel la Católica.

5

Un coche negro avanza por la carretera. Suelen sentir inquietud cuando eso sucede. Sobre todo si se detiene frente a la huerta, como entonces, y de él bajan unos hombres, abren la verja y entran.

Al verlos, sus padres se enderezan sobre los surcos. Salen a su encuentro. Los recién llegados no se molestan en ser amables.

—Somos de la policía. Hay una denuncia contra su hijo Antonio.

Se niegan a darles más explicaciones. Cuando les dicen que se lo llevan a comisaría, Ángel les pide unos minutos para cambiarse y acompañarlos.

Mientras el coche se aleja, Miguelito mira a su madre.

—¿Qué ha hecho Toño?

Ella parece no oírle.

—Ya le dije que no anduviese con esos chicos de la Canastera —se lamenta.

Padre e hijo regresan al cabo de varias horas. Los dos muy serios. Las cosas pintan mal.

Irene y Ángel no quieren hablar delante de sus hijos.

Los oyen discutir.

Al cabo, la madre se arregla y baja hasta la ciudad.

Ella también vuelve preocupada y cabizbaja. Habla a media voz con el padre, en la cama, hasta muy tarde.

Ahora Miguel tiene ante él la cinta de vídeo. Una nueva entrevista de Toño con Maroto. Se pregunta si en ella se aclarará lo sucedido. Nunca se lo explicaron de un modo convincente.

A Maroto le cuesta entrar en materia. Poco a poco, las preguntas de Toño desde detrás de la cámara van surtiendo efecto. Se va centrando:

—Pues resulta que la marquesa, que tenía casa en Estoril, le cogió mucha devoción a la Virgen de Fátima. Le curó a la hija de una enfermedad, llevó a la niña allí al santuario y gracias a eso no se le murió, aunque creo que tampoco quedó muy allá, algo averiada se le quedó. Y cumplió su promesa: en agradecimiento encargó una imagen de la Virgen. Sí, sí, lo que te digo. Pero no una cualquiera. Se la hizo el mismo escultor que talló la original de Fátima, con el mismo tipo de madera, cedro del Brasil y todo eso. Le debió resultar muy difícil, pero ella quería algo en condiciones, para entronizarla en la ermita. Siempre fue un poco la patrocinadora, creo que incluso se casó allí. Habían quemado la antigua imagen durante la guerra y no quería una de yeso de esas de Olot.

»Y para arroparlo el cura trajo al obispo, montó el dance y nosotros hicimos la función de cine. Les aconsejé una película más moderna que aquella española de *La señora de Fátima*, que era un tostón. Además, en blanco y negro, hombre, no me jodas. Yo me comprometí a buscarles una copia de *El mensaje de Fátima*, extranjera, en color, más entretenida. Salía el Gilbert Roland y le daba a aquello otro aire, porque si no lo de los pastorcillos pues ya me dirás, tres críos de pueblo, cejijuntos, que no paraban de ir a ver unos matojos. Además, quedaba claro lo de la persecución religiosa en Portugal, con los rojos en el poder y la profecía de que Rusia iba a abandonar el comunismo, a abrir las iglesias otra vez. Y con esa película organizamos una sesión religioso-patriótica, de caridad, patrocinada por la diócesis. Como habíamos renovado todo con lo del cinemascope, la sala estaba presentable, todo nuevecito, pintado y desinfectado.

»Entonces le encargué a ese hombre, Jorge Atienza, que hiciera un cartel de primera. Algo aparente, que supervisó el cura este, don Servando, el sobrino del obispo. Porque la marquesa, después de la función, quería llevar el cartel a la ermita y usarlo como telón de fondo para el dance. Así se tapaban desperfectos, que la señora no estaba para más gastos, bastante tenía con pagar la imagen. Y no daba tiempo para más, la fiesta de la Virgen de Fátima se echaba encima.

»Bueno, el cartel quedó muy bien, y lo colgamos el día de antes. Y esa noche la pifiasteis tú y el Salva. ¿Te acuerdas? Jorge Atienza había pintado a los tres pastorcillos mirando hacia arriba, a la Virgen. Y claro, al cortar el trozo de tela con la señora y llevárosla, la gente pasaba y se partía de risa al ver a los niños estos de Fátima poniendo cara de lilas, venerando un agujero en la tela. Alguien os debió ver cuando trepasteis a cortar el cartel. A ti no te reconocieron a la primera, pero al Salva sí. Lo habrían visto de la tienda de tebeos o de andar de aquí para allá, de trapero. Se lo contaron al cura, y este os denunció. Fue con su cámara, sacó unas fotos del agujero que habíais dejado y en cuanto se las revelaron se fue con ellas a la policía.

»Al chico este, el Salva, le dieron un buen repaso para que denunciara a su compinche, pero no abrió la boca. Ni pío, oye, dijo que él no era un chivato. Debía estar acostumbrado, el pájaro. Yo le habría echado una mano, su padre había sido muy amigo mío. Pero cuando quisieron llevárselo de la tienda de tebeos, él se resistió. Le dio una patada en los huevos a un policía. Y claro, entre eso y los antecedentes que tenía, pues ya me dirás. A los dos no se os podía sacar de la estacada. Alguien tenía que pagar el pato.

»Porque el mismo que había reconocido a ese chico te reconoció a ti cuando te llevaron a comisaría. El cura debía haber averiguado que erais amigos e ibais por ahí juntos. Y la cosa se llegó a poner muy fea. Tienes que agradecérselo a tu madre. Nos reunimos en el despacho del administrador de la marquesa un servidor y Jorge Atienza, con Irene. Tu caso era distinto, en eso estábamos de acuerdo. Las malas compañías, tal y cual. Nadie quería que te pasase lo mismo que a ese chico, tú no tenías antecedentes. Eso sí, te exigían que colaboraras. Y lo hiciste, por lo que me contaron.

»¿Qué dices? Ah, claro, te engañaron. Te dijeron que el Salva había cantado y que ya lo sabían todo. Bueno el caso es que contaste lo que había sucedido. Que esa chica, Candela, se había encaprichado de aquel cartel porque decía que la Virgen se parecía a ella. Una de esas tontadas. Total, que habíais cortado la tela, la habíais enrollado y se la habíais dado a ella. La encontraron escondida en la tienda.

»El Salva fue de cabeza al reformatorio. Y a ti, como penitencia, te impusieron que ayudaras a reparar el cartel. Y como tenía que servir de telón para el dance, en la ermita, el cura accedió a retirar la denuncia. Jorge Atienza se sintió un poco obligado a hacerse cargo de ti, y como vio que se te daba bien esto del dibujo ya le empezaste a ayudar. Él se comprometió a encarrilar tu afición artística, para que no anduvieras por ahí, suelto, con malas compañías.

»Luego, de los carteles pasaste a la cabina. Por aquel entonces había salido una normativa que obligaba a que cada máquina de proyección tuviese un operador examinado, con carné, y cada operador un ayudante. Tú tenías dieciséis o diecisiete años y entrabas en uno de los tramos de edad previstos. O sea que me ofrecí a pagarte algún dinerillo si ayudabas al proyeccionista. Y lo hacías muy bien. A los dos meses parecía que hubieses estado en ello toda la vida.

»¿Qué me preguntas? ¿Tu madre y Jorge? Mira yo ya no entro en todas esas barbaridades que fueron diciendo por ahí Candela y Chon. Menudo par: puta la madre, puta la hija, puta la manta que las cobija.

»No me pareció bien que se metieran contigo. Que fuesen diciendo que eras un chivato, que mientras el Salva había ido a parar al reformatorio y lo tenían encerrado allí, tú, que tenías igual de culpa, anduvieras suelto. Insinuaban que había algo entre tu madre y Jorge Atienza... No me hagas hablar... Hombre, no me preguntes más, es un asunto delicado...

6

Toño pasa cada vez más tiempo en el Frontón Cinema, ayudando al proyeccionista y a Jorge Atienza a pintar los carteles. Y Miguelito ha de buscarse la vida con Jesús el Gordo. De vez en cuando se les une el Carioco, cuando sale del taller donde trabaja de aprendiz: aún no tienen el carné de identidad y no los dejan pasar a las películas de mayores.

Solo les queda aquel callejón sombrío. Un pasadizo solitario en el lateral del cine. A través de los ventanos de ventilación les llegan los silbidos y aplausos del público. También las voces del chico y la chica de la película. Se imaginan las escenas viendo el cartel y las fotos del tablón de anuncios.

El Carioco decide sacar partido a aquella salida de emergencia. Con una navaja, agranda los agujeros en la madera carcomida y pegan el ojo. Se ve la pantalla por detrás, aunque solo una parte. Lo más interesante parece pasar en el lado oculto. A aquel sumidero van a parar el chico y la chica en el momento de la verdad. Los oyen hablar en susurros insinuantes. La gente contiene el aliento hasta que alguno grita:

—¡Respirad, que os vais a morir!

Un día, mientras gorronean su ración de sombras, pegados a

los agujeros de la vieja puerta de emergencia, algo les golpea en el ojo. Miguel, Carioco y el Gordo apartan la vista y se miran sorprendidos. Un grumo viscoso les cuelga del párpado. Al principio se ríen el uno del otro. Entonces se dan cuenta de que escupen desde dentro para ahuyentar a los mirones. Y lo hace alguien con una puntería infalible.

Al día siguiente, mientras Miguel está a punto de meter una canica en el hoyo, el Carioco le dice, muy serio:

—El de los escupitajos de ayer es tu hermano.

Miguelito se yergue. Lo mira de hito en hito. Le corroe la duda. Escupir así es todo un arte. Y es verdad que Toño lo hace con una precisión escalofriante. Ha dejado seca a más de una mosca, con un buen lapo.

Pero no está dispuesto a que el Carioco le vea dudar de su hermano. Y le advierte:

—Cuidado con lo que dices, chaval.

—Que sí, joder, que me lo han dicho. Normal, si trabaja en el cine.

—Pero solo ayudando al pintamonas de los carteles y al de la máquina de echar películas, que lo sepas.

—¡Y un huevo! Maroto le tiene dicho a Toño que durante la película se dé una vuelta, se llegue por dentro hasta esa puerta, apunte bien a los agujeros y les pegue unos buenos salivazos... Además, ¿qué vas a esperar de un chivato?

Miguelito se lanza a por él en tromba. Aunque el Carioco es más alto, lo derriba de un cabezazo en el estómago. Ruedan entre el polvo. Su adversario pronto está a horcajadas sobre él. Con las rodillas, le sujeta los brazos contra el suelo hasta que se rinde.

Cuando se levanta y se sacude los pantalones, ha de callarse, aceptar que Toño no se lo cuenta todo. En realidad, no le cuenta casi nada. Miguelito se siente traicionado.

Le cuesta admitir que en el barrio consideren a su hermano un vendido, alguien que ha conseguido su puesto en el cine denunciando a Salva.

El Carioco no es rencoroso. Pronto vuelve a ajuntarle, cuando se les une Feldespato. Y les advierte:

—Atentos, que viene por ahí Susanita Magefesa. Nos vamos a divertir.

Saca una rata muerta del agujero donde la ha escondido y cuando ella pasa, con aquellos aires de grandeza, la agita ante su cara. Los chillidos se oyen hasta la otra punta del barrio.

El Gordo viene corriendo, le quita la rata al Carioco y la tira a una acequia. Luego se vuelve hacia la chica, ofreciéndose:

—No quiero inmiscuirme, pero te puedo acompañar a casa.

Susana recompone la figura y la dignidad. Asiente.

En cuanto los pierden de vista, el Carioco refunfuña:

—Pero ¿habéis oído lo que ha dicho el Gordinflas? ¡*Inmiscuirme*! Joder, macho, ¿dónde habrá aprendido este capullo a hablar así? Seguro que oyendo a su padre.

—El otro día hizo lo mismo —apunta Feldespato mientras arregla la patilla de las gafas con un esparadrapo—. Salió un lagarto de una tapia, Susana empezó a gritar, y fue Jesús y lo mató con un palo. Si se le cae cualquier cosa, ella no se agacha, espera a que él la recoja. Si algo está muy alto, le hace trepar...

—Es una vergüenza, el Gordinflas se está volviendo cada día más gilipollas. Lo tiene esclavizado.

El Carioco propone ir a darles un meneo a los albaricoques del señor Jacinto, que ya colorean.

Mientras esquilman el árbol, les dice a Feldespato y Miguelito que no se los coman allí, a pie de obra. Anda suelto el guarda jurado:

—Si Olegario nos pilla aquí, nos va a brear a tiros. Y esas balas de sal que dispara con la carabina escuecen un huevo. Te pasas una semana con el culo en remojo.

Se reúnen en el lugar donde suelen preparar la hoguera. Mientras se reparten el botín, trata de unírseles el Gordo, ya de vuelta de casa de Susana.

—Pasadme unos albaricoques —les pide.

El Carioco lo echa con cajas destempladas:

—Tú, chaval, ahueca. Aquí no queremos perritos falderos.

El Gordo insiste, trata de coger un par de ellos.

—Date el piro, vampiro.

El Gordo duda. El Carioco se crece. Es famoso por sus demostraciones de poderío. Toma aire, mientras en torno suyo se hace un silencio absoluto, como el artista del trapecio que en el circo se dispone a ejecutar el triple salto mortal sin red. Luego se concentra un instante. Finalmente, se arranca y es capaz de decir de una tirada, en un solo regüeldo, «Caja de Ahorros y Monte de Piedad de Zaragoza, Aragón y Rioja». Ahí queda eso.

—Eres un guarro. No tienes remedio —le dice el Gordo.

Cree que con ello ya ha conjurado el repudio. Se sienta a su lado. Ensaya gestos joviales. Pero no le dejan catar la fruta. Tantea una nueva estrategia de aproximación:

—¿Qué vais a hacer esta noche? ¿Jugaréis a la cerilla muerta? ¿No asáis patatas?

—Esta noche no. Me retiraré pronto. Pensaba meneármela.

—No tendrás intención de estar toda la noche dale que te pego.

—Nunca se sabe cómo andará uno de inspiración.

—Joder, macho, estás completamente verraco.

—No todos nos esclavizamos, a ver qué cae. Seguro que la Casta Susana ni te deja tocarle un pelo. Con las tías, moja y deja. El hombre promete hasta que mete. Eso es el evangelio.

—Como si fuese tan fácil...

—Que no te enteras. Todas quieren que les metas mano.

—No te dejan.

—Pero te dejan intentarlo.

Risas. Carioco está en vena.

—Claro que ya se te ha pasado la ocasión. Con lo de la rata te la he puesto a punto de caramelo para que se echara en tus brazos, so pasmao.

—¿En la puerta de su casa?

—Qué importa el sitio. Donde cae la burra, allí se le dan los palos.

—Tú sí que eres burro. No sé por qué os metéis con Susana. Es majísima.

—Pajísima, diría yo.

—¿Es que no sabes pensar en otra cosa?

—O eso o la metes en una grieta en la pared y esperas a que haya un terremoto.

7

Le cuentan que Candela habla de Toño igual que el Carioco. Mal. Un chivato, dice también ella, con un odio helado.

Ha crecido, está tan guapa como siempre. Pero su mirada es más turbia. Aun así, a él sigue tratándole de un modo especial. Es la única que no lo hace como si fuese un crío. Al menos, cuando están solos.

Al llegar a casa, su hermano le rehúye. Se ha vuelto más solitario todavía. Y ha empezado a dibujar con la mano izquierda.

Lo que de allí surge le deja pasmado. Es otro Toño. Hasta entonces, utilizaba la mano derecha como un tartamudo su voz. De aquella destreza tan menguada solo alcanzaba a brotar una escritura infantil, dibujos titubeantes. Y, de pronto, libre ya de las ataduras de la escuela, se convierte en zurdo. Como si hubiese vuelto a nacer, accediendo a partes desconocidas de sí mismo.

Pintarrajea sin pausa, manoteando como un náufrago. El dibujo es una prolongación de su cuerpo, una secreción sin restricciones ni compromisos, antes de que los garabatos se domestiquen hacia el dibujo o la escritura, cargándose de propósitos.

Todo eso lo intuye Miguel ahora, cuando recuerda aquellos trazos extraños. Son como rabos de lagartija secuestrados en ma-

167

nos de los niños, que se agitan buscando recomponer el cuerpo del que han sido mutilados. Parecen venir de un mundo subterráneo y cenagoso.

Por aquel entonces, aún solían hacer juntos el camino hasta la escuela. Miguelito se quedaba en ella, mientras Toño continuaba hasta el Frontón Cinema. Lo que allí sucedía no lo supo entonces. Ahora tiene ante él las viñetas donde se cuenta.

En su taller tras la pantalla, el forastero, Jorge Atienza, está parapetado tras una amplia mesa, una tabla sobre dos caballetes.

Pide a Toño que se acerque a la luz.

Lo mira de arriba abajo. Examina sus rasgos.

Toma una resma de papel y dibuja. Lo hace de un modo rápido y preciso, con la mano izquierda. Es zurdo.

Al acabar, le tiende la hoja. Toño se queda asombrado. Es su retrato. Lo ha clavado.

Jorge le ordena que se ponga de perfil. Toma dos hojas y desde el otro lado de la mesa dibuja a la vez con las dos manos, con la izquierda en la hoja de la izquierda y con la derecha en la hoja derecha. Dos caricaturas idénticas.

—¿Dónde ha aprendido usted a hacer esto?

—En Estoril, para ganarme la vida.

—¿Estoril?

—Está en Portugal, cerca de Lisboa. Y lo mío no es nada.

Le cuenta que en el casino había una mujer alemana capaz de escribir a la vez cuatro cosas diferentes usando las dos manos y los dos pies. Mientras con la mano izquierda ponía *Berlín*, con la derecha escribía *Roma*, con el pie izquierdo *Tokio* y con el derecho *Londres*.

—Todo se puede conseguir con entrenamiento.

En las semanas sucesivas, ya metidos en faena con los carteles, Atienza le irá contando cómo aprendió a dibujar. Fue hace años, en Madrid, cuando tenía sobre poco más o menos la misma edad que él ahora.

Trabajaba en casa de un individuo bajito, calvo y con bigote. Un negrero que explota a un grupo de chavales, sus mejores alumnos en la Escuela de Bellas Artes. Los sienta alrededor de una gran mesa de nogal y los tiene horas y horas haciendo viñetas. Él mismo las edita, tiene asegurado un buen cupo de papel. Les paga una miseria.

Jorge cuenta a Toño cómo vuelve con aquel hombre después de la guerra. Publica tebeos impresos en pliegos infames, llenos de virutas, con las tintas diluidas, para ahorrar.

La primera serie que dibuja Atienza se titula *Mandobles y estocadas.* Le sigue otra del Oeste, *Jimmy Fogata.* Finalmente da en el clavo con *Capitán Trinquete,* una de piratas y corsarios. No tiene pies ni cabeza, lo suyo es matar filibusteros sin parar. Se vende como rosquillas, va viento en popa. El editor está encantado con Jorge Atienza. Pero no le paga. Entonces, empieza una guerra soterrada. Él no tiene más arma que la propia serie. E introduce en ella a un miserable, un negrero pequeñito, calvo y con bigote, idéntico al editor.

Este le censura esas viñetas. Jorge se cabrea. Y en el siguiente episodio coloca al protagonista al borde del abismo. Al final del cuadernillo lo deja en la almena de un castillo, colgado sobre un acantilado. Un sicario le está cortando la cuerda de la que pende y el malo, de infalible puntería, le apunta con su pistola.

El mensaje no pude estar más claro: o me pagas o aquí se acaba el *Capitán Trinquete.* Recibido el ultimátum, el editor afloja el dinero. El héroe sale de aquella encerrona del modo más inverosímil, y no tarda en volver a las andadas. Reanuda sus escaramuzas con todo entusiasmo, siembra las viñetas de fiambres malignos... Pero también el editor hace de las suyas. Otra vez remolonea con su salario. A esas alturas la paciencia de Jorge se ha acabado. Y para que no haya dudas sobre la muerte del protagonista, el cuaderno termina mostrando en primer plano su cabeza rebanada, chorreando sangre, enseñando a aquel negrero las consecuencias de ser mal pagador.

«¿Por qué trabajar para gente así?», le pregunta Toño. «No tenía elección», le responde Atienza. El país estaba en ruinas. No había papel para los tebeos, ni dibujantes, ni distribuidores, ni sitios donde venderlos. Y sus clientes eran niños, el eslabón más frágil. A pesar de tantas dificultades, surgieron nuevos valores. Algunos eran muchachos, unos críos. Sus padres estaban presos y tenían que mantener a la familia.

Jorge Atienza le ha ido enseñando su oficio. Le ha mostrado los trucos para conseguir un buen cartel de cine. Evitar los dibujos planos, darles profundidad subrayando los escorzos. También, pillarle el aire a la película. Lograr que queden vistosas las de acción, que tanto juego dan con el movimiento. Cómo resolver las comedias a través de los protagonistas, buscando los actores de rostros bien marcados.

Pero Toño sigue preguntándose quién es realmente aquel hombre.

8

¿Cómo pudo pasar aquello?

Hay toda una carpeta dedicada al cura. Allí están algunos de sus artículos publicados en la *Hoja Parroquial*.

En uno, previene sobre los peligros de la estación primaveral: «Con ella vendrán los mayores esparcimientos al aire libre, los desaliños indumentarios. Y en evitación de estas licenciosas conductas se deberían cursar severas órdenes a los agentes de la autoridad para que sean corregidas en el acto».

En otro, a propósito de los matrimonios que se dispone a celebrar en la ermita, amonesta a las mujeres casadas: «Nunca, bajo ningún concepto, deberás enfrentarte a tu marido. Cuando se enfade, callarás; cuando grite, bajarás la cabeza sin replicar; cuando exija, cederás, a no ser que tu conciencia cristiana te lo impida. En este caso, no cederás, pero tampoco te opondrás directamente: esquivarás el golpe, te harás a un lado y dejarás que pase el tiempo. Soportar, esa es la fórmula. Amar es soportar».

Miguel aún se acuerda de aquellos sermones. Su famosa homilía sobre el Padre de Familia que cortaba en la viña el más espléndido de los racimos. Pero no para él. No. Se lo ofrecía a su mujer. La Madre de Familia lo recibía, conmovida. Sin embargo, no se lo comía. Se lo pasaba, a escondidas, al Hijo que, sin decir nada, se lo llevaba a su Hermana. Esta lo conservaba sin tocarlo, y cuando ponía la mesa lo colocaba en el plato del Padre. Y cuando este volvía a casa, al verlo reservado para él, abrazaba a los suyos y daba gracias al Cielo por tener una Familia como aquella.

Así es fray Estirado cuando escribe o predica. En el trato personal se muestra más seco. Sobrelleva aquel destino como un misionero desterrado entre caníbales. Él cree que lo han relegado allí para ponerlo a prueba, por ser demasiado moderno. Se precia de ser el primer cura de la diócesis en llevar reloj de pulsera. Además, fuma Bisonte, viste una sotana impoluta y tiene una Vespa de color verde jade sobre la que llega cada domingo, muy tieso, para decir la misa. Los vecinos han advertido que no tenía la moto cuando se hizo cargo de la ermita, y Perico añade que su precio no bajará de los tres mil o cuatro mil duros. Seguro que han salido del cepillo de la Virgen.

Para desgracia de Ángel, la huerta está exactamente enfrente de la ermita, solo la carretera la separa de ella. Y al cura le desazona que el cabeza de aquella nueva familia asentada en sus dominios no haya acudido a rendirle pleitesía. De momento ha debido mantenerse a la expectativa. Después de todo, la madre es asidua, no falta a una sola misa, y lleva con ella a sus dos hijos.

Sin embargo, un domingo don Servando no puede contener su curiosidad. Va a visitarlos. Y sorprende al padre amartillando el filo mellado de una guadaña. No está a la vista de todo el mundo, sino discretamente apartado en el cobertizo de tejavana, junto a la casa. El párroco le reconviene ásperamente por faltar a misa y trabajar en fiesta de guardar

Otro domingo, fray Estirado monta en su Vespa y recorre la carretera de arriba abajo. Va con su cámara en bandolera, acechando los campos. De vez en cuando se para, saca fotos, grita improperios a quienes están labrando. Hasta el momento, eso ha sido todo. Nada grave. Muchos disponen de tapias o cortavientos de carrizos, y al no ser visibles desde la carretera, hacen las faenas fuera de su alcance.

Pero entonces sucede aquello.

Quizá es que el párroco se pone cada vez más nervioso a medida que se acerca la fecha de la entronización de la Virgen. El ensayo del dance no avanza todo lo que hubiese querido. Además, cuando llega el buen tiempo y es mayor el trabajo en el campo, no se puede dejar lo que se lleva entre manos. Ese día echan una mano los familiares. O tienen el turno de riego, o la tierra con tempero.

La cuerda se rompe por donde más roza. Un domingo, durante la misa, Ángel trajina con el caballo Lucero. Está pasando la rastra, deshaciendo los terrones. Se las ve y se las desea para controlar al vigoroso animal. Menudean las blasfemias. Se escuchan con toda claridad en el silencio de la consagración, entre los toques de campanilla del Gordo.

Don Servando se queda lívido. Y tan pronto termina la misa intenta entrar en la huerta. Pero la puerta está cerrada. Irene ha tenido buen cuidado de hacerlo. No atienden sus llamadas. Todos sus parroquianos lo están viendo, y el cura se lo toma como un desafío, algo personal.

Está indignado. Se acerca la fecha de la apoteosis y pronto vendrá el obispo. Tiene que atajar una situación que se le está yendo de las manos.

El siguiente domingo, se quedan atónitos. Una hora antes de la misa, ven a don Servando sobre el talud de la vía del tren que atraviesa el barrio de parte a parte. Paralela a la carretera, domina la vista de todos los campos, con tapia o sin ella. Le sigue una pareja de la Guardia Civil. Desde allí, les señala la huerta, donde Ángel ara la tierra con el inseparable Lucero. Después, continúa su recorrido terraplén adelante, dando los nombres de quienes no respetan la fiesta de guardar. Y mientras él dice misa, los vecinos pillados en plena faena son visitados y multados por los civiles.

Nunca le perdonarán al cura aquella felonía.

Una semana después toca la bendición de los vehículos en la plazuela de la ermita. Los del barrio suelen ponerse de acuerdo para que nunca falten varias bicicletas, algunas motos o carros y un par de tractores entre los más presentables, que sus dueños lavan el día anterior.

Tras la misa, el Gordo, vestido de monaguillo, carga con el acetre del agua bendita y se dispone a seguir a don Servando. Pero al salir a la plaza y echar mano del hisopo, se queda con él en la mano. Allí afuera no hay absolutamente nada que asperjar. Ni siquiera está el tractor del padre de Jesús, que nunca falta. Casimiro Saldaña no perdona al cura haberle ignorado en lo de las multas, mermando así su autoridad para intermediar.

Hay una creciente tensión, que aumenta con el calor que ya empieza a hacer a aquellas horas de la mañana. Los ceños de los labradores dejan poco lugar a dudas sobre su actitud. Pero lo que acaba de sublevar el orgullo herido del párroco es el comentario de Perico, quien no ha querido perderse aquello y capitanea el grupo más montaraz:

—Ni tractores, ni carros, ni motos, ni bicicletas, ni hostias —dice aquel perdido.

Lleno de ira, el cura se da media vuelta para dirigirse hasta el lateral de la sacristía, donde está su moto. Se remanga el alba, toma el acetre y la bendice concienzudamente. Le echa encima tal cantidad de latines y agua bendita que hubiera bastado y aun sobrado para toda una división acorazada.

Tras ello, vuelve a la ermita. En la sacristía, se despoja de las vestiduras sin disimular su disgusto. Y enciende un Bisonte.

Cuando termina, un poco apaciguado por el humo, recoge la recaudación del cepillo. Se la embolsa junto con la bien exigua de la colecta del día y se dispone a marcharse. Calcula que para entonces ya se habrán ido los vecinos. Pero se equivoca.

Allí están todos. Y su animosidad está lejos de haber cedido. Al verlo, el corro de las mujeres deja de parlotear. Alguna se quita el velo de la cabeza y guarda el alfiler, entremetiéndolo en el devocionario. Los hombres forman un frente que se despliega en abanico para observar al cura.

Este se dirige hacia su flamante Vespa de color verde jade. Quita la horquilla del estribo que asienta la rueda trasera. Trata de ponerla en marcha pisando con fuerza el pedal de arranque. Una, dos, tres, cuatro veces. La moto no muestra la más mínima intención de arrancar.

El cura se pone más y más nervioso al notar que todos están pendientes de él. Sigue sin conseguir su propósito, a pesar de las coces que propina al pedal de arranque, cada vez más violentas.

La voz de Perico se alza entre el coro de hombres:

—Demasiada agua bendita.

Las risotadas que siguen terminan de poner fuera de sí al cura. Al fin, consigue un tímido ronroneo del motor. Se monta y se dispone a marcharse. Pero suelta el embrague bruscamente. La moto se encabrita, sale disparada hacia arriba, se estrella contra la pared. El párroco cae hacia atrás, se da una tremenda costalada.

Aún más debe dolerle que nadie se acerque para echarle una mano. Mordiéndose los labios, se sacude la sotana. Él, que siempre la lleva impecable. Levanta la Vespa como puede, la endereza y sale zumbando. Se pierde a lo lejos en la carretera, camino de la capital, entre una nube de polvo.

9

El día anterior a la entronización de la imagen de la Virgen de Fátima llega aquel Mercedes enorme y reluciente. El coche se detiene frente al chalé del indiano. Al oír la bocina, sale a abrir Jorge Atienza. Ayuda a bajar a la marquesa, que da instrucciones al chófer señalando con el bastón hacia el vehículo. Allí, protegido por una cortinilla, se adivina otro pasajero. Apenas pueden verlo cuando lo bajan y llevan hasta la casa, bajo el emparrado.

Sentados en la falda de uno de los montes que dominan el barrio, Miguel y Jesús acechan el chalé y a los recién llegados. Oyen un bramido. Se miran. El Gordo sacude los dedos: ahí pasa algo raro. Antes de que echen los visillos de la ventana de la torre tratan de adivinar a quién corresponde aquella silueta, un bulto inerte que manejan como un fardo.

Al despedirse, antes de tirar cada cual para su casa, quedan para la mañana siguiente.

Ha llegado el gran día. Una mañana radiante. La plaza frente a la ermita está repleta. Se echa de menos a don Godo. Debe ser la primera vez que falta a un gran acontecimiento. Anda mal de salud y en su lugar hay otros fotógrafos. De los periódicos. No es lo mismo.

Se confirma la asistencia del obispo. El cura ha impartido instrucciones muy precisas. Jesús el Gordo pide ayuda a Miguelito para que toque la campana cuando el séquito entre en la ermita. Hay otro monaguillo, traído del seminario, pero no se fía. Y él no podrá hacerlo porque debe descorrer las cortinas y descubrir los paneles que han estado retocando Jorge Atienza y Toño. Servirán como decorados para el dance en honor de la Virgen, que ha de seguir a la misa concelebrada.

A media mañana van acudiendo desde la capital el alcalde, el gobernador civil, las autoridades militares.

No tarda en unírseles la marquesa. Llega en su Mercedes. Tras cumplimentarla, le ayudan a desplazar aquel bulto inerte. Ahora lo ven mejor. Es una muchacha de edad indefinida, de color pálido, ojerosa, con una especie de larga túnica y un pañuelo amarillo al cuello. La meten en la ermita y la sientan junto a su madre, en primera fila, frente a los reclinatorios de terciopelo rojo.

¿Y el obispo? ¿No viene con ellos?, pregunta la gente al cura, señalando a las autoridades. Los informa de que acudirá por sus propios medios.

¿Qué medios son esos? Cábalas. Cuchicheos.

Todos los ojos se vuelven, entonces, hacia el terreno que hay frente a la ermita. Su dueño cuenta lo que le han pedido: que siegue a ras de suelo la alfalfa y se abstenga de regar. Luego han venido unos operarios con un carricoche, una tolva con ruedas, con la que han trazado un círculo de cal y una cruz en medio de la pieza.

Cuando se acerca la hora de la misa, el Gordo pide a Miguelito que toque la segunda tanda de campanadas haciendo largo, para dar tiempo a que llegue el obispo.

Desde lo alto del coro ve entrar a Candela, con su madre. Luego llega Toño, con Irene. Se sientan en la otra punta. Se miran de reojo, haciendo como que se ignoran.

Entre tanto, se han ido alineando los dos grupos llamados a interpretar el dance. La cohorte de ángeles ya ocupa su lugar dentro del templo. Se ha previsto que escolten a la Virgen durante la misa. Y allí están aquellos seminaristas traídos por el cura, con sus túnicas azules y alas emplumadas. Llevan cirios en la mano, con un lacito de color celeste atado en medio, y una muesca abajo, que indica dónde deben sujetarlo. Impolutos, inmaculados. El cura ha cuidado hasta el último detalle.

Por el contrario, los demonios, interpretados por la gente del barrio, son relegados al coro.

Pero, como el obispo tarda, prefieren salir afuera, al pórtico, desde donde pueden seguir la ceremonia hasta que les toque intervenir. Han abierto las puertas de par en par, para aliviar el calor. Hay mucha concurrencia. Agobia aquel aire trasegado en rezos y trisagios, que parece respirado muchas veces. El sol ya pega fuerte sobre el tejado y la ermita se ha encendido como un horno. Se acumula el olor de los cirios, de la pintura aún fresca en los paneles instalados por Jorge y Toño, de las ramas de laurel.

—Esto —dice Perico señalando a las beatas— apesta a estofado de conejo.

Risas. El tartanero preside aquel conciliábulo de demonios fumando su cuarterón. Y como se les va quedando la boca reseca, y el obispo sigue haciéndose de rogar, Perico ordena a Carioco que se acerque hasta casa y traiga un par de botellas de aguardiente de saúco, que van pasando de mano en mano y de tiento en tiento. La ocasión bien lo merece.

En esas andan cuando, de pronto, se oye un ruido ensordecedor que viene de la parte del monte. Todos miran hacia allí.

Miguelito está en lo alto de la espadaña, asomado al ventano, y Perico le pregunta si ve algo.

Enmudece.

Por la cañada, acercándose a la vía del tren, sobrevolando a muy baja altura, se acerca una especie de gigantesco avispón. El aparato se parece a un avión, pero es más corto, pequeño y ruidoso. Lleva dos aspas que giran, una enorme, arriba, como un ventilador, y otra más pequeña detrás.

Ahora ya está a la vista de todos, que se sujetan sombreros y gorras, asombrados. Es un aparato militar, de color caqui. Vuela muy despacio, parece sostenerse en el aire con gran esfuerzo.

Poco a poco se centra en la parcela de alfalfa vecina, avanza con tiento, y sus cuatro neumáticos se posan dentro del círculo de cal, levantando una gran polvareda de briznas de alfalfa.

A nadie le extrañaría que fuese un desquite de las fuerzas celestiales, que vienen a poner orden en aquel desgobierno de los demonios en el exterior de la ermita. Sobre todo cuando se abre la portezuela y aparecen cuatro soldados en uniforme de gala.

Asientan sobre sus hombros las andas de la Virgen.

Y luego desciende el obispo, ya vestido para oficiar.

Empieza a repicar la campana y se arranca la banda del hospicio. Dos monjas sujetan discretamente al *músico,* uno de los internos, aquel chalado que imita los gestos del director mientras lleva la batuta. Al igual que otras instituciones benéficas, han recibido una circular para que lleven a todos los que puedan, y hacer bulto.

Dos curas flanquean al prelado en su camino a la ermita, hasta la alfombra que le recibe en la plaza, con el párroco al frente, saludando a su tío.

A la Virgen le ponen unas palomas en las andas, que no se van de su lado en ningún momento. Los parroquianos comentan lo bien enseñados que están los animalitos.

Al entrar en el templo, resopla el armonio. El chasquido de las teclas desgastadas, sobre las que piñonea el organista, suena como el picoteo de un pollo en el comedor del gallinero.

La celebración es menos prolija de lo temido. Tampoco se alarga el señor obispo en su homilía. Sabe que todos están ansiosos por ver el dance. También él. Es pieza famosa.

Se sienta, pues, el prelado junto a los sacerdotes con los que ha oficiado, con su sobrino detrás de él, bien a mano, para explicarle los pasos y mudanzas de aquel rito ancestral.

Se cuadra el coro de ángeles y el Gordo descorre las cortinas que tapan los paneles, ayudado por el seminarista acólito.

Junto al cartel de las películas sobre el milagro de Fátima aparecen los decorados de otras varias, debidamente adaptados. Se pueden reconocer varias imágenes de *Quo Vadis,* los mártires cristianos camino de las fauces de los leones. O la escena de *La túnica sagrada,* con Víctor Mature en el Gólgota, postrado a los pies de la cruz. Le han añadido bigote y barbas de patriarca, para que no cante tanto.

El obispo mira todo aquello con cierta prevención. Al lado, su sobrino el párroco trata de disipar sus dudas. Quizá, incluso, sus propias dudas, por haber permitido aquella contaminación entre la ermita y el mundo del cine que tantos recelos le provoca también a él.

Se han acomodado todos en los bancos y se escucha alguna silla que raspa sobre las losas en busca de mejor ángulo de visión. Toses ahogadas. Algunos se suenan.

Entran los demonios comandados por Perico, se distribuyen frente a los ángeles, ya parapetados, y comienza la representación. El inicio es prometedor. Todo el mundo parece saber su papel. Sonríen tío y sobrino. También la marquesa. Y su hija, embobada con el espectáculo, las luces, los parlamentos donde se vierten copiosos conceptos teológicos.

Pero llega el meollo del asunto. La eterna contienda entre el Bien y el Mal. Y aquello empieza a desviarse por cauces insospechados. No por parte de los ángeles, tan ensayados con el cura. Ellos cumplen. Firmes y derechos, apretados ala contra ala, mantienen sus cirios de cera alineados como lanzas, con el lacito azul celeste. Cuestión bien diferente son los demonios, no menos entregados a su maligno cometido de adversarios. Los insultan y retan, como pide el guion. Aunque lo hacen con una entrega más que desaforada. Quizá las imágenes de los carteles les inspiran excesos peliculeros.

El caso es que, ya sea porque estos papeles de diablo suelen encomendarse a mozos de por sí revoltosos y de poco orden, ya sea por la larga espera, o por el aguardiente de saúco que Perico les ha animado a tentar y del que ellos no han escatimado —o por todo a la vez, como parece más probable—, el caso es que cuando llega la hora del enfrentamiento y apoteosis los diablos están tan crecidos y fuera de sí que no se dejan vencer, como reza el auto y es su obligación y destino natural.

Dan una tunda terrible a los ángeles, aquellos muchachos de tierna edad y aspecto no muy viril, que se arrastran de acá para allá tratando de no quemarse los unos a los otros con los cirios, con los que intentan guarecerse de los zurriagazos que se les vienen encima como una granizada.

El párroco está tan desolado que no puede creer lo que ve, los trajes angelicales, antes impolutos, y ahora sucios, hechos unos zorros, las velas apagadas, humeantes los pábilos, las alas rotas como pollos apaleados.

No menos perplejas andan las autoridades civiles y militares. O los concelebrantes, los vecinos, y no digamos el obispo, que no alcanza a entender cómo la corte de honor de una advocación mariana tan afamada se ha visto inerme para vencer a una legión de demonios tan del común. Capaces, eso sí, de hacer brotar chichones memorables allí donde asientan la mano.

Para acabar de arreglarlo, en el silencio que ha seguido al final se escucha la voz de Perico que, ya desde fuera, sobreponiéndose a los versos piadosos previstos por la tradición, recita, medio beodo, aquellos otros que sentencian el caso:

Llegaron los sarracenos
y nos molieron a palos,

En eso que se oye un alarido sobrecogedor, un bramido más propio de animal herido que de ser humano.

Todos los ojos se vuelven hacia la hija de la marquesa. Su madre ha tratado de calmarla a medida que la veía más y más agitada ante tanta violencia, el espectáculo de los diablos arremetiendo contra los ángeles. Hasta que ha estallado, incontenible.

La rodean, solícitos. Pero eso parece agobiarla aún más.

Y en esto que se oye una voz, muy segura de sí misma:

—Déjenmela a mí.

Miran sorprendidos a Candela, que es quien ha hablado. Ella se sienta junto a la muchacha, la toma por el hombro, la mece, le susurra algo al oído, le canta.

La chica de la marquesa se calma, se abraza a ella.

Candela hace gestos a la gente para que se aparte. La lleva con suavidad a través de la amplia nave, la saca de la ermita, indica al chófer que abra la puerta del coche y la mete en el Mercedes.

Pero una vez allí, la chica no quiere separarse de la pelirroja, empieza a gritar de nuevo cuando ve que dejan fuera a su nueva amiga. La Marquesa ruega a Candela que se monte y las acompañe. Ella duda, pero la señora la hace entrar.

El obispo apresura la retirada. Mantiene un aparte con su secretario, antes de departir brevemente con las autoridades. La parroquia va saliendo de los bancos con sus misales bajo el brazo, hasta ganar la puerta. Aún no se han repuesto de tantas emociones.

Poco después se oye rugir de nuevo el motor de aquel aparato asombroso.

Regresa el secretario y reclama al obispo, que se encamina hacia la salida.

Cuando ya está en la plaza que hay delante de la ermita, se vuelve hacia los vecinos para despedirse.

Y ha de rendirse a la evidencia de que allí, en ese barrio con justa fama de descreído, no se atiende demasiado a sus palabras. Ni siquiera a su persona. Todos están pendientes de aquel dragón panzudo y ruidoso que parece haber brotado de la cañada y aguarda en el prado en medio de su círculo de cal.

El obispo lanza un resignado suspiro, antes de concluir:

—Hijos míos, no sé qué os mueve más a devoción, si la Virgen o el helicóptero.

10

Los dibujos en sepia remiten a un tiempo lejano, que los rótulos concretan. Corre el año 1931 y la República ha suprimido el sueldo que el Estado destina al clero. El cura de Castañares está sin un real.

Toma una decisión que ha debido hacérsele muy cuesta arriba. Visita a los vecinos casa por casa. Va pidiendo dinero a sus feligreses. Limosna, en realidad.

Se corre la voz. Quien más quien menos, nadie se atreve a negarle alguna contribución, por modesta que sea.

Cuando llega al hogar de acogida de Ángel, este le advierte que no está su padre adoptivo, el tío Miserias, el amo de la casa.

El cura insiste en entrar. Pasa, toma asiento y le pide un vaso de agua.

Frente a frente, en la mesa de la cocina, el párroco expone la situación. Y concluye:

—Aunque tu padre no esté, algo tendrás para ayudarme.

—Nada puedo darle, porque nada tengo.

El sacerdote lo mira indignado.

—Otros, sin dinero a mano, han contribuido en especie.

—No es lo mismo, señor cura. Yo no estoy en mi casa. Soy un adoptado y no puedo disponer de lo que hay aquí.

El párroco lo toma por una mala excusa. Sale dando un portazo.

Pasan dos años. Ángel acaba de cumplir los veintitrés. Un día que llovizna y no hay nadie por las calles del pueblo, está fumando un cigarro, en el patio de atrás.

A través de las bardas del corral, una leve barrera de zarzas y espinos, observa la casa de enfrente. La del cartero.

Ese atardecer pardusco lo ve salir furtivamente. El hombrecillo mira a un lado y a otro, saca un papel y lo pone en el tablón de anuncios protegido por un tejadillo de cinc. Luego, observando las mismas desconfiadas precauciones, se retira, huyendo de las gotas de lluvia.

Ángel se cala la boina y se acerca hasta el tablón. Se trata de una convocatoria. El cartero se ha jubilado y, cumpliendo las normas, ha dejado constancia en sitio público. Pero lo hace de modo intempestivo, para que no se vea, y alegar que nadie se ha presentado. Entre tanto, ha puesto a uno de sus hijos como interino. Así cobrarán la jubilación y la cartería en activo. No desea que se cubra la plaza.

Ángel arranca el papel. Va a ver a Ismael. Lo estudian entre los dos.

—No hay que levantar la liebre —le advierte.

Y al cabo de unos días le explica que para cubrir la plaza se debe pasar un examen en la administración provincial.

—¿Qué piden?

—Instrucción primaria y conocimientos postales.

—Y yo qué sé de esas cosas.

—Te echaré una mano. Esto es un seguro de vida, tienes que sacarlo.

Después de las faenas en el campo, robando horas al sueño, trabajan muy duro, con gran sigilo. Ismael le ayuda en lo que más flojea, las cuatro reglas de aritmética, llevar las cuentas y la prueba de ortografía. Todos los días practican con los dictados que trae el manual de Luis Miranda Podadera.

Su amigo le acompaña hasta la capital. Le anima antes del examen.

Cuando ve que también se ha presentado el hijo del anterior cartero, que ahora está de interino, Ángel quiere irse. Con ese de por medio, no tiene nada que hacer. Ismael lo agarra por el brazo y lo empuja dentro:

—Si te retiras sin pelear por la plaza, no te vuelvo a hablar.

Ángel hace los ejercicios mejor que el otro candidato. Su amigo lo felicita a la salida. El puesto es suyo, seguro. Y así se lo comunican. Ya puede ir reclamando la cartera de cuero y el matasellos.

Corre la voz por el pueblo. Se las promete muy felices. Cuando pasa frente a Irene, la mira de otra manera, la ve más cercana. Aún la recuerda, alta, esbelta, bañándose en las pozas del río, y solo de pensarlo se enciende todo él. También las otras mozas lo consideran con más respeto. Por primera vez es alguien, no un simple hospiciano.

Pero su adversario, el hijo del cartero, que ha quedado el segundo, impugna la oposición. Y el recurso tomará su tiempo.

El sábado, Ismael viene a buscarlo:

—Mañana es la boda de Modesto con Balbina. Habrá baile.

Lo lleva a rastras. Modesto, el pastor que se casa, es de los suyos. Hacen peña cuando sucede algo importante. En el baile también estará el interino que se ha presentado con él a la cartería.

Son ocasiones para emparejarse, que no abundan. Sobre el poyo de la plaza está el único músico del pueblo, el tabernero y carpintero. Con una mano toca la dulzaina y con la otra el tamboril.

Ismael es un buen partido, e Irene también. Los padres de él le empujan a que la corteje, tiene buenas tierras. En cambio Ángel es un muerto de hambre. Aunque ahora, con la cartería...

Pronto comprende para qué lo quiere Ismael:

—Ángel, yo voy a sacar a Irene. Pero estate al quite.

La moza no puede bailar demasiadas veces seguidas con Ismael. Murmurarían. Además, su amigo se cansa, tiene poco fuelle. Y trata de evitar que se les cuele otro.

En cuanto Ismael le hace una seña, acude a tomar el relevo. Mientras baila con Irene, le cuesta hablar con ella. Él no baila bien, ni tiene conversación, ni el palique de su amigo, que tanto gusta a las mujeres.

Hablan de la boda que acaba de celebrarse.

—Aún queda la mejor moza por casar. —Se arriesga él.

—¿Por quién lo dices?

—Por quién lo voy a decir... Por ti.

Ella ríe, pero no entra al trapo. Se distancia. Lo mantiene a raya.

—Tengo otros planes. —Lo desanima.

Cree percibir en su tono el reproche por aprovechar el baile para echarle los tejos a la muchacha que pretende su mejor amigo.

Las mozas reclaman a Irene a su lado. Se disponen a cantar a coro.

Despídete, dama hermosa,
de la casa de tus padres,
por ser la última vez
que de ella soltera sales.

En la iglesia entró una rosa
cortada con el rocío,
entró suelta y salió presa,
casada con su marido.

Vivan los padres del novio
y los padres de la novia
y las mozas que cantamos
y todos los de la boda.

Han pasado las semanas. Hay noticias de la cartería. La impugnación del concurso por su adversario ha surtido efecto. Y eso ya se resuelve en Madrid. Hasta allí no llegan las influencias de Ismael. Pero sí las del cura. Se han vuelto las tornas, ahora gobiernan los suyos. Y no olvida quién se le mostró poco amistoso dos años antes. Lo último que desea es un cartero como Ángel. El párroco mueve influencias contra él para que le adjudiquen la estafeta al hijo del anterior cartero.

En sus papeles, Toño concluye así: *De este modo acabó una de las dos ocasiones en que nuestro padre pudo ganarse la vida apartándose del trabajo en la tierra. La otra no tardó en llegar, y esa vez no fue exactamente idea suya.*

Suena el teléfono. Es Julia. Ya tienen reservada mesa para la cena.

11

El lugar está decorado con trillos, horcas de madera, bieldos, trebejos agrícolas. A Miguel no le entusiasman esas puestas en escena rusticanas. Pero trata de estar encantador, en plan padrazo comprensivo. A sus años...

—¿Qué tal la clase en el colegio?

—Bien. Es una especie de Aula de la Naturaleza y los niños entienden enseguida estas cosas. Hemos visto una película, *Volando libre*.

—¿De qué va?

—Es sobre una niña que se ha criado de pequeña con su madre, en Nueva Zelanda, pero debido a un accidente tiene que irse a vivir con su padre a Canadá. Y al principio no se llevan bien. Han de esforzarse, reconocer los errores pasados.

—Eso me suena.

—Pues espera, esto te gustará aún más. —Sonríe maliciosa, tras apurar la copa de vino—. Cerca de la casa donde la niña vive con su padre quieren construir una urbanización. Unas máquinas excavadoras están arrasando el bosque.

—Vaya por Dios ¡qué casualidad! Tengamos la cena en paz.

—La película está basada en una historia real. ¿Te interesa o no?

—Vale. Sigue, sigue.

—La niña encuentra unos huevos de ganso salvaje que se han quedado abandonados al aplastar a la madre un árbol derribado por la excavadora. Los lleva a casa y los cría como si fueran suyos. El problema es que cuando los pequeños gansos crecen, una de dos: o se les cortan las alas para que sean animales domésticos, de granja, o se incorporan al ciclo de vida salvaje, emigrando. La niña decide criarlos para que sean libres. Y ha de enfrentarse a un guardia forestal. Este le advierte que si los ve volando se los requisará para cortarles él las alas.

—Pero gana la niña buena.

—Espera, hay más problemas. Llegado el momento, ella tiene que hacer lo mismo que la madre gansa si estuviese viva: enseñarles a volar y mostrarles la ruta. Así la memorizarán de por vida y la repetirán año tras año cuando llegue el invierno.

—No me digas que la niña es tan buena que va y aprende a volar.

—Algo así, con la ayuda de su padre. Le convence para construir un ultraligero con forma de ganso y poder llevar a las crías al sur, a Estados Unidos, a través de los Grandes Lagos. Eso supone cruzar la frontera ilegalmente, con su avioncito. Pero la detectan en una base militar americana y es interceptada por los cazas. Al ver de qué se trata, en vez de obligarla a regresar, la escoltan.

—Violines y fin de la historia.

—No. Después de los cazas vienen los cazadores. Estos son más peligrosos, conocen la ruta y esperan para disparar a las aves. La chica no puede cambiar ese itinerario, ni el sitio donde la madre gansa solía pasar el invierno. Es una zona de marismas que un especulador inmobiliario quiere desecar y construir, alegando que ningún ave las utiliza ya. Si a tal hora de tal día no aparecen los gansos, sus máquinas empezarán las obras. Por el contrario, si vienen se considerará una reserva que siguen necesitando los animales. Se asignará a estos y la declararán espacio protegido.

—Naturalmente, llegan a tiempo.

—Pues sí. A diferencia del bosque arrasado del comienzo, esta vez no habrá urbanización.

—Y tus niños de la escuela encantados de la vida, ya se pueden ir a cenar tranquilos con mamá.

—No sé si tranquilos. Les ha impresionado mucho un momento de la película en que se ve a los gansos pasar volando sobre un gallinero con ocas encerradas tras la alambrada. Los animales de abajo agitan las alas, intentan unirse a los de arriba en su viaje hacia el sur, pero no tienen sitio para despegar. Además, están gordos, con el hígado hipertrofiado. La bandada sin domesticar vuela dando varias vueltas alrededor, graznan como si los animasen.

—¿No les estás dando a tus alumnos falsas esperanzas?

—Si se rompen ahora estos eslabones con la Naturaleza, ya no habrá una segunda oportunidad, serán irrecuperables. Miles de especies desaparecerán. Tú no te das cuenta, porque lo has ido asumiendo poco a poco, pero entre la vida que llevaban en el pueblo tus padres y el Neolítico había menos distancia que la que va de estos niños a sus abuelos. Ellos no sabrían decir para qué sirven esos aperos que cuelgan de las paredes. Tú sí, los has visto utilizar. Incluso los has usado.

—Eso, que a ti parece desazonarte tanto, se llama progreso, desarrollo.

—En la Edad de Piedra, los cazadores que aprendieron a matar dos mamuts en vez de uno, progresaron. Pero los que fueron demasiado lejos y mataban doscientos, empujando a toda la manada hasta un barranco, tras hartarse de comer una corta temporada, luego se murieron de hambre.

—Solo los de ciudad pensáis así. La gente del campo de mi época vivió todo eso como una liberación. Huían de la miseria. Vosotros la recreáis a través de estampitas idealizadas, como el que ha decorado este restaurante con instrumentos agrícolas.

Llega la hora de los orujos. Miguel sigue y sigue perorando, la mirada y la voz ya enturbiadas por el alcohol.

—Desengáñate, todos los que pudimos nos marchamos del campo.

—Todos no. El tío Antonio volvió.

—La soledad del centinela. Y porque no dependía de eso. Toño se forró con la tienda de televisores y electrodomésticos y con la publicidad. Tiene narices que después de haber vivido de alentar el consumo luego se volviese un defensor de la Naturaleza. A buenas horas, mangas verdes.

—Nunca es demasiado tarde. Mamá también está convencida.

—Si los viera en el surco, tu madre no distinguiría una zanahoria de un cebollino. ¿Por qué crees que me casé con ella? Porque era de buena familia. Yo quería prosperar, como todo el mundo en este país. Las cosas, como son. Ella siempre ha sido una niña bien. Una pija.

—Papá, basta de beber, vámonos ya.

—Ah, tú puedes contarme fábulas ecologistas para tocarme las narices con la huerta, pero yo no puedo decir lo que pienso...

—Déjalo estar. No me gusta que te metas con mamá, ya lo sabes.

—Porque en muchas cosas eres como ella. ¿O te crees que no veo tu mano en lo de Antonio?

—Pero ¿qué estás diciendo?

—Pues todos esos folios con ínfulas literarias que has escrito para él. Todas esas cursilerías te vienen de tu madre.

—Quizá sean mejores esas cursilerías que ser un mutilado emocional, un renegado de la especie humana.

Miguel cruza los brazos, se retrae hasta su lado de la mesa, mira al techo. Julia lo coge de la mano.

—Papá, no quería ofenderte. Pero es que tú no te acuerdas de cuando os separasteis, ¿verdad? Yo apenas tenía dieciséis años y me costaba hacer amigos. Había dejado atrás los que tenía en España, acabábamos de instalarnos en Estados Unidos y allí todo era muy diferente. Y no me gustaba el tipo con el que se había liado mamá. Yo quería vivir contigo.

—Pero si te marchaste a estudiar a otra universidad. No hiciste ningún caso de mis recomendaciones.

—Eso fue después. Hablo de antes. Durante el tiempo en que me tocó estar a tu cuidado, cuando me escapaba a alguna fiesta, si volvía tarde te encontraba esperándome, despierto. Me sentía vigilada, llegó a agobiarme.

—¿A agobiarte?

—Es que ninguno de los chicos con los que yo salía te parecía bien. No me dejabas volar por mí misma. Estabas siempre encima. Y fue una de las razones para cursar Biología, si te he de decir la verdad. No había esos estudios en la universidad donde tú dabas clase. Así no podrías controlarme, recomendarme ni tenerte encima a todas horas. Quería ser yo misma, no solo tu hija.

—Lo hacía por tu bien.

—Pero yo quería cometer mis propios errores, lo necesitaba. Y tú revisabas las asignaturas en las que me matriculaba, opinabas de todo. Hasta que te vi ayudándome a cargar las cajas en el coche, el día en que me fui de casa, no me di cuenta de lo solo que te quedabas. Entonces ya no tenía vuelta atrás, no me dejaste otra opción.

CAPÍTULO QUINTO

Los sucesos ordinarios están alineados en el tiempo, permanecen enhebrados en su curso como en un hilo. Allí tienen sus antecedentes y sus consecuentes que, apretujándose, se pisan los talones sin cesar. Pero ¿qué hacer con los acontecimientos que no tienen su propio lugar en el tiempo, los acontecimientos que llegaron demasiado tarde, cuando el tiempo ya había sido distribuido, compartido, descompuesto, y ahora se hallan suspendidos, no clasificados, flotando en el aire desamparados y errantes?

Bruno Schulz
Sanatorio bajo la clepsidra

1

Al día siguiente, a la confusión se añade la resaca. Miguel siempre receló de la connivencia entre su hermano y su hija. Por no hablar de lo que su exmujer haya podido inculcar a la niña. Seguro que Rosa le ha vendido su peor perfil. Y tampoco habrá tenido que esforzarse mucho.

Sin embargo, conoce bien a Julia, su integridad e independencia. Quizá alcance a recuperarla de los insondables rencores maternos.

No debería haberle sorprendido su reacción. En lugar de arrugarse ante la herencia de la mitad de la Solana, su hija va más lejos, le pide que ceda toda la huerta.

En cuanto a Toño, no cree que sus viñetas y acopio de documentos respondan a ninguna fría estrategia. Ni que la insistencia de Julia para que ordene aquel maremágnum sea una venda antes de la herida. Pero está claro que ha colaborado en lo que cualquier suspicaz entendería como una encerrona. Donde antes había dos personas, su hermano y su hija, cuyas reacciones quizá podría haber anticipado, ha surgido un híbrido imprevisible.

Cuando llega a la cocina intenta ser conciliador.

—Creo que ayer no estuve muy oportuno.

Julia alza una ceja. Le cuesta creer lo que oye.

—¿Te encuentras bien?

—Creo que estoy siendo injusto, eso es todo.

—Estás siendo tú. El padre ejemplar de siempre.

—No me lo pongas más difícil.

Trata de ayudarla con el desayuno. Pero ella se niega. Forcejean. En la refriega, rompen un plato.

—Casi te prefiero enfadado. Si te empeñas en ponerte encantador me vas a dejar sin vajilla.

Ríen, aliviados. Se sientan a la mesa y hablan largamente de los papeles de Toño.

—Para que veas que estoy haciendo los deberes —concluye él.

Cuando se levanta, Julia parece mareada.

—Disculpa, papá. Ahora sí agradecería que recogieras tú.

—No tienes buena cara. ¿Te pasa algo?

—Solo son náuseas. Estoy embarazada.

—Pero bueno... Habérmelo dicho. Déjame hacer a mí.

Le sorprende su propio comportamiento. Nunca le ha gustado esa viscosidad que se gasta ante la maternidad inminente. En otro momento habría sentido rechazo de sí mismo por aquel lamentable reblandecimiento. El caso es que no es así. Le cuesta reconocerse.

—Supongo que sabéis dónde os metéis.

—Claro. Ahora es buena edad. Nunca entendí por qué tú y mamá esperasteis tanto para tenerme.

—Te puedo responder por mí: temía no ser un buen padre.

—Eso es que no te acuerdas de las cartas que me mandabas cuando fui a un campamento de verano y nos separamos por primera vez.

—No mucho, la verdad.

—Pues yo sí. Alguna vez las releo. En ellas me dices todo lo que debo o no debo hacer, desde el trato con las compañeras hasta cómo protegerme de los mosquitos o no meterme en el río después de comer.

—¿Yo hacía todo eso?

—Ya lo creo. Una compañera vio las cartas, se las leyó en voz alta a todo el grupo de mi tienda y se rieron de mí. Primero lloré de rabia y te maldije. Luego me sentí orgullosa de ti.

—Pues me recibiste de uñas cuando te visité.

—Tenía que proteger mi reputación delante de aquellas arpías.

—Vaya por Dios. No sé si hemos mejorado.

—Espero que sí, porque tengo que pedirte un favor. He de hacer una visita. ¿Me prestas el coche?

—Ya te llevo yo. Ese trasto es de alquiler, y mejor que lo conduzca el titular.

—Hay unos cuantos kilómetros. He quedado con la hermana de Lorenzo, nuestro hortelano. No quisiera molestarte.

—Al contrario, así me ventilo un poco.

La ayuda a cargar las hortalizas en el maletero y, ya en la carretera, le pregunta, al verla sofocada:

—¿Quieres que ponga el aire acondicionado?

—No, basta con la ventanilla bajada. Estoy bien.

—¿Cómo te ha dado por ahí? Lo del embarazo, quiero decir.

—Estoy a punto de cumplir los treinta años, las cosas con Pedro van bien... aunque no estemos casados. Y decidimos no esperar más. El verano pasado me sucedió algo que me hizo pensar. Es una tontería... Te vas a reír...

Su hija se ha ruborizado.

—Te prometo que no —le asegura él.

—¿Sabes aquel hayedo donde me llevabas de niña?

—No suponía que te acordaras de eso.

—He vuelto alguna vez. Sigue siendo un lugar muy tranquilo, hasta allí no llegan los coches. En una ocasión yo estaba en lo más profundo del bosque. Hacía calor y me quité la camiseta. Iba siguiendo el arroyo y al llegar a una cascada me arrodillé para beber. Estaba tan metida en todo aquello que no me di cuenta de lo que sucedía alrededor. Y entonces, de pronto, sentí en la espalda algo que me raspaba. No me atreví a moverme, me quedé paralizada.

Era como si una lengua áspera me estuviera lamiendo. Giré poco a poco la cabeza, sin forzarla, y vi que era un cervatillo. Supongo que le atraía el sudor, por la sal. Con el ruido del agua, no lo había oído llegar. Cuando terminó de lamerme se puso tranquilamente a beber a mi lado. Me conmovió que me aceptara con tanta naturalidad. Después, se alejó trotando hasta su madre, que lo esperaba.

—Es como una película de Walt Disney. *Bambi,* o algo así. Ahora me vas a decir que eso reavivó tus instintos maternales.

—¿Lo ves? ¿Por qué tienes que estar siempre a la defensiva? A mí me llegó muy hondo. Me di cuenta de que esas cosas suceden de pronto y pueden no volver. Son instantes únicos, hay que pillarlos al vuelo. Desde luego si tengo un hijo me gustaría que no se perdiera una experiencia así, antes de que sea demasiado tarde.

Hace rato que la carretera se ha ido empinando, camino de la cercana sierra. Algunos kilómetros más allá, su hija le indica:

—Gira a la izquierda al pasar la central eléctrica.

El desvío asciende. Se estrecha y han de orillarse para dejar paso al camión cisterna de una lechería.

Al final se alza la casa, en la pradera abrazada por el pinar y surcada por un regato.

El matrimonio y sus tres hijas salen a recibirlos. El hombre descarga las hortalizas que les traen. La mujer, Aurora, la hermana de Lorenzo, los acompaña hasta la corraliza y señala al animal:

—Esta es la vaca enferma. La he separado de las demás.

—¿Qué le pasa?

—Las ubres. Las tiene inflamadas.

—¿Mastitis?

—Eso creo.

Julia se pone los guantes de látex que le tiende Aurora y examina al animal.

Mientras se lava las manos, le da su opinión:

—El esfínter de los pezones está demasiado abierto y por ahí se pueden haber colado gérmenes. Además de avisar al veterinario para que le recete algo, deberíais revisar el ordeñe mecánico, por si hay descargas eléctricas, demasiada presión en el vacío o las pezoneras están cuarteadas.

Entran en la casa. Las niñas se quedan fuera, jugando en el prado.

—¿Os apetece un poco de café?

—Solo si lo vas a tomar tú —responde Julia.

Mientras le ayuda con las tazas, Miguel pregunta a Aurora:

—¿No se os hace duro vivir aquí? En invierno estaréis un poco aislados.

Ella se toma su tiempo para responder:

—Tendrías que ver lo que es esto o pasear por el campo al amanecer. No se paga ni con oro. Si viviera en la ciudad a esas horas estaría metiéndome en un túnel del metro.

—La casa es antigua, ¿no?

—La de mis padres, donde nacimos Lorenzo, yo y otros dos hermanos. Adaptada, claro.

—No todo el mundo está preparado para llevar esta vida.

—Fue una decisión difícil. La idea nos rondaba por la cabeza, pero nos puso en el disparadero la alergia de la pequeña. En la ciudad, con toda esa contaminación, no podía respirar, se ahogaba. Hablamos con cada niña por separado, las tres son muy distintas. La mayor no nos dio opción, nos respondió, muy tranquila: «Vosotros haced lo que queráis. Yo no me voy al pueblo, me quedo a vivir aquí». La mediana encontraba aquello muy raro, se fue de la habitación dando un portazo y se echó a llorar. Cuando se hubo recuperado volvió y dijo: «Pero si ya hemos reservado plaza en el colegio...». Le contesté que no nos iríamos demasiado lejos, que volveríamos de vez en cuando. Daba igual, no hubo manera. «No pienso hablarte más», me avisó, pensando que había sido idea mía. La más difícil de convencer fue la pequeña, a pesar de que todo lo hacíamos por ella. Nos dijo: «Os odio... Os odio. ¿Y qué pasa con mis amigos?».

—Pues ahora se las ve bien.

—Les costó. A nosotros también, ojo.

—Disculpa, Aurora —les interrumpe Julia—. ¿Puedo usar el baño?

—Sube al de arriba. El de aquí abajo está hecho una leonera.

Miguel apura su taza de café y continúa con su interrogatorio:

—¿Y de qué vivís, cómo os ganáis la vida?

—Teníamos unos ahorros, porque aquí no puedes venir con una mano delante y otra detrás. Al principio sacábamos unos dineros sangrando los pinos para extraer la resina. Cada árbol te da entre dos y cuatro litros al año. Con tres mil árboles puedes llegar a los diez mil euros. Eso sí, con la obligación de mantener el bosque limpio, de eso se encarga mi hermano Lorenzo. Pero si quieres algo más rentable tienes que invertir. Trabajamos esta parcela que ves ahí donde el invernadero y estamos en la misma red de productos ecológicos que Julia y Pedro. Incluso hemos convencido a otros vecinos del pueblo para comercializarlos juntos. Nuestro fuerte es un queso artesanal que se había perdido. Ya lo probarás, os hemos puesto una caja para que os la llevéis.

—Suena bien.

—No todo es tan idílico. El ganado es muy esclavo, tienes que estar siempre encima, no hay fiestas, domingos ni vacaciones.

—¿Vuestras hijas van a seguir con esto?

—Eso lo decidirán ellas. Si continúan, lo tendrán mejor que nosotros. Muchas cosas las hemos hecho pensando en las chicas. ¿Ves esa ladera del monte? Es un suelo calizo, oreado, demasiado bueno para secano. Hemos plantado más de un millar de encinas. Cuando lo hicimos, las raíces ya estaban inoculadas con esporas de trufa. Tendrán que pasar muchos años antes de que salgan algunas, pero si prenden ya tendrán otra buena fuente de ingresos. Se pagan muy bien.

Julia baja la escalera y se une a ellos para decirles:

—Perdonad. Papá, tenemos que irnos.

Aurora los acompaña hasta el coche y las niñas corretean tras él hasta que gana velocidad.

Julia se vuelve hacia su padre y le dice:

—No sé de qué habréis hablado cuando me he ido, pero por el modo en que preguntabas no te he visto muy convencido.

—Es que no sé qué pensar, chica. Son distintos de esos de estilo *New Age*, que todo se les va en quemar palitos de sándalo. Tampoco tienen aire de secta.

—Son muy normales, te lo aseguro.

—Sí, como vosotros. —Ríe él.

—Aurora ha sido quien más se ha movido, ya te habrás dado cuenta. Sin mujeres como ella, en el campo solo trabajarían inmigrantes. Ya me dirás, doce o trece horas al día, sin vacaciones. Y en un pueblo estás más expuesto a los cotilleos de la gente, no tienes la libertad que te da el anonimato de la ciudad. Son las mujeres quienes mantienen vivo el sector rural. Ellas cuidan de los padres, van a buscar a los hijos a la escuela, hacen cursillos para que les reconozcan su trabajo como empresarias o para adaptarse a la normativa europea... No paran. Son las que vigilan el medio ambiente.

—Lo sé, hija, lo sé.

—No, no lo sabes. Has leído informes de sociólogos, que es muy distinto. Sobre sus hombros va a recaer todo el trabajo si desaparecen plazas de guardería, si disminuyen los transportes colectivos, los centros de día para atender a los ancianos o los servicios sanitarios.

—No solo he leído informes. ¿Qué vida te crees que llevó mi madre...?

Los interrumpe el sonido del móvil de Julia.

Lo coge y se la siente forcejear, tratando de zafarse de aquella llamada inoportuna.

Cuando cuelga, le explica:

—Era mamá.

—Ya me he dado cuenta. Rosa querrá saber cómo te va conmigo. ¿Sabe lo de tu embarazo?

—Claro. En cuanto se lo conté se ofreció a venir. Le dije que esperaba tu visita y era mejor que ella retrasara la suya. Además no quiero que me organice la vida. ¿Sabes aquello que dijo no sé quién? «Madre no hay más que una porque nadie podría sobrevivir a otra».

—Seguro que lo mismo piensas de mí.

—Es que no quiero teneros discutiendo todo el día, en mi propia casa. Porque bueno eres tú también.

—¿Y lo del testamento de Antonio? ¿Le has dicho que te deja su parte de la huerta?

—Todavía no. Creo que antes debemos discutirlo nosotros dos de un modo civilizado, sin interferencias.

—Desde luego no necesitamos ayuda para pelearnos. Se nos da muy bien solitos.

Se miran y asienten. Ambos conocen la temible táctica en cuña de Rosa.

Cuando llegan a la Solana, Miguel se cambia, se pone un mono que ha encontrado en el cobertizo e intenta ayudarla en el campo.

—No quiero estar sin hacer nada, sabiendo que esperas un niño.

Al principio, su hija le deja hacer. Aquello facilita el acercamiento, les da una excusa para hablar de lo que están haciendo allí. Pero pronto cae en la cuenta de que es peor el remedio que la enfermedad. Miguel es patéticamente torpe.

—Parece mentira que seas hijo de labrador y te hayas criado aquí. Te agradezco la intención y si necesito ayuda la pediré. Ahora prefiero que termines de leer los papeles de tu hermano. Le prometí que lo harías antes de tomar cualquier decisión.

2

La carpeta está dedicada toda ella a Irene. A sus fotografías. Algunas, sueltas. Otras, sujetas con un clip al papel donde Antonio, mediante el dibujo, ha aislado gestos, amplificado actitudes. Como si todavía no se atreviese a contar su historia. Parece pensárselo, tantear con el lápiz aquel cuerpo de donde han salido ellos dos con hartas fatigas. Y también, en medio, otros dos hijos que no sobrevivieron.

Hay una secuencia esbozada a lápiz, a partir de las fotos de Irene en el gallinero. Aún recuerda los olores desprendidos del suelo de tierra batida donde la lluvia ha ido filtrando los detritus de generaciones de animales. La madre entra en la alambrada y trata de poner un poco de orden. Ahuyenta a las palomas y gorriones, espanta al gallo y va llamando a las gallinas por turno. Guarda un buen puñado de maíz para las cluecas, que tardan más en llegar, arreando a sus polluelos.

También hay imágenes de Irene en la huerta, trabajando junto a Ángel. Y de sus labores dentro de la casa, al atardecer, cuando saca su costurero, la vieja caja ovalada de dulce de membrillo. Ordena sobre la mesa corchetes, botones, carretes con hilos de colores, el dedal, el alfiletero y una cinta métrica amarilla ya muy gastada

205

que se pone al cuello para medir. Se sienta como de perfil, con aquella provisionalidad perpetua. Tiene los ojos delicados, y cuando Miguel está a mano pide que le enhebre la aguja. Cuando termina de coser, la ensarta en el peto del delantal tras cortar el hilo con los dientes.

Es la primera en levantarse y la última en acostarse, siempre robando horas al sueño. Se la oye rebullir desde el amanecer, el trajín amortiguado en la cocina, el tronzar de las astillas cuando enciende el fuego y las apila sobre el papel arrebujado.

En otras imágenes Irene está vareando la lana de los colchones. Se tienta los riñones doloridos por el esfuerzo. Se la ve más cansada y pesarosa, como si su vida estuviese surcada por un desgarro.

Ángel habla con sus hijos. A este paso, les dice, se van a quedar sin madre. Hay que aliviar su trabajo.

Toño, que ahora trabaja en el cine a tiempo completo, piensa que deberían poner el gas butano. Él se encarga de mirarlo. Se decide por una placa encimera. No hay que hacer obra, puede colocarse sobre la vieja cocina económica de hierro.

A Irene le cuesta hacerse con la novedad, graduar el fuego. Un día, se le quema el aceite de la sartén. Brota una gran llamarada. Pero ella no la suelta. Aunque las cejas le huelen a chamusquina, abre la puerta, sale al comedor, cruza el pasillo sin cantearse, cuidando de mantener la sartén llameante en el centro, para que no alcance las prendas de vestir que hay a los lados, colgadas en perchas. Se llega hasta el pilón de agua que hay en el patio y la mete dentro. Allí se apaga, rechinando.

Cuando el médico viene a curarla, examina el estropicio en las manos y cara. Le va quitando con unas pinzas las partes quemadas de la piel y le pone una pomada. Miguelito es incapaz de mirar, pero ella no lanza un solo quejido.

Esa era la madre.

3

Oyen los gritos de Irene en la habitación del fondo, la que está pegada a las cuadras. Acude Miguel. Su madre señala con la mano vendada hacia el barreño donde recogen la leche recién ordeñada.

Hay una pequeña bola peluda en su interior, que remata en un morro rosado. Trata de trepar hasta el resbaladizo borde de cerámica vidriada.

Parece un puercoespín, uno de aquellos erizos atolondrados que de vez en cuando se extravían en la casa.

Pero no. Cuando Miguelito saca al animal, chorreando leche, ve que es una pequeña gata.

Hay que tirar todo el barreño. Ángel quiere matarla.

Irene la intenta espantar para que busque a su madre. La pequeña gata regresa una y otra vez hasta ella.

Cuando comprende que no tiene quien la cuide, le da el biberón, la adopta. Su pelaje está moteado a rachas negras, blancas, grises y rubias. La llaman Pinta.

Le cuesta convencer al padre para quedársela. Hay ratones y necesitan un gato, un buen gato, criado en casa. Ángel prefiere los machos, son más cazadores. Pero nunca han encontrado otro como

Moro, muerto durante el traslado. Alguno han tenido. No duraron mucho. Demasiadas correrías por los alrededores.

—¿Por qué no probamos con una gata? Son más caseras —propone la madre.

Un sordo gruñido del padre. Lo entiende como una aprobación.

Cuando nieva por primera vez, Pinta se detiene en el umbral del pajar donde duerme, asombrada ante el espectáculo. Se interna en aquel manto blanco. No llega muy lejos. Tan pronto comprueba que es agua, y fría, vuelve corriendo en zigzag. Al cogerla es como un trapito. Nota su olor cálido, el del heno donde se pasa las horas dormitando enroscada. Sacude las patas para librarse de la nieve. Su madre la coge y se las seca. Le echa el aliento en las almohadillas, para calentárselas.

En primavera ya ha crecido. Mediado mayo, sestea bajo la morera, que va cuajando sus ramas de bultos rojos, como si a través de ella la tierra sangrara desde lo más profundo. Las moras caen desde lo alto del árbol, se despanzurran contra el suelo. La gata las pisa, entra en casa, mancha las baldosas. Irene agarra la escoba, la persigue, ha de sacarla de debajo de las camas. Las almohadillas de sus patas marcan el recorrido con el color sangre de las moras, como las huellas de un crimen.

Pronto es una más de la familia. Incluso el innoble carnero Atila la respeta. Debe haber tomado buena nota de cómo en una ocasión Pinta se enfrentó a un perro enorme y lo hizo correr con el rabo entre las patas. Además, Atila hace tiempo que ha perdido su ímpetu y prestigio. El padre compró unas ovejas para criar corderos y las intentó montar mal y a destiempo. Poco después, en una de sus embestidas, se desnucará al caer por un barranco, enredado en la soga que lo sujetaba.

La gata llega a estar tan hecha a las costumbres humanas que sufre el rechazo de su propia especie. A veces Miguelito sale en silencio y la observa tumbada bajo la luna llena. Hay demasiada luz para cazar y aquellos fieros gatazos de los alrededores bufan tras las gatas en celo. Ve a Pinta, su perfil recortado contra el barrio, que hierve de maullidos.

Está alerta, sus orejas alzadas no paran de moverse. Olfatea el aire, los olores que vienen de la cañada. Ha debido de nacer allí y aún siente en torno a ella las andanzas bajo tierra de los topos y alacranes cebolleros. Todo ese mundo subterráneo que sustenta el pasado salvaje de la huerta. Se pregunta si no le sucederá lo mismo a Pinta, si no se arrepienten los animales de haber abandonado su vida libre para compartirla con los humanos.

Sea lo que fuere, lo que entonces sucede es algo que pasa entre ella y la Naturaleza. No se deja ni tocar ni busca carantoñas, es algo demasiado íntimo.

A la madre le preocupa que ningún gato se le acerque. Es una buena gata y daría una buena camada.

Hasta que un día aparece con claras señales de preñez.

Luego, vuelve a su delgadez habitual. Un poco desmejorada. Pero no le encuentran los cachorros por ningún lado.

Y, sin embargo, debe tenerlos. Basta observar cómo ha cambiado. Cuando el padre está arando, trota a buen paso, paralela al surco que traza. Y cuando la reja destroza una madriguera de ratones o topillos, salta sobre los animales que asoman, aturdidos. Pinta los atrapa por el cuello y se los lleva vivos. Eso —asegura Ángel— quiere decir que está enseñando a cazar a sus crías.

Un día el padre está segando una pieza de alfalfa. Avanza a golpe de guadaña, tumbando los tallos. Miguelito va tras él, con el rastrillo, agavillando el forraje. De pronto, Pinta aparece frente a ellos. Arquea el lomo, erizada. Bufa, amenazadora.

—Aquí tiene la camada —dice Ángel.

Asoman tres gatos de los más diversos colores.

El padre deja de segar. Pinta solo abandona su guardia cuando recogen la alfalfa y desaparecen.

Al día siguiente Miguelito vuelve al lugar, pero la gata ha aprovechado la noche para buscar un nuevo escondrijo.

Solo lo descubren cuando muere uno de sus cachorros, el más débil y enfermo, que no puede seguirla. Allí está, al pie de la morera. Una masa pululante de hormigas se agita sobre sus restos. El padre calienta en una lata de buen tamaño una mezcla de romero, ruda, espliego y laurel. Luego fumiga con ella los alrededores del árbol. Las hormigas desaparecen durante una temporada, aunque nadie sabe cuán hondo siguen sus agujeros bajo tierra.

Las dos crías que le quedan a Pinta, Zaragata y Voltereta, mueren una tras otra. La primera, bajo las ruedas de un camión, donde se ha dormido buscando el calor del tubo de escape. La segunda, al cruzar la carretera, deslumbrada por los faros de un coche.

Tras ello, Pinta pierde facultades, se vuelve aún más solitaria. Hasta que un día no pueden encontrarla. Como si se la hubiera tragado la tierra.

Solo al cabo del tiempo Miguelito halla su esqueleto entre el heno del pajar. Y aprende que, llegado ese momento, los animales se esconden. Buscan hacerlo a solas. Se tienden a esperar la muerte.

4

Ángel es poco hablador. Achaque de campesinos. Mantiene un inexplicable apego a todo lo que manifiesta huellas del trabajo humano. Él mismo sabe hacer muchas cosas. En su cobertizo de tejavana maneja un viejo torno de carpintero que le regaló Fulgencio. Un armatoste magullado, que chirría cuando el torniquete no ha recibido su ración de grasa. Allí se afana con el serrucho y el cepillo.

Miguel recuerda su forma callada de entenderse con las herramientas, el trato delicado que les da. Pocos saben apreciar la sabiduría y oficio de la labranza. Trazar los surcos a la distancia precisa, repasar la tierra hasta ocho veces con el arado, hasta dejarla esponjosa, suelta, ondulando mansa cuando la surca timoneando la mancera, como una barca cabalgando las olas.

Y, trazados los surcos, seleccionar las mejores plantas y asentarlas a mitad del caballón, para que les llegue el riego justo: ni poca ni demasiada agua. Calcular con precisión la distancia entre cada mata, sin estorbarse el espacio y la luz. La colección de azadas del padre da idea de la minucia con que trabaja: la morisca, más ancha; el azadón, más hondo; la azadilla y las de pico, más estrechas, para afinar.

Si todo va bien, llega el momento glorioso en que la tierra parece ser empujada desde abajo, concertando sus más oscuras fuerzas, eclosionando hacia el sol.

Más extraña es la relación con los animales, a los que se ha de criar para luego quitarles la vida. Ángel solo se convierte en protagonista con la matanza del cerdo. Dicen que es el mejor matarife.

El primer año en que lo dejan asistir, cuando Miguelito sale al patio bien de mañana, su padre ya está allí. Da golpes en el suelo con las botas de goma, para calentarse los pies. Van llegando los demás, en medio de la niebla, que se mezcla con el vaho de sus bocas. Irene saca un espeso café de puchero y la botella de cazalla.

A un lado aguardan los brezos y helechos para socarrar al gorrino. Al otro, se calientan grandes perolas de agua, junto a las artesas de madera, bajo el gobierno de las comadres, que pelan patatas y cebollas en cantidades industriales. Perico se encarga de mantener los fuegos.

A Miguelito le impresiona la salida de la víctima de la cochiquera. Es una cerda enorme, de trece o catorce arrobas. Ha tenido nueve lechones.

Varios hombres acosan al animal. Su padre empuña un gancho en forma de ese, con el extremo afiladísimo. Le tira un viaje a la mandíbula. Pero la gran papada le hace marrar el golpe, no logra dar en hueso. La cerda sacude el gancho, se suelta. Berrea por el patio, chorreando sangre, salpicándolo todo.

La acorralan contra una esquina. Ángel se adelanta, ensaya un nuevo golpe con el gancho. Esta vez entra en la quijada, ancla en ella. La cerda lanza un chillido estremecedor. Otros cuatro hombres se arrojan sobre el animal, cada uno a una pata.

Lo suben a una tosca mesa de madera sin desbastar. Lo extienden y centran, con la cabeza sobresaliendo de la encimera, para dejar al descubierto la yugular.

Ángel hace una señal a Irene. La madre le coloca un barreño bajo la cabeza. El padre clava el cuchillo con un pinchazo seguro. Brota el primer chorro. Remueve la hoja de acero, enconando la herida. La sangre borbotea, roja como el carbunclo, sólida, caliente. La madre la revuelve en el barreño, para que no se coagule. Los gruñidos se van espaciando, entre espasmos, hasta que muere.

Tras chamuscarla, la baldean con agua caliente y la izan hasta una escalera, abierta de patas y manos. El padre la abre en canal con un cuchillo, dejando al descubierto el tocino blanco y lustroso. Aparecen las vísceras, con una vaharada de calor que aún parece conservar algo de vida. Luego viene el sabio descuartizamiento, que Ángel hace como nadie: paletillas, lomos, cabeza, orejas, rabo. Los jamones, el tocino y los costillares son cubiertos de abundante sal gorda.

Irene y las comadres preparan el pimentón dulce y picante, sal, ajos machacados en un mortero, y orégano, para hacer el chorizo en una mesa donde se ha atornillado la máquina de picar y embutir.

Perico ya ha extendido las parrillas sobre las ascuas y empieza a preparar la carrillada, trozos de panceta y tajos de sabroso lomo. Irene se multiplica y cuida ahora de la perola de patatas con magro. Cuando está lista dispone una mesa para los mayores, con botellas de vino, y otra más apartada para la chiquillería. A ellos les dan las vejigas para que jueguen al balón.

Todo esto lo recuerda muy bien Miguel. Sabe que su padre hace todo eso con resolución, matar una gallina, un conejo, un cerdo.

Sin embargo, algo le sucede con las vacas. Lo puede observar la primera vez que asiste al parto de una de ellas, escondido. No le dejarían, si lo viesen.

Es de noche. La vaca está a punto de parir y ha venido el veterinario. Se quita la zamarra y se pone un delantal de hule y los largos guantes de goma. Saca los instrumentos del maletín, desenvolviéndolos de los fieltros. Trata de tranquilizar al padre. Le dice que se fije en el pelo lustroso, los cuernos asentados, las ancas poderosas. Un animal en condiciones.

Quien no parece estar tan bien es Ángel. La tarea es larga, penosa. Al fin sale el ternero, envuelto en membranas. Cae al suelo, trata de levantarse sobre sus patas aún tiernas. La vaca, sudorosa, lo lame de arriba abajo. El viento y la lluvia golpean el tejadillo de cinc de la cuadra. Hace frío. Irene le pone una manta a la recién parida, le lleva calderos de café que humean y dejan un rastro oloroso. Miguelito espía desde su rincón.

Mientras comen el bocado que les ha preparado Irene, todos parecen contentos. O casi todos. Algo le sucede al padre. Está pálido. El veterinario ha liado un pitillo y mientras bebe un trago de coñac explica lo importante que es para la vaca tener a su cría, olerla, lamerla:

—Recuerdo que a una vaca recién parida se le desbarrancó el ternero que acababa de tener y no daba leche. Tuvieron que bajar hasta el fondo del barranco, desollar a la cría y poner su cuero sobre una albarda. La vaca lo olió, se puso a lamerlo, y dio leche. Allí estuvo, chupa que te chupa. Y dando leche.

Ángel ya no ha escuchado estas últimas palabras. Se ha disculpado y levantado de la mesa. Miguel es el único que lo ha visto llegarse hasta la esquina de la casa. Y allí, donde cree que nadie le observa, su padre se ha puesto a vomitar.

5

Al igual que hacía con el corral del pueblo, Ángel suele levantar el muladar según el tiempo y las necesidades de la huerta. Aquel año coincide con la procesión de la Cruz de Mayo que recorre el barrio. Ha llovido, la tierra está en tempero.

El montaje en paralelo de las viñetas de Toño subraya el choque entre aquellas dos liturgias de fertilidad: el padre oficia la suya mientras el cura se pone al frente de la procesión, saliendo de la ermita revestido con la capa pluvial.

El párroco arruga la nariz, molesto. La leve brisa mañanera le trae la peste del cercano estiércol esparcido. Siente aquello como un desafío. No hay nadie a la vista, nada se oye, no podría acusar a quien considera su enemigo más contumaz, el vecino de enfrente. Desde la denuncia, el boicot de la bendición de los vehículos y el desastre del dance, las relaciones con Ángel se han deteriorado de forma irreversible. Don Servando supone que su mal ejemplo ha contribuido a instigar todo aquello.

En la procesión faltan algunos vecinos, resentidos con el cura, escocidos por las multas. Pero las aguas han ido volviendo a su cauce.

Quien más sufre es Irene, entre dos fuegos, mientras camina con los fieles. Hay murmuraciones contra su marido, por el olor.

215

Y cuando Miguelito vuelve la vista hacia ella, le aprieta el hombro para que mire al frente, sin hacer caso.

Toño no ha venido, ahora para poco en casa. La noche anterior se acostó tarde, por su trabajo en el cine. Y Miguelito trata de entender por sí solo esos momentos en que el padre y la madre parecen ignorarse. Callan delante de él. Pero no se le escapan los gestos apenas esbozados, las frases a medias, truncadas a flor de labios. Esa maraña de devastadores aplazamientos y sobreentendidos.

Al regresar Irene de la procesión, ha dejado sobre la cómoda el velo, el alfiler y el devocionario. Tras mudarse, sale a la huerta en busca de Ángel. Miguel los ve de lejos, no puede oírlos.

Le resultará imposible no hacerlo cuando poco después termina el curso y la maestra le llama aparte.

Junto a las notas, le entrega una carta para su padre.

Ángel la lee. Nada le dice a él. La vuelve a meter en el sobre, disgustado.

Esa noche lo oye hablar en la cama con Irene, hasta muy tarde. No alcanza a entender sus palabras. Pero sabe que discuten. Le llegan los sollozos de la madre.

A la mañana siguiente, le dicen que aguarde un poco. Lo van a acompañar a la escuela.

Irene ya está vestida. Ángel se ha puesto su mejor ropa. La única que tiene, en realidad. Pelea con el calzador para meterse dentro de unos zapatos.

Llegan entre las miradas de curiosidad de los otros niños. Hay sonrisas burlonas.

La maestra le dice a Miguel que espere fuera y hace pasar a sus padres. Se ve entrar a Ángel acobardado, menguado en su estatura.

La maestra va derecha al grano. Habla con autoridad:

—Miguel es el mejor de la escuela. Va a cumplir diez años y yo no puedo enseñarle más. Algo habrá que hacer con él.

Irene y Ángel se miran. Con una mirada, ella le cede la palabra a él, que titubea:

—Habíamos pensado que nos ayudara en la huerta... Es mucha faena para mí solo.

Doña Caty mira a Irene.

—No estás solo, me tienes a mí —dice la madre.

—Miguel debe seguir estudiando —remacha la maestra.

El padre las mira a ambas sin acabar de calibrar el alcance del pacto entre las dos mujeres. Doña Caty continúa:

—Si va a hacer el examen de ingreso en el instituto, tiene que empezar a prepararse.

Ángel la mira, desconcertado.

—El Bachillerato —insiste ella.

—¿Alguien más lo va a hacer? Los otros chicos...

—Los otros no son como Miguelito. Él es diferente.

—No tenemos dinero para eso.

—Yo lo prepararé sin cobrarles nada.

—¿Y después?

—Hay becas. Con su buena cabeza, conseguirá una.

—Necesito manos, el hijo mayor apenas trabaja ya en la huerta.

—Conozco a Toño, y Miguel es otra historia. Créame.

No le deja salida. El padre se revuelve en la silla. Mira a Irene. Ella, lo ve claramente, no va a ponerse de su lado. Y él no encuentra las palabras. Su voz suena humillada, vencida, cuando asiente:

—Está bien.

De vuelta en la casa se desvisten uno a espaldas del otro, separados por el rayo de luz que rebota en la colcha de seda dorada donde el trovador sigue rondando a la dama de las almenas. No hablan.

Ángel sale a la huerta y allí se lo tropieza Miguelito cuando vuelve de la escuela.

—Cámbiate —le dice—, para ayudarme a regar.

—Tengo deberes.

—Has acabado el curso.

—Doña Caty me los ha puesto para el examen de ingreso.

El padre se alza sobre el surco. Lo mira. Va a decir algo, pero calla. En los ojos de su hijo ha visto con claridad lo que siente el muchacho. No quiere ser como él, un ignorante. Un esclavo de la tierra.

Todo eso que estalla cuando más tarde lo ve leyendo tebeos. Ángel se los arrebata y los rompe en pedazos.

Solo al cabo del tiempo comprenderá aquella mirada de su padre, lo que significa. Daría cualquier cosa para que su hijo o su mujer lo miraran como hacen con la maestra. O como al administrador de la marquesa. Con ese mismo respeto.

Miguel lo recuerda solo, derrotado. Con la certeza de que sus hijos ya no volverán a trabajar la tierra. Y de nada valdrán los madrugones, soportar los calores del verano, las angustias de las heladas, el granizo o las sequías. Ha intentado transmitirles lo que sabe, lo que le enseñaron a él. Y ahora ve cómo escapan.

A partir de aquel día, su padre ya no le hará chiflos con una vara de fresno. Le va ganando el temor al ridículo delante de un hijo que tiene estudios. Su incapacidad de mantener otra relación que no sea la de autoridad.

Para qué plantar árboles que solo darán fruto a la siguiente generación. Solo esa certidumbre y la de quienes la heredarán le permitía soportar la incertidumbre de las cosechas, el expolio de los intermediarios, el desprecio con el que paga la ciudad, ese desdén que se va asentando en los de tu propia sangre cuando regresan del colegio y te ven sucio, oliendo a vacas.

¿Qué le queda ahora? Lo mejor que puede pasarle es que suceda lo de siempre. Lo más terrible de la vida del campo es la actitud de sumisión que provoca. Esa que se apodera de los músculos del cuerpo como una tenaza en cuanto aparece alguien que representa la ley o, simplemente, el mundo inescrutable de la ciudad. Basta que entre por la puerta el guarda jurado que lleva su carabina y su bandolera con la chapa de cobre. Es aquella actitud reservada del padre, nunca servil, pero sí en un silencio envarado e incómodo, rehuyendo los ojos del interlocutor.

Además de Perico el tartanero, solo hay otra persona con quien Ángel parece sentirse a gusto. Es Hermógenes, el podador que le repasa los árboles todos los años.

Un hombre que va de aquí para allá, libre de ataduras, con su caballo y sus trebejos, afilados y relucientes. Hace un trabajo minucioso, atento, tras estudiar cada árbol rama a rama. La mayoría de las podas —se lamenta— no son tales, sino mutilaciones. A los árboles no les gusta que los dejen inválidos. Una cosa es guiar su crecimiento y otra cercenar. No se trata de forzarlos ni contrariarlos, sino de entenderlos. Tampoco de convertirlos en espantapájaros ni postes de telégrafo. Y al cabo de un año hay que ver cómo han respondido, consultarles cómo les fue con la anterior poda.

Si hay un árbol que admira, ese es la morera. Nunca la toca. Parece sujetar la casa y brindar su protección a toda la huerta.

Muchas veces Ángel le ha insistido a Hermógenes para que se siente a la mesa con ellos o duerma en una cama, como Dios manda. Pero él se niega. Prefiere quedarse en el pajar y comer con su cuchillo.

—No es por falta de aprecio ni de confianza en vosotros —explica—. Si usase tenedor necesitaría un plato, luego una mesa para el plato, y una silla para sentarme a la mesa y al final una casa para guardarlo todo. Dejaría de ser libre. Un cuchillo es todo lo que necesito.

6

Allí está el aparato sobre la repisa. La radio Telefunken que Toño ha comprado con sus primeros ahorros.

Zumba al encenderla, retumban las válvulas mientras se calientan. Gira el dial. El indicador rojo se desliza suavemente sobre el recuadro luminoso. Aquella increíble promesa de conexión con los más remotos lugares del mundo.

Pronto se conocen las emisoras de memoria. A Miguel le gustan programas como *Rompa su disco*, en el que se ofrece a los participantes la posibilidad de visitar los estudios y destrozar con un martillo el que más manía les provoca. Él lo intentó con *Madrecita del alma querida* de Antonio Machín. No lo soporta. Todos los días lo ponen en *Discos dedicados*. Pero se negaron.

—Je, je, de eso nada —le dijeron—. Sería nuestra ruina.

Irene escucha *Matilde, Perico y Periquín* y la interminable radionovela *Un arrabal junto al cielo*. Y le gustan las canciones de Carmen Morell y Pepe Blanco. Suenan a todas horas *Mariquilla* de José Luis y su guitarra, *Ay canastos,* de Gloria Lasso y Luis Mariano, *Adelita* de Nat King Cole, las melopeas de André Kostelanetz y los Indios Tabajara. Menudos plomos.

Aquel día está terminando el capítulo de *El Coyote.* Aún alcanza a oír en labios del locutor el sonoro nombre de San Juan de Capistrano. Toño no tiene ninguna intención de escuchar el que viene a continuación, las aventuras del héroe del espacio Diego Valor. Sin hacer caso de las protestas de Miguelito, aprieta una de las teclas de color marfil que hay en la parte baja del aparato. Cambia a onda corta y toma el mando del dial. Va pasando de una emisora a otra. Muchas las reconocen a las primeras de cambio: el soniquete de Radio Andorra, la interminable retahíla lamentosa de la música mora. Otras, no. Solo son ráfagas sonoras, zumbidos, fluflús. Y, al final, casi en el extremo, aquel *bip-bip*.

A Toño se le ilumina el rostro.

—Escucha.

—Yo no oigo más que otro ruido —protesta Miguelito.

—No tienes ni idea, chaval. Es el futuro de verdad, no esas tontadas de Diego Valor. Esto viene desde el espacio. Es el Sputnik.

—¿El qué?

—Un satélite artificial que han lanzado los rusos.

Pone cara de no creérselo. Pero no le da tiempo a contestar. Lo arrastra afuera, a la huerta.

Toño busca en el cielo de aquel lento atardecer de octubre. Señala una nueva estrella, junto a Venus.

—Míralo.

—¿Y ese trasto está ahí arriba?

Cuesta creer que aquel *bip-bip* les llegue con tanta claridad a través de la radio, desde tan lejos, mientras el teléfono que tienen en casa del Gordo tarda horas en darte una conferencia con una ciudad o un pueblo que apenas distan unos pocos kilómetros.

Durante mucho tiempo no podrán apartar aquel sonido de sus cabezas. Apenas se han repuesto de «El órgano que habla», un chisme electrónico que suena por las ondas, farfullando la canción de *Pancho López*. Hay que hacer callar al Gordo cuando trata de tocarla en su armónica Hohner con palanca de cambio.

Y, de pronto, empiezan a llegar otros sonidos. Hasta entonces han dominado los naturales. Pura artesanía, hechos a mano. Los bomberos aún utilizan campana. Se oye la flauta de Pan del afilador, el martillo del zapatero, el chirrido de la garlopa del carpintero, la ballena de la ruleta con la que el barquillero anima a jugar a su clientela.

Se pueden escuchar por las calles los cascos de las mulas sobre los adoquines, el rechinar de los radios de las bicicletas, la vibración de los alambres de cobre del telégrafo, los pelotazos de los niños que juegan al frontón o al fútbol y gritan «¡mía!, ¡mía!», las botijas del lechero al ser descargadas, pronto sustituidas por el coscorrón más violento de las bombonas de butano.

Hay sonidos fríos, de invierno. El crujido de los pies en la nieve, el chasquido de los carámbanos de hielo al romperse. Otros de primavera, cuando la tierra se esponja y los pájaros se despepitan trinando en las enramadas. Los innumerables del verano, tórridos durante el día, con las cigarras crepitando frenéticas en los troncos de los pinos, las esquilas de las cabras al pasar de una sombra a otra, entre el aire ralo y calcinado.

El paisaje sonoro se atenúa a lo largo de agosto. La Naturaleza cede en sus extenuantes tareas de reproducción. El campo, reseco, emite ruidos ásperos, estridentes, aristados. Está en carne viva. Hay que esperar a la noche para que el rechinar se diluya. Aquietado el valle, se percibe la contracción de las piedras dilatadas durante el día. Un diminuto grillo es capaz de llenar de música media huerta.

Miguel puede evocar aquellos sonidos anteriores a la tiranía de los amplificadores y los motores de los coches. O las sierras radiales: la canción del ladrillo, el desconcierto de un país en trance de ser alicatado todo él.

Se pregunta qué puede sacar en limpio un niño que ha crecido macerado por esos ruidos. En una ciudad ni siquiera hay modo de distinguirlos, todo se oye contra un fondo como de turbina. Antes se podía saber cuál era la estación del año con solo escuchar el viento en las hojas de los árboles.

Quizá le esté ganando el mismo aturdimiento que sintió su padre aquel día, cuando oyó el *bip-bip* y sacudió la cabeza. De estas cosas —aseguró— no puede venir nada bueno.

7

Miguelito, Feldespato y Jesús están en los bancos de piedra junto a la ermita. Llega Carioco. Los mira por encima del hombro. Es de los que ya se afeita. El Gordo solo lo intenta, con resultados catastróficos.

—Joder, tío, menuda carnicería te has hecho —le dice el Carioco.

—Pues tú no hables mucho, que se te caen los esparadrapos.

Le hacen un sitio. Otean el panorama, en silencio. Les cuesta dar su habitual repaso al barrio. Todos se hacen cruces por lo sucedido. Uno que ha matado a cuchilladas a su novia.

—El gachó estaba enamorado —suspira el Gordo.

—Pues si el amor es eso, vaya mierda —comenta el Carioco.

—Dicen que es como si te volvieras loco —añade Feldespato.

—Gilipollas, diría yo.

—Las mujeres lo complican todo.

—Coño, este va y nos sale filósofo.

Nuevo silencio. Ponen cara de estar pensando. Si es que así puede llamarse su obsesión por las chicas.

Ven venir, de lejos, a Susanita Magefesa. En cuanto se percata, da un rodeo para evitarlos. Lleva una venda en el tobillo.

—Mira, Gordinflas, tu novia no te hace ni puto caso.

—Se ha torcido un pie —dice Miguelito.

El Carioco se ríe.

—Tú, chaval, no te enteras de nada. Esa venda es porque tiene la regla.

—¿La regla?

Nuevas risas.

—Anda, listillo, pregúntale a la maestra qué es la regla. Pero no la de multiplicar. Verás qué reglazo te da. Y vosotros, ¿de qué os reís? ¿Qué sabéis de las mujeres? Chalaos, que sois unos chalaos.

—Hombre, mi madre... —comienza el Gordo.

—Las madres no valen —le ataja Carioco—. Son madres, no mujeres.

—Tú tienes una hermana... —amaga Miguelito dirigiéndose a Feldespato.

—Eso es todavía peor, macho, no me jodas. Solo sabe chillar cuando le tiras del pelo o la empujas por un barranco.

—Pues bien buena que se está poniendo —dice el Gordo.

—A ver si te vas a llevar una hostia. Que aquí se está rifando una como un piano, y tienes todos los números.

Nuevo silencio. El Gordo, saliendo de la profundidad de sus meditaciones, conciliador:

—Vale, vale, dejémoslo estar. Las hermanas tampoco cuentan.

—Mujeres, hablamos de mujeres, joder, un poco de seriedad, que así no vamos a ningún lado —insiste el Carioco.

Feldespato reincide, mientras se limpia las gafas:

—Ayer estaba jugando con mi hermana Milagros, la agarraba por la cintura y me dio un manotazo: «Ya no me puedes tocar así», me dijo. Le pregunté por qué. Ella sacó pecho: «Mira, me están saliendo». Yo solo veía dos bultitos, dos granos grandes.

Miguelito va a decir algo. Lo piensa mejor y se calla. Acaba de acordarse del extraño comportamiento de la pequeña Eva, que quiere jugar con los chicos, pero no la dejan. Y cuando la echan de la pandilla le mira con sus enormes ojos oscuros, reprochándole que no la defienda. Porque ella es mucho más valiente. Cuando Jesús le hace trampas a él, ella le avisa, le saca la cara.

Todo esto piensa mientras el Gordo sigue con el rollo:

—Mi hermana Teresa está igual, insoportable. El domingo la vi en casa cuando creía que se había quedado sola. Se tiró más de media hora delante de un espejo, haciendo posturitas, monerías, probándose un sujetador de mi madre. Antes no era así, se ponen muy raras en cuanto crecen un poco. El otro día armó una buena porque un hombre la había seguido.

—¿Para qué? —dice Miguelito.

—Eso le pregunté yo: «¿Te quería robar la merienda?». Me miró con desprecio mientras me decía: «¿Para qué va a seguir un hombre a una mujer?». Yo la corregí: «Tú no eres una mujer, eres una cría». Ella me respondió: «Tú sí que eres un crío, imbécil. Por eso no entiendes nada. Qué tontos sois los chicos».

—Le querría meter mano. O se la querría follar —le interrumpe el Carioco.

—¿A mi hermana? Por favor... Es un feto esmirriado, una cagarruta con patas.

—Pero hay pervertidos a los que les van esas cosas.

—En eso llevas razón. El otro día fui a confesarme y cuando le dije al cura que había pecado contra el sexto mandamiento me preguntó cómo había sido. Yo me quedé callado. Entonces insistió: que si había sido solo o con mujeres, con hombres o con animales...

—¿Con animales? —chilla el Carioco—. Ese cabrón es de pueblo, sabe cosas de las que nosotros no tenemos ni puta idea. Ni se me había pasado por la cabeza.

—¿Cómo va a ser de pueblo fray Estirado? —tercia Feldespato— Ese por lo menos es hijo de un duque. ¿Y qué le respondiste?

—Yo solo lo decía por las pajas —aclara el Gordo—. Es que me había hecho una porque vi a Candela en bici. Y cuando va a pie es casi peor.

—¿Peor?

—Joder, ¿no te has fijado cómo anda? Arrastrando el culo, como si le costara un enorme esfuerzo.

—Esa es como la madre, una calentorra, y acabará igual que ella.

—Sois unos cerdos —protesta Miguelito.

—Tú calla, cagapañales —le dice Carioco—. Qué sabrás de cómo son las tías. Moja y deja, esa es la ley. Si aún no tienes leche. Ni siquiera sabes ir en bicicleta.

En eso lleva razón. No se atreve a replicar. Está demasiado cerca su intento de aprender a montar en bici. No quiere que le ayuden. Allí están todos los de la pandilla, cada cual gritándole sus consejos sobre lo que debe o no debe hacer. Él avanza por la carretera, los ojos muy abiertos, fijos en su destino inexorable, apretando los dientes como si fuese a salírsele la quijada, las manos sudadas sobre los manillares de caucho estriado. Y luego las eses incontroladas, perderse en la maleza de la cuneta, desaparecer entre crujidos de hierros y el repiqueteo del timbre. Salir de entre los hierbajos, humillado, con la bicicleta al hombro. Y vuelta a empezar.

Todo esto lo viene haciendo Miguel para llevar a Candela sentada en la barra, como otros chicos. Ahora es ella quien lo lleva a él, en la bici del Gordo. Siente el cuerpo de ella, su calor, el olor de su melena. Pero la pelirroja pierde todo interés cuando se oye a lo lejos el petardeo de la moto del Ceuta, que viene a buscarla. Corre hacia él, se monta, se aprieta fuerte contra su cazadora de cuero y se pierden a lo lejos entre una nube de humo, camino de la ciudad, mientras se despide con la mano y Miguelito se queda cabizbajo.

El Gordo viene a su lado, a recuperar la bici. Y comenta:

—¿Sabéis lo que le dijo la Candelita a mi hermana? Que daba mucho gusto montar en moto, porque te retiembla todo el potorro.

Odian al Ceuta.

—¿Cómo vamos a comernos una rosca los demás, si se las tira todas este chulo putas? —protesta el Carioco.

Vuelven al tema de las tías. Han estado ahí toda la vida. Delante de sus narices. Pero ahora las más mayores se contonean, empiezan a pintarrajearse mientras los chicos aún se revientan las espinillas. Es como si aquel atajo de crías hubiese entrado en erupción. Bajo las blusas empiezan a apuntar unos pechos menudos, desconcertados, que se agitan al saltar a la soga, como pájaros atrapados en la red.

Y los domingos, ellas se juntan para bajar a la ciudad. Sin ellos.

—¿Dónde van estas tan arregladas?

—¿Dónde van a ir? A buscar a otros tíos, de otros barrios, que no les hayan visto las bragas desde los tres años.

8

Miguel recuerda el momento en que Toño empieza a preparar los exámenes para sacarse el carné de proyeccionista. No le preocupan los ejercicios prácticos. Es lo suyo: hacer instalaciones eléctricas, el cuadro de distribución, arreglar un motor, las resistencias, el crono, los carbones del arco voltaico, las lentes del condensador, rebobinar o empalmar la película. Esa parte del examen no le preocupa. Los aparatos se los trajina bien.

El problema es la teórica. Las fórmulas para hallar el foco de un objetivo o averiguar los vatios y amperios. Todo ese rollo. No es su fuerte. Y le ha pedido que le ayude a repasarlo.

Miguelito se desvive por resultarle útil. Ha empezado la temporada y su hermano le ha colado en el cine, aunque la película es para mayores. Le está tomando la lección del manual en la cabina de proyección.

Allí, dentro del minúsculo habitáculo, entre el ronroneo de los motores y las cruces de Malta, Miguel descubre, no sin sorpresa, que, vistas por detrás, las cabezas de algunos espectadores brillan en la oscuridad, sirven como diminutas pantallas.

—Son los calvos, que reflejan la luz —le explica Toño.

En las sesiones para mayores el cine es muy otra cosa que en las toleradas.

—Ven, vamos fuera un momento —le dice su hermano.

Salen hasta un palco lateral, que no se ocupa. Desde allí se pueden ver las butacas del fondo, las que hay debajo de la cabina.

—Mira, la fila de los mancos. Ahí todo Dios está metiéndose mano. Cuando el acomodador la revisa, al terminar las sesiones, te puedes encontrar las cosas más increíbles. Una vez salieron unas espuelas. Creo que de un capitán del ejército, que venía mucho. ¿Sabes la pasarela que hay aquí al lado? Si se cruza el río, en la otra orilla está la Hípica. Debía decirle a su mujer que se iba a montar a caballo, y se venía aquí a encontrarse con alguna gachí.

La bobina del proyector anda ya en las últimas. La película está a punto de terminar y Toño se dispone a regresar a la cabina.

—Si no te lo crees, quédate aquí en el palco y estate atento cuando yo toque el timbre. Un detalle con la parroquia. Los avisamos antes de encender las luces.

—Pero ¿no se dan cuenta ellos de que se acaba la película?

—Si te pusieras en la puerta y les preguntaras de qué va lo que han visto, solo te sabrían contar lo del león que ruge.

Suena la chicharra, una sola vez, discreta. Miguelito observa la fila de los mancos. Es fulminante. Gran revoloteo de faldas, pantalones, botones y cremalleras. Las parejas más apasionadas recomponen traje y postura.

A la mañana siguiente Toño y Miguel entran por la puerta de atrás del Frontón Cinema. El almacén está en penumbra. Cruzan el laberinto de trastos que lo atiborran. Huele a madera y serrín, pintura, terciopelos sobados, lejía y bombillas recalentadas. Por todas partes, carteles amontonados. Sus imágenes parecen todavía más dramáticas por el relampagueo de la soldadura autógena. Un operario maneja el soplete, parapetado tras su media escafandra. Está reforzando la estructura metálica que tensa la nueva pantalla.

Suben hasta la oficina por la escalera de caracol. Mientras giran en el ascenso, el violento chisporroteo va proyectando sus sombras acalambradas contra las paredes y el techo. Su avance hacia lo alto se confunde con aquel trasiego de rostros donde los actores han quedado congelados en gestos teatrales, escorzos inverosímiles.

Encuentran a Maroto en su guarida, leyendo el periódico, fumando una de sus apestosas tagarninas.

—¿Has limpiado los proyectores? —pregunta a Toño.

—Ayer.

—¿Y cambiado los carbones?

—Aquí traigo los nuevos.

—Bien. Pues cuando los cambies vas a hacerme un recado. Hay que dejar despejada la cabina de zarrios, los descartes de películas y todo eso, para que la pinten. ¿Dónde he metido la hoja? —se pregunta apartando la funda de hule gris de la máquina de escribir.

Rebusca en los cajones. En uno de ellos asoma la pistola que llevó en la guerra, y que aún guarda, por si acaso. Por si hay que volver a pegar tiros. Eso ha dicho, alguna vez, mientras lee noticias que no le gustan.

—Aquí está el recibo. Que te lo firme la Faustina. ¿Cómo vas a llevar los sacos?

—En el carro que usamos para las latas. Mi hermano me ayudará.

—Vale. Yo esperaré a que el soldador termine la faena. Si me voy antes de que volváis, dejaré encendida en el almacén la bombilla de arriba. Cuando os vayáis, desconecta el cuadro de luces y cierra bien.

Miguel ayuda a Toño a llenar los sacos con los desechos de las películas.

—¿Puedo coger algunos?

—Toma estos, tienen menos rayas.

El resto, los restos, están llenos de rasguños y costurones en su trasiego por entre los rodillos del proyector. Todo lo que se le ha ido agregando en su pase por los cines de barrio, lejano ya el día de esplendor del estreno. Las perforaciones cariadas, la grasa de los tambores. En ocasiones la acetona de los empalmes ha retenido un pelo tenaz, sospechosamente retorcido. Y que luego se suelta y aparece proyectado en la pantalla, donde salta de la cara de uno a otro de los personajes, entre los silbidos y el pitorreo del respetable.

Aquel día Miguel va a descubrir que aquellos restos aún tienen una segunda oportunidad en el mundo del espectáculo.

Cuando han terminado de cargar en el carro los sacos llenos de descartes, salen del almacén y bordean la muralla.

Varias calles más abajo, Toño llama a una puerta. Abre una chica con delantal de costurera.

Se vuelve hacia dentro, hacia el pedaleo de las máquinas de coser.

—¡Señora Faustina, el de las películas! —grita mientras abre los dos batientes para que puedan pasar con el carro.

Cuando llegan al fondo, la dueña les indica dónde dejar los sacos.

—¿Quién es este gorrión? —pregunta a Toño, señalando a Miguel.

—Mi hermano.

—Pues no os parecéis nada.

La señora Faustina echa mano a uno de los descartes. Lo mira al trasluz, hace un comentario entre dientes, y lo coloca en una mesa donde está atornillada una pequeña prensa. Lo mete con cuidado entre dos guías y agarra la palanca. La hace bajar con fuerza. Se oye un chasquido. Por debajo de la película salen unas diminutas arandelas de celuloide, escupidas como confeti. La mujer coge un puñado, abre la palma de la mano y con el dedo índice de la otra las separa y examina.

—¿Son todas así?

—Más o menos. Hay un poco de todo.

Luego retira el trozo de película que ha quedado sujeto entre las presillas y ahora está agujereado como un colador. Lo tantea, al tacto, evitando cortarse. Y asiente.

Toño le pasa el recibo para que lo firme.

Ya en la calle, Miguelito pregunta.

—¿Y esos circulitos que salían de la máquina, para qué sirven?

—Son lentejuelas. Para los vestidos.

—¿Hacen las lentejuelas con películas?

—Ya lo has visto, meten los descartes en esa troqueladora, y zas, le pegan un viaje. Luego las enhebran con un hilo, y las cosen en la tela.

—¿Quién compra eso?

—Las artistas. Ya lo verás cuando seas mayor.

Vaya si lo vio. En el Teatro Chino. Allí desfilaban las ceñidísimas mallas de lentejuelas, entre aplausos y aullidos. Así terminaban las películas después de arrastrarse por cines de barrio, cuando se caían a pedazos. Sobre las carnes de las vedetes. Una segunda piel. Una segunda vida. Tras adoptar las poses aprendidas de sus estrellas favoritas, se revestían literalmente con ellas. Y junto a las imágenes proyectadas a través de aquellos trozos iba todo el añadido de sueños y sesgos provocados por la atestada atmósfera del cine. Aquel olor a humanidad, serrín y zotal. Aquella luz densa, sobrecargada.

Ese día, por la tarde, Miguel se dirige a la tienda de tebeos para llevarle a Candela los mejores fotogramas. Un pretexto para verla. No sabe cómo le recibirá.

Cuando ya está ante el escaparate, se detiene en seco. Hay una moto de la policía. A través del cristal puede ver a Candela en el mostrador. También al guripa, que abre la cremallera de un portafolios y saca un sobre. Se lo entrega.

El policía sale. Se ajusta el barboquejo del casco, arranca la moto y se aleja. Miguel avanza hacia la tienda, sin perder de vista a Candela. Se detiene cuando ve lo que sucede. Ha abierto el sobre y ha empezado a leer la carta. Arruga el papel con furia, golpea el mostrador, se echa a llorar.

Miguel no sabe qué hacer. Retrocede. Se esconde. Candela se seca las lágrimas con determinación, coge su rebeca de la percha, se la pone y sale, cerrando la puerta con llave.

La ve tomar el camino del cine Frontón, a paso ligero, con una tensa determinación.

La sigue. No cabe duda, pretende entrar en el cine. No la dejan. Aunque, claro, conociendo a Candela, a ver quién es capaz de pararla.

Miguel sale corriendo hacia la puerta del callejón. Está cerrada, pero ve que Toño tiene abierto el ventanuco de la cabina. Lo llama.

—¿Qué haces ahí abajo? Estoy proyectando.

—Ábreme.

—No puedes andar por aquí todos los días, la película es para mayores.

—Te digo que me abras. Es importante.

Resignado, su hermano baja y le franquea la puerta.

—¿Qué pasa?

—Vamos arriba.

Por el camino, le cuenta lo que acaba de ver.

—¿Eso es todo? —se sorprende su hermano.

—Aquí está pasando algo.

De pronto, hay gritos en el patio de butacas. Se asoman a la mirilla, pero desde las ventanas de proyección no pueden ver lo que sucede.

—Es debajo de nosotros, en la última fila —dice Toño corriendo hacia el palco lateral.

Allí están. Candela y su madre. Los gritos los dan Chon y un hombre que, a toda prisa, trata de abrocharse la bragueta.

—¡Fíjate! —dice Miguelito—. El tío ese tiene la minga fuera.

Hay gritos, risas, abucheos. Llega el acomodador, abronca a Chon y al hombre y los empuja hacia la salida.

9

Maroto manotea antes de arrancarse.

—Aquello fue complicado. Un lío de cojones, chico. Es que en ese cine pasaba de todo, ya lo sabes tú bien. Chon andaba por allí, buscándose la vida. Porque la tienda de tebeos, sin el chaval, no funcionaba. Antes de que lo metieran en el reformatorio, él era quien se movía. Iba por ahí comprando de todo, cosas de segunda mano. La gente vio que en la tienda no se renovaba el género y dejó de ir.

»El Ceuta este seguía de bar en bar. Pero de hincarla, nada. Y cuando alguno le echaba en cara que se chuleara a la Chon, se ponía muy farruco y decía que él ganaba su propio dinero. Se supone que Candela llevaba la tienda cuando él no la atendía.

»Bueno, tú te acordarás de lo que yo les tenía dicho al portero y al acomodador. Mientras en el patio de butacas no hubiera escándalo, pues cada cual a lo suyo. Vive y deja vivir. Ahora, que si me buscaban problemas, me iban a encontrar. Tuve que despedir a un acomodador porque cobraba un sobresueldo de la casa de putas que estaba cerca, esa de la puerta roja. Cuando todas las chicas andaban ocupadas, los clientes usaban el cine como sala de espera. El acomodador se conchabó con el portero y se repartían las propinas.

A medida que entraban les daban un número de orden y esperaban dentro, sentados en una fila especial, al final, para no molestar mucho. Hasta que el acomodador se les acercaba discretamente y les cantaba el turno.

»Sí, no te rías, que aquello podía habernos costado un buen disgusto. Estuve por echarlos a los dos, pero el acomodador confesó que él había sido el organizador y después arrastró al portero. A este lo dejé, pero el otro, a la puta calle. Hombre, yo comprendo que ser acomodador es un poco aburrido. Te tragas una película más de ochenta veces. Pero hay que tener una seriedad, ¿no?, una lealtad con la empresa.

»Te cuento esto porque ahí empezaron los problemas con Chon, que se dio cuenta de la jugada. Mientras esperaban estos ababoles, si no tenía faena, los aliviaba y le quitaba la clientela a las otras. Y también a la pajillera titular del cine, tan veterana que casi era como si estuviese en plantilla. Hasta que llegó la Canastera, que se le llevó media parroquia, y la otra se me quejó de intrusismo. Decía que una se manejaba bien, pero que allí no había tajo para dos. ¿Qué podía hacer yo? No le iba a decir a la veterana que se debería haber retirado hace tiempo, que la gente que venía a por Chon no se iba a ir con ella ni harta de vino. Y a esta me daba no sé qué llamarle la atención. Yo la dejaba entrar gratis, por la vieja amistad con León.

»Y en esto que pasó aquello. Cuando mataron a su hijo en el reformatorio. Una pena. Ya sabes cómo fue, ¿no?... No, no, qué va, se dijeron muchas tonterías. Te lo cuento yo, tal cual. Una cosa triste si bien lo miras. El Salva, como sabes, tenía un cinturón hecho con monedas de dos reales. Y lo mataron por una disputa sobre ese cinturón. Se lo quería quitar uno que iba de jefe. Se pelearon y el otro le corto la yugular de un solo tajo. El Salva se desangró antes de que pudieran hacer nada.

»Pobre chaval. Decían que era como un perro rabioso, pero qué va. Tenías que haberlo conocido de niño, antes de que lo violaran en el primer reformatorio. Era muy cariñoso. Yo creo que luego le pasó como a este perro mío. ¿Te lo he contado? Lo tenía un hombre para guardar su casa, que quedaba al borde del camino. El hombre este pasaba mucho tiempo fuera, era viajante de mercería. El perro estaba en los huesos, pero cuanto más flaco, más bravo parecía. En cuanto veía a alguien, saltaba hacia él a toda leche, hasta que le frenaba su propia cadena, casi se estrangulaba con ella, tan fiero era el cabrón del chucho. Un día pasé por allí y, aunque ya estaba acostumbrado, me asustaron las arremetidas que daba. Me eché para atrás, pero él seguía, dale que te pego. Yo me di cuenta de que no tenía comida ni agua. Y en eso, que me acerqué demasiado y cedió la hebilla del collar. Traté de evitarlo, pero ya era demasiado tarde. Se me vino encima. Me echó las patas a los hombros y vi sus dientes, afilados. Me protegí el cuello con una mano, mientras con la otra intentaba alejarlo de mí. Y entonces vi que empezaba a lamerme, gimiendo como un desesperado. O sea que allí donde pensabas que había una fiera lo que había era un animal que pasaba demasiado tiempo solo. Un solitario ansioso de cariño. Saltaba y gimoteaba de alegría, alrededor de mí. No hubo forma de separarme de él. Y cuando me enteré de que su dueño había muerto, me lo quedé. Es un buen perro, el más pacífico que he tenido. Solo había que darle algo de afecto. Algo así debió pasarle a ese chaval.

»Cuando lo mataron en el reformatorio, un policía fue a comunicarlo a la tienda de tebeos. En ese momento estaba Candela. Ella cerró y marchó para el cine, a contárselo a su madre. El portero no quería dejarla pasar, porque sabía lo que estaba haciendo Chon. Pero ya sabes cómo era esa chica. Entró, buscó a su madre, se lo dijo y armaron la de Dios es Cristo. Ellas y el tío al que se la estaba cascando. Protestó, claro, porque ya le había pagado y se quedó sin rematar, pero ella lo mandó a tomar por el saco.

»Yo le dije a Chon que no volviera a aparecer por allí. Y, desde luego, gratis ya no la dejamos nunca más. Pero ella regresó al cabo del tiempo, entraba pagando. Y eso no lo podía impedir. Tampoco iba a estar vigilándola todo el rato, a ver si volvía a las andadas. No sé lo que haría a partir de aquello. Si hubiese tenido que echar a los que se metían mano me habría quedado sin la mitad del público, y no vas a ir preguntando de uno en uno si hay dinero por medio o se lo hacen por gusto. En algún sitio tenían que aliviarse.

»De lo demás qué te voy a contar a ti. Aunque muchas cosas no te llegarían. Ni a ti ni a tu familia. Para Chon y Candela erais las bestias negras. Os hicieron toda la mala fama que pudieron. Decían burradas de vosotros: por vuestra culpa les habían matado al hijo y hermano en el reformatorio, tú te habías ido de rositas y encima trabajando en el sitio donde habíais hecho la pifia aquella de romper y robar el cartel. Era un odio ciego. Decían que tú eras un chivato y de tu madre y Jorge Atienza ya ni te cuento: algo habría entre la una y el otro para que consiguieran sacarte del atolladero, entregándoles a cambio a Salva. Y otras lindezas que te ahorro.

»Pero, fíjate lo que te digo, yo creo que la peor era Candela. La madre y el Ceuta bebían, largaban mucho cuando se calentaban, pero ya se sabe que perro ladrador... En cambio, Candela era más fría y calculadora. Daba miedo, un demonio. Y con ese cuerpazo, que ya estaba hecha una mujer, podía engatusar a quien se le pusiera por delante.

»De muchas de estas cosas yo me enteré más tarde, no te vayas a creer. Candela se aprovechó cuando estuvo con Araceli, la marquesa, que vino para lo de la Virgen. Debió averiguar algo sobre vuestra madre y Jorge Atienza. Acuérdate que la marquesa la tuvo en el chalé un poco de asistenta de su hija, para entretenerla, cuando pasó lo de la ermita y el dance. Y allí debió ver algo o sonsacarle, que Araceli cuando le daba por hablar tampoco había quien la parase. Que de una mujer de su posición uno podría esperar un poco más de seso, un poco más de malicia. Es verdad que tampoco era fácil imaginar que Candela tuviese tanta.

»Tendrías que ir a ver a la marquesa, si todavía vive. Quizá la hija de don Santiago tenga la dirección. Si la visitas tú, ahora, al cabo de tantos años, pues a lo mejor te dice algo. No sé, estará medio chocha. Pero no pierdes nada por probar...

10

—¡Claro! ¿No lo sabías? Yo era madrina de Jorge Atienza, lo saqué de la pila... Tú me preguntas por lo que pasó en la ermita. Cuando llevaron a la Virgen de Fátima que les regalé. Vaya lío que se organizó...

La voz de la marquesa, ya muy cascada, viejísima, se pierde y embarulla entre los ruidos que salen de la casete. Parece dar instrucciones a la criada que debe estar poniendo el servicio de té. Viene luego el tintineo de las cucharillas.

Una nota de Toño ya advertía: *Solo tengo este audio y el sonido es malo. No se dejó grabar imagen.*

Se oye a su hermano preguntando si puede apagar el ventilador. El motor y las aspas —explica— se cuelan en el magnetofón. La anciana ordena a la criada que lo desconecte.

Toño recapitula, trata de encarrilar la conversación.

—Perdone, Araceli, me estaba hablando de lo de la ermita, y lo que pasó con su chica. Cuando el dance.

—Bueno, pues que mi niña se nos alborotó un poco. Y esa muchacha la supo calmar muy bien. ¿Cómo se llamaba?

—Candela.

—Eso es. No sé qué habríamos hecho sin ella. El caso es que

mi niña no quería separarse de esta chica. Yo le dije que se viniera a la torre y la cuidara... Y se pasaba por allí todos los días que estuvimos. Le cantaba unas canciones extrañas, con esa voz ronca que tenía. Unas nanas tristísimas. Pero, lo que son las cosas, mi niña sonreía, se la veía feliz.

—¿Habló mucho con ella?

—Pues hombre, sí, claro. Me gustaba su conversación, no se andaba con rodeos, no me trataba como a una marquesa, que eso ya aburre. Me dijo, por ejemplo, que las palomas que iban con la Virgen en la peana del trono no se movían de allí porque las habían cegado, les habían saltado los ojos con una navaja... Eso me impresionó.

—¿Y de nuestra familia?

—Algo hablamos. Y, sobre todo, cuando yo estaba fuera de la casa debió rebuscar. Debió ver fotos y Dios sabe qué. Creo que se hizo una idea de que había habido algo entre tu madre y Jorge. Esa chica era muy cuca. Me di cuenta demasiado tarde. Como siempre...

La voz de la mujer baja de tono, tiembla, parece llegar desde un tiempo extraviado.

—Ya sé lo que pensarás, que yo debería ser sensata y prudente, todas esas majaderías que se dicen de los viejos. Pero nunca fue lo mío, ¿sabes? De joven era todavía más descerebrada. Primero te enseñan a hacerte la tonta para que los hombres no huyan. Y luego ya no tiene remedio, tonta te quedas. No, déjalo, no hace falta que me disculpes, si sabré yo de qué van estas cosas... ¿Conservaba tu madre una colcha de seda...? ¿Sí? ¡Vaya! Se la regalé yo. ¿Te acuerdas del dibujo que llevaba, un bordado en hilo de oro con un castillo? Había un trovador abajo, y allá arriba una dama. Pues yo me imaginaba como ella, en la luna, la princesa de las altas torres, siempre esperando. También dicen que cuando te vuelves vieja el dragón se come al cisne. Eso es verdad. Tu cuerpo ya no es más que escamas y arrugas. Pero por dentro tú te sigues viendo como la niña que brincaba con su vestidito blanco.

Suspira como si le costase contar aquello. Debe estar tomando un sorbo de té, se oye el ruido de la taza al devolverla a la mesa. Y con ello parece cobrar impulso.

—Para mí el cambio vino a los veintitantos años, cuando el único hombre que realmente me había importado se casó con otra. Hablo del padre de Jorge. Y la otra era mi mejor amiga. Vivíamos en Madrid, habíamos estudiado con las mismas monjas. Para colmo, van y me piden que amadrine al niño que tuvieron. Cómo iba a negarme. Luego, más tarde, después de la guerra, yo también me casé, en la ermita de la Solana. Cuando me quedé embarazada nos fuimos a Estoril, donde mi marido tenía casa. La niña vino mal en el parto y peregriné con ella hasta Fátima para pedirle a la Virgen que me la salvara. Sobrevivió de milagro, pero se vio que era como retrasada. Empecé a notar el desapego de mi esposo... Claro que no es esto lo que has venido a preguntarme, ¿verdad? Tú no has venido a ver cómo se desmigaja una vieja apolillada. ¿Un poco más de té?

Nuevo remover de cucharillas y un prolongado silencio, que la marquesa rompe para disculparse.

—Ya no tengo las facultades de antes, estoy muy mermada. Ahora siento que las cosas van más despacio, que se pueden parar en cualquier momento. Solo siento que todo haya pasado tan deprisa. Ha sido como un soplo.

Apenas se le entiende. Toño interviene. Trata de retomar el hilo. Menciona a Atienza.

—Si me preguntas por Jorge es porque supongo que él no debió contarte mucho. Era muy reservado. Tienes que imaginarte un hijo único, de buena familia, una madre que le adora, un padre severo que quiere que estudie arquitectura, como él. Porque fue su padre quien remodeló el chalé del indiano, que mandó construir mi abuelo en las tierras de la Solana. Y, sin embargo, a Jorge le gustaba más el dibujo, pintar. Su madre y yo le apoyábamos. Eran cosas de aquel tiempo, de la República. Trajo como una rebeldía en los jóvenes. Su madre y yo éramos unas carcamales, monárquicas de toda la vida. Fíjate que hasta me quedé con uno de los perros que abandonó la reina Victoria en 1931, cuando ella y el rey tuvieron que salir de España. Pero Jorge era otra cosa, le tiraba la bohemia, andaba con artistas, intelectuales, toda esa gente. Claro que hay que ver lo que era aquel Madrid...

Toño carraspea, la supone desorientada de nuevo en sus recuerdos. Sin embargo, la anciana está lejos de haberse perdido.

—Cuando se plantó y no quiso estudiar Arquitectura, su padre quiso echarlo de casa. Su madre y yo lo convencimos para que le dejara cursar Bellas Artes. Fue una pelea muy dura, el padre se negó a pagarle esa carrera. La madre de Jorge y yo intentamos pasarle dinero bajo mano, pero él se empeñó en ganarse la vida por sí solo. Siempre fue muy orgulloso. Hizo de todo, con tal de adquirir experiencia en lo suyo, el dibujo y la pintura, no se le caían los anillos. Trabajaba como rotulista de bares, pintando en los escaparates las tapas y menús. O en las industrias del cartonaje, haciendo envoltorios y etiquetas para conservas, vinos, juguetes, lo que se terciara. Con decirte que hasta llegó a pintar ojos de cristal postizos...

»Terminó con José Redondela. A ti no te sonará, claro. Era un pintor escenógrafo. Había aprendido el oficio con el italiano Bonardi, que trabajaba en el Teatro Real. Era tan bueno que en más de una ocasión, al descorrerse el telón, le aplaudían los decorados. Andaba apretado de trabajo, a pesar de contar con tres ayudantes y su hijo Agustín. Yo conocía a Gregorio Martínez Sierra y a través de él pude hacerle llegar una recomendación. Nos recibió en el Teatro de la Zarzuela. Usaba como estudio el espacio entre el techo del patio de butacas y el tejado. Le gustó cómo lo hacía Jorge, y lo cogió para un encargo que llevaba atrasado. El chico estaba muy contento, me dijo que allí estaba aprendiendo mucho. Sin eso no habría podido hacer luego sus carteles, como los de cine. Además, estaba muy bien pagado, trescientas pesetas de las de entonces.

»Al terminar ese encargo, para no quedarse mano sobre mano, Jorge se puso a hacer tebeos, portadas de libros y colecciones de novelas cinematográficas, donde se contaba una película. ¿Qué me dices? Ah, que eso ya te lo ha contado él... Bueno, pues de vez en cuando se pasaba por casa de su madre. Y en una de esas ocasiones descubrió que había una nueva criada. Una chica joven, sobre poco más o menos de su misma edad. Un primero de mayo volvió a encontrársela en una verbena. Y ahí empezó todo.

11

El archivador contiene varias fotos y un DVD con la etiqueta *Balbina y Modesto. Grabado en la visita al pueblo.* Mientras arranca el ordenador para verlo, le llama la atención aquella foto. Es de una boda. En medio, los recién casados, con las amigas de la novia. En el anverso, Toño ha escrito: *Castañares, 1934. Boda de tía Petra, la hermana de madre, que aparece aquí con ella. A su derecha, Balbina.*

En efecto, allí está Irene. Le perturba verla tan joven, cuando aún no ha cumplido los veinte. Es más alta que su hermana Petra y el resto de las amigas. Aunque ya es una mujer del todo desarrollada, algo le queda de esa nebulosa en la que el sexo aún no ha encontrado propósito. Su mano derecha, larga, descansa sobre la falda, adormecida.

La novia, su hermana mayor, luce un peinado excesivo y tiene la timidez espantadiza de quien no está segura de atraer a los hombres. Los labios son un fino tajo fruncido. La mirada vaga extraviada en los cuévanos de los ojos, acentuados por la luz que cae sobre los pómulos. Los años que la tía Petra le lleva a su hermana Irene se dejan sentir en el esqueleto vencido, en el porte derrengado por el trabajo.

Balbina también aparece junto a ella. Y ahora, cuando emerge del DVD ya cargado en el ordenador, Miguel tiene ante él, en la pantalla, a la misma persona al cabo de más de setenta años, hablando a cámara:

—Estas fotos nos las sacó uno de la República que retrataba las escuelas de los pueblos. Muchas de estas mozas han muerto ya. Mira, está muerta, esta también, esta se nos fue el año pasado, aguantó lo suyo. A esta se la ve en estado de su primer hijo. Unos vienen y otros se van. Así es la vida. Entonces no teníamos ni un duro, pero si quieres que te diga la verdad, yo creo que éramos más felices. Ahora la gente no se conforma con nada.

Toño le pide que muestre a cámara la vieja foto.

—Es de la boda de Petra, la hermana de tu madre. Tampoco duró mucho, murió en el primer parto.

—¿Quién es el hombre mayor que está con la tía Petra?

—El novio. A la pobre la casaron con uno que podría haber sido su padre. Le doblaba la edad. No la dejaba ir cuando había fiesta o baile, era muy celoso. Lloró mucho cuando se tuvo que marchar de casa para vivir con aquel viejo. Se abrazaba a tu madre y a nosotras, las amigas. Tuvieron que sacarla a rastras. Sí, no me mires así, que no exagero.

—¿Pasaba a menudo?

—Cada dos por tres. Si yo te contara... Pero tu madre me juró que ella nunca se casaría con alguien a quien no quisiese.

—Y ese alguien fue mi padre.

—¡Uy, habría mucho de que hablar!

—Cuente, cuente.

Se ve a la mujer dudar. Después, parece decidirse. Se levanta dificultosamente de la silla y dice:

—Te enseñaré algo. Ahora vuelvo.

A su regreso, le tiende un par de fotografías.

—A que no las habías visto nunca.

Hay un largo silencio. Su hermano, detrás de la cámara, debe de estar examinándolas. Al fin, pregunta.

—¿Esta es mi madre?

—Cuesta reconocerla, ¿a qué sí?

—¿Dónde están tomadas estas fotos?

—Lo pone por detrás.

En una de ellas dice: *La Solana, 1935. Con Jorge y la marquesa*. En la otra, *Madrid, 1935*. E Irene aparece junto al Palacio de Oriente.

—¿Cómo se le ocurrió a mi madre irse a Madrid?

—Es historia larga... Aquí en el pueblo, antes de la guerra, Irene no era novia de tu padre, sino de un amigo suyo, el Ismael. Pero a este chico le salió una tuberculosis que no tenía mucho remedio. Ya habían muerto de esa misma enfermedad su madre y un hermano. Algo hereditario debía ser. Irene lo quería mucho, muchísimo. Y era muy decidida. Menudo carácter tenía tu madre. Aprovechando que en 1934 se casaba su hermana Petra pidió a la madre que le diera las tierras que le correspondían, que no estaban nada mal.

—He visto ese documento, el de la herencia de mi madre, y me extrañó que se las hubieran dejado tan joven.

—Pues ahora ya sabes por qué. Lo tenía hablado con la familia de su novio, el Ismael, para juntar entre todos el dinero y llevarlo a un sanatorio antituberculoso.

—¿Mi madre estaba dispuesta a gastarse toda su herencia en su novio?

—Mismamente, todo lo que tenía. Pero los hermanos de Ismael eran unos roñosos y no querían hacer lo mismo. Entonces había mucha miseria. Le dijeron al padre que por qué iban a hacer por el hermano pequeño lo que no habían hecho ni por la madre ni por el hermano mayor que ya habían muerto de tuberculosis, y que aquello era tirar el dinero, porque no tenía remedio. Total, que tu madre se quedó sola y no le llegaba para ingresar a su novio en el sanatorio y pagar el tratamiento. Intentó pedir prestado. Imagínate, una chica joven y que acababa de heredar. Nadie quiso escucharla. Tampoco corrían buenos tiempos. Así que a través de una familia que conocía encontró la manera de irse a Madrid a servir.

—¿A servir?

—Ya me dirás que iba a hacer una chica, en aquel entonces.

—¿Por qué a Madrid?

—Era donde mejor pagaban. Y no quería quedarse cerca del pueblo. Además de la rabia que sentía contra mucha de aquella gente, le daba reparo que la vieran servir. Tampoco quería ver cómo su novio se iba consumiendo. Prefería hacer algo para ayudarle. Tu madre era una mujer muy valiente. Los señores la trataban bien, y eso que al principio le costó hacerse, porque no sabía cómo se llevaba una casa elegante. Pero tuvo la nobleza de decírselo a su señora y ella le contestó: «Mejor que no tengas experiencia. Así te enseñaré yo a mi manera».

Balbina se interrumpe por la risa. Toño espera a que se enjugue los ojos con un pañuelo.

—Me río por todo lo que me contó tu pobre madre de aquella casa. Lo primero que le mandó la señora es que acabara con las cucarachas. Irene cogió un buen garrote y las fue matando una tras otra, a palos. La señora se quedó pasmada, y fue a enseñarle dónde estaba el veneno y cómo se usaba. Luego le dijo que planchara una camisa del señor, de las buenas. Tu madre se la quemó, y temió que se la descontasen del sueldo o la echasen. Tan asustada estaba que compró una tela igual y se la cosió con tan buena mano que de nuevo dejó asombrada a la dueña. Irene manejaba muy bien la aguja, había aprendido con unas monjas en un pueblo de aquí al lado. La señora se quedó tan impresionada que le puso una asistenta para que una vez a la semana descansara de los trabajos de la casa y se dedicara solo a coser: repasar mantelerías, ropa de cama.

—¿Cuánto tiempo estuvo sirviendo en Madrid?

—No llegó al año y medio. Volvió al pueblo a finales de 1936.

—Por la guerra.

—No. Porque su madre se puso enferma y tenía que cuidarla.

—Tuvo que ser terrible para mi madre volver al pueblo.

—Imagínate. Otra vez sin luz eléctrica, teniendo que ir a la fuente con el cántaro. Ella, que me contaba que en la casa de Madrid en el baño había un grifo para el agua fría y otro para la caliente. Además, echaba de menos el cine y la radio, la música le gustaba con locura. Su abuelo, el maestro, tenía un gramófono de esos de cuerda y discos.

—¿Y el novio tuberculoso?

—Yo la mantenía al tanto por carta, pero perdimos el contacto con la guerra. Cuando volvió en el 36 no estaba ya aquí, se lo habían llevado al frente. Pero eso te lo contará mejor mi marido. ¡Modesto, deja las cabras y ven para acá!

12

Modesto está deshaciendo el rebaño. Separa el ganado llamando a cada animal por su nombre.

—¿Cómo los conoce? —le pregunta Toño desde detrás de la cámara.

—Un pastor que se precie sabe el carácter de sus ovejas o cabras una por una y lo que necesitan. Cada cual tiene sus señas y mañas. Esa cabra, por ejemplo, es la Mocha, no tiene cuernos. Esa otra la Luná, por las manchas. Esa es Blanca, que parió cinco cabritos... Yo las dejo aquí en la plaza y cada una regresa a su casa sin necesidad de que nadie les indique el camino. Ya saben ellas, ya.

Al final solo queda una cabra, que no sigue a ninguna otra.

—¡Tenías que ser tú, «Cerrera»! Esta va por libre, no hay quien haga vida de ella.

—¿Y por qué no se la quita de encima, si le da tantos problemas?

—¡Ah, puñetas, eso sí que no! Es la que me da más quebraderos de cabeza, pero también la mejor leche. Esta cabra no es como las demás: huele un buen pasto a kilómetros de distancia, y se va a por él aunque tenga que apartarse del rebaño. No la asustan los precipicios ni los peñascos. Ni la perra se atreve con ella.

Cuando Cerrera entra en el corral, Modesto cierra la puerta y se sienta en el poyo, junto a su mujer.

—A su disposición. Usted dirá.

Balbina le corrige:

—Tutéalo, hombre, ¿no ves que es el chico de Irene y Ángel? Me preguntaba por lo de la guerra, cuando se os llevaron a todos.

—Pues sí, a todos los mozos que no estaban en la mili. Al Ismael, a tu padre, y a mí también se me llevaron.

—¿Ustedes eran de izquierdas o de derechas?

—¡Me cagüen diez, de izquierdas o de derechas! Nosotros esas cosas ni las olíamos.

—Pero se los llevaron los nacionales.

—Los primeros que pasaron, ¿me entiendes? Vimos que bajaba un camión por la cuesta. Venían del pueblo de al lado, y había soldados con fusiles. Desde lejos no distinguíamos de qué bando eran, así que estábamos preparados para lo que fuese.

La mujer interrumpe a su marido para decir:

—Nadie se había acordado de nosotros para traer la electricidad o el agua corriente. Ahora sí que se acordaron. Los pobres solo viajamos por las enfermedades o las guerras.

—Pero ¿el pueblo no había tomado partido?

—¡Qué iban a tomar! Aunque daba igual. De lo que no nos libramos fue de ir al frente. Si van y te apuntan con un pistolón, pues todos para arriba, al camión. Sin rechistar. A alguno que se resistía, allí lo dejaron tieso, contra una tapia. Y si pasaban y veían a uno que estaba segando, se paraban y para arriba: tú tira la hoz y al camión. Y allí se quedaba el campo a medio segar. Aún me acuerdo bien, fue en aquel cerro, junto a los generadores de viento esos que están poniendo los de las eléctricas. Las pasamos canutas. Luego he oído a alguno hacerse el gallito. Pero eso es ahora. Entonces estábamos acojonados, las pasamos de a kilo. Nos montaron al camión y a pegar tiros al alto de los Leones de Castilla. Les dijimos que Ismael estaba enfermo, lo de la tuberculosis que tenía. Pero no nos hicieron caso, debían tener instrucciones para llevarse a todos, y luego ya se vería. Pronto se vio, pero para entonces ya era tarde.

—O sea que los llevaron directamente al frente.

—Algunos sin ninguna experiencia.

—¿Y mi padre?

—Años antes se había librado de quintas, en el sorteo. Lo de tu padre era labrar la tierra y las vacas. Él era labrador, de toda la vida. De los buenos. Aunque creo que ya no fue lo mismo desde lo que nos pasó en el tren. ¿Nunca te lo contó?

—Nunca me habló de la guerra.

—¡Este Ángel! Tu padre siempre fue un poco raro, pero esto lo entiendo. Con el camión nos llevaron a la capital y allí nos metieron en un tren. Uno de aquellos que había entonces, medio borreguero, donde gracias a Dios el aire se colaba por las rendijas y se ventilaba un poco. Nos pasamos toda la noche traqueteando, tratando de dormir, apoyada la cabeza sobre los macutos. Tu padre no pegó ojo. Decía: si se llevan a la guerra a todos los mozos útiles, quién va a recoger la cosecha, sembrar, arar, regar. De qué va a comer la gente. Eso le martirizaba.

»De vez en cuando encendía un cigarro y yo le veía la cara a la luz del mechero, o del ascua. Luego chirriaron los frenos, el vagón dio una sacudida y nos detuvimos. Miramos fuera y no se veía nada. Tratamos de dormir. Al poco rato, tu padre me despertó y me dijo: "Modesto, ¿no oyes eso?". Yo estaba medio dormido y le dije que me dejara en paz, aunque alcancé a oír como un gemido tremendo, que ponía los pelos de punta. Y él dale que te pego, insistiendo. Como ya empezaba a clarear, me desperté yo también.

»Estábamos en lo que debía ser la vía muerta de una estación. Se veía el depósito de agua, el tinglado de almacenes y mercancías. Entonces un tren que estaba cerca empezó a hacer maniobras y se detuvo junto al nuestro. Y vimos de donde salía aquel gemido. Era un vagón ganadero, con vacas. Las debían llevar al frente para dar de comer a las tropas. Y había una muy joven, que estaba de parto.

Debía ser primeriza, porque tenía muchas dificultades. Cuando pasamos más cerca vimos que el ternero estaba muerto, y con el calor se había empezado a pudrir. La pobre vaca debía estar agonizando.

»Todavía me acuerdo de sus ojos. Estaba aterrorizada, ahogándose, dando boqueadas. Las moscas saltaban de pestaña en pestaña. Tenía las patas atadas, tan fuerte que se le habían despellejado. Una que estaba a su lado le lamía la sangre, muerta de sed. A tu padre aquello le impresionó mucho, mucho. Me dijo que desde entonces ya nunca había podido asistir a las vacas en ningún parto, era superior a sus fuerzas.

—En la huerta de la Solana tenía que venir un vecino a ayudar al veterinario, él no podía.

—Y mira que tu padre demostró ser todo un valiente, a pesar de todo lo que se dijo de él.

—¿Qué se dijo?

Balbina interviene para contestarle:

—En el pueblo se dijo de todo cuando murió Ismael, se le echó la culpa a tu padre por no cuidar de su mejor amigo. Irene se lo creyó. A la pobre se le juntó todo, porque había muerto su madre, y se quedó sola en la casa. Y entonces supo lo de la muerte de Ismael.

—Pero tal como sucedió lo mismo pude haber muerto yo, o tu padre —precisa Modesto—. Ismael andaba más torpe y le tocó a él. Estábamos llevando hasta el refugio unos sacos de harina que nos habían traído, cuando empezamos a oír zambombazos. Era un mortero que nos hostigaba. Un morterazo le cayó a Ismael. Al principio no se veía nada, porque estalló el saco de harina que llevaba al hombro y quedó envuelto en una nube blanca. Yo iba detrás y cuando intenté levantarlo agarrándolo por los sobacos vi que la parte de abajo del cuerpo se quedaba en tierra, separada del resto. Yo también resulté herido, aunque no de gravedad. Pero lo suyo no tenía remedio. A falta de primeros auxilios, le metimos el tronco del cuerpo en un saco de harina, para contener la hemorragia. Murió enseguida.

—En el pueblo se dijo que Ángel lo había dejado morir para quitarle la novia —añade Balbina.

—Nada, hombre, nada. No fue así —insiste Modesto—. Ismael sabía que Irene le gustaba a Ángel, y que si no la pretendía era por él. Ya lo tenían hablado, y como sabía que entre la tuberculosis o la guerra no iba a salir de allí, le había pedido a tu padre que no la dejara sola y cuidara de ella, que se casaran. Y se lo recordó antes de morir, se lo hizo prometer. Pero claro, al pueblo lo que llegó no fue eso, ¿me entiendes? Bien lo vi cuando me mandaron a casa para que me curase de las heridas. Yo le dije a tu madre la verdad, las cosas como fueron. Pero ella debió pensar que lo decía por amistad hacia tu padre. Y, en cualquier caso, el mal ya estaba hecho. Y así pasó luego lo que pasó.

CAPÍTULO SEXTO

Yo habría hecho a los hombres y mujeres no a imagen y semejanza de los grandes monos, como en efecto son, sino a imagen de los insectos que, tras haber vivido como orugas, se transforman en mariposas y, al final de su vida, no tienen otro deseo que amar y ser bellos. Habría puesto la juventud al final de la existencia humana. Algunos insectos, en su última metamorfosis, no tienen estómago. Solo alas.

Anatole France

1

—Pero ¿qué es esto?

El extraño artefacto reposa sobre una plataforma metálica. En la parte inferior hay un depósito de agua con tubos de goma. En medio, cables de colores, las tripas de un ordenador. Rematándolo todo, una planta. Un ficus.

—Ah, se llama *Semilla 0.1*. Una instalación.

—¿De esas que hacen los artistas?

—Sí. Ha ganado premios.

—Ya tiene pinta, ya. ¿Y cuál es el *concepto*? ¿Una planta intubada, en la UVI?

—Algo así. Ese ficus depende de las fluctuaciones bursátiles. Lleva un ordenador con una wifi conectada a las cotizaciones de la Bolsa. Si suben, recibe riego. Si bajan, no, y puede secarse.

—Una metáfora del planeta. O quizá de la vida en general, me temo.

—Trataré de ignorar tus sarcasmos, papá. No ha sido idea mía, nos lo ha encasquetado un patrocinador.

Allí está el logotipo del mecenas, presidiendo un texto del autor del armatoste. En él se informa de lo sucedido desde que se desplomó la burbuja inmobiliaria. Cuando los grandes inversores y los fondos buitre empezaron a especular con el suelo agrícola. Especialmente en África, el continente con la mitad de la tierra cultivable del planeta. A pesar de lo cual sus habitantes pasan hambre porque el mercado lo manejan los especuladores de Londres, Nueva York o Pekín, multiplicando el precio de los alimentos.

—Con un panorama así —dice Julia—, sería imperdonable que abandonáramos las tierras que tenemos a mano. Hay que atrincherarse en ellas.

Le guía por paneles, maquetas, fotografías, dibujos, proyecciones.

—¿En qué habéis colaborado vosotros?

—Pedro como asesor. Tío Antonio hizo dibujos y fotos. Yo he escrito la mayoría de los textos.

Otra advertencia para moderar sus comentarios. Hasta que llegan a la introducción general a los ciclos del agua. En el centro del espacio expositivo, una gran maqueta.

—¿Y esto?

—Es un corral. Tu hermano me dijo que se inspiró en el que teníais en el pueblo.

—Apenas me acuerdo, yo era un crío.

—Siempre dices lo mismo. Él aseguraba que, a pesar de no tener agua corriente, gracias a los corrales las casas estaban limpias, sin detergentes ni tanta química como ahora. Antes se sabía que este es un país seco, y no se malgastaba el agua.

Un esquema muestra la cuidadosa utilización del líquido: primero los cántaros para consumo de boca, luego los abrevaderos para el ganado y, finalmente, lavaderos y fregaderos. En el centro, el corral, recogiendo todos los residuos, acelerando los procesos de putrefacción gracias a algo tan simple como una capa de paja. En su dibujo, Toño ha destacado la vida subterránea que fermenta bajo los muladares. Un mundo oculto de cochinillas, escolopendras, larvas, lombrices, gusanos, hormigas en sus galerías.

—Con el corral los fertilizantes eran naturales —comenta Julia—. Hoy las frutas y verduras no saben a nada porque el suelo ya no tiene los nutrientes de antes. Hay generaciones que nunca probarán esa maravilla.

Él sí que lo ha conocido. Unas cerezas, un melocotón arrebolado y rezumante de savia, un higo zumbado de avispas, la uva moscatel a punto de ser picada por los pájaros... No había nada comparable.

Aun así, matiza:

—Creo que estáis idealizando aquello. Os olvidáis de los problemas sanitarios y de la peste que echaban los desperdicios.

El texto que ha escrito Julia para el panel expositivo presenta el corral como un riñón, una depuradora natural en cada casa, que mantenía a la gente pegada a los ciclos naturales, integrada en ellos con sus propios residuos, con la vida pasando a través de sus cuerpos.

—Perdona, hija, demasiada literatura.

—Bueno, es lo que a mí me encargaron, que le diera esa dimensión.

—¿En serio proponéis volver al corral?

—No al que vosotros conocisteis, sino a formas modernas, actualizadas e higiénicas, con instalaciones de biogás y esto que ves aquí.

Se refiere a la siguiente sección, dedicada a la agricultura tradicional y el papel del estiércol, desaparecido junto con el corral y sustituido por una agricultura industrial que impide a plantas y animales que se pudran, para volver a su origen. Una aberración que se limita a cubrir la superficie con abonos químicos y pesticidas, convirtiendo a la tierra en una drogodependiente, una yonqui a la que se impide su metabolismo natural.

—Cada vez que veo al vecino dentro de su tractor, con el mono blanco y la mascarilla, exterminando las malas hierbas con productos químicos, me pongo enferma. Nosotros las arrancamos, no las gaseamos. Ese hombre ha perdido todo contacto físico con su tierra y sus plantas.

—No acabo de entender cuál es vuestra alternativa.

—De esto va la segunda parte de la exposición.

En ese momento se les acerca una mujer que besa a Julia y le pregunta:

—¿Qué te parece?

—Ha quedado estupendo. Mira, te presento a mi padre, Miguel. Ella es Gloria y se ha ocupado del montaje.

—Enhorabuena.

—Gracias, me lo he tomado como algo propio —dice la mujer—. Venid por aquí, a la sala grande con la que termina. A ver qué os parece. Es la que más me gusta. Hablé mucho con Antonio.

Miguel no se sorprende. Ya se lo ha advertido su hija. Aquel remate se centra en la cañada y la Solana. Lo demás viene a ser un prólogo.

Allí se desarrolla el proyecto que proponen tras declarar la cañada espacio protegido. Una serie de fotos va trazando su genealogía, el modo en que se ha ido transformando. Desde que era una misma vaguada hasta que el tren la dividió en dos y la parte baja se convirtió en cultivos. Ahora, al eliminar la vía y allanar el terraplén, se pretende recuperar el drenado natural y la continuidad entre los dos espacios. Conclusión: es indispensable mantener los humedales de la cañada para el equilibrio del valle.

A la salida hay una mesa con pliegos. Tras poner su nombre en uno de ellos, Gloria se dirige a Miguel:

—¿Una firmita en apoyo del proyecto?

Julia mira a su padre. Los dos se ríen.

—Lo estoy preparando, no me lo asustes —dice a su amiga.

—Bueno, si a ti no te hace caso, me lo mandas a mí —se despide.

—No te preocupes que tengo otro pliego de firmas en casa, por si cambia de opinión.

Camino de la huerta, Julia dice a su padre:

—Creo que le has caído bien a Gloria. Y es atractiva, ¿no?

—Es simpática.

—No te hagas el distraído, he visto cómo la mirabas. Una mujer así te vendría bien. Es muy marchosa.

—Lo que me faltaba, otra ecologista.

—Ah, no, ella no te daría la vara con esas cosas, se dedica a sus diseños y sus montajes.

—¿Pretendes buscarme novia?

—A tu edad, casi mejor ir pensando en tu viuda, ¿no?

—Así tendrías alguien de confianza con quien negociar mi parte de la huerta.

2

Tanium es un planeta gélido, silencioso. Flash ha viajado hasta allí a través del transmisor de materia. No está solo. El artilugio también ha traído a Marla, la princesa malcriada y caprichosa. Los dos yacen aturdidos, en la más completa oscuridad. Llega hasta ellos un gemido inhumano. No se atreven a moverse. Esperan a que se haga de día.

Con la luz, buscan alrededor. Aquel alarido parece venir de unas rocas lejanas. Se ponen en pie. Están sedientos, necesitan agua desesperadamente. Caminan por el desierto. Cuando la encuentran, al límite de sus fuerzas, se arrojan de bruces sobre la charca.

Una vez saciados, descubren huellas. Son enormes y están por todos lados. Un abrevadero peligroso. Hay que irse.

Al doblar un peñasco, de pronto, aparece el gigantesco monstruo. Marla grita. Flash trata de calmarla. Aterrorizada, la princesa saca una pistola y dispara. Malherido, el animal se sacude en espasmos. Pero no ataca. Da media vuelta. Se aleja, arrastrándose en su agonía.

Confusos, deciden ir tras él. Los llevará hasta algún lugar con vida y comida. Siguiendo el lamento del monstruo, entran en una caverna. No saben si están metiéndose en su guarida. Siguen adelante, por un túnel interminable.

Al final, la luz. La roca se abre sobre un valle. Un vergel. Todo allí invita al descanso. O casi todo.

Hay algo inquietante, unas enormes esferas de tejido opaco. Docenas de ellas, entre hileras de árboles. Están sujetas a la vegetación por marañas de hilos.

El monstruo busca un sitio libre. Apurando sus últimas fuerzas, cabeceando a uno y otro lado, aquella mole segrega una baba que enreda entre el boscaje. Poco a poco, la trama se espesa, lo va envolviendo. Desaparece, encerrado en una de esas extrañas bolas. Aún se le oye gemir dentro. Luego cesa. Parece haber tejido su propia tumba.

Flash Gordon y la princesa Marla están asombrados. Algo resuena entonces sobre ellos, cubriendo el cielo. Una nube de aspecto cambiante, que parece viva. Desde la distancia, se diría un revoloteo de mariposas, aunque son demasiado grandes. Las pierden de vista, han desaparecido entre los árboles.

Están buscando alimento cuando los rodean, sigilosos. Flash trata de echar mano a su pistola. Es inútil, ya le han desarmado. Ahora los ve mejor. El cuerpo de aquellos hombres es como el suyo, pero llevan alas en la espalda.

Su jefe, un anciano, se dirige a él:

—Nada tenemos contra ti. Hemos venido a por esta asesina —dice señalando a Marla.

Ella se defiende:

—Yo solo disparé contra un monstruo horrible. Eso no es un crimen.

El jefe pide su machete a uno de los escoltas más jóvenes, lo esgrime y, acercándose a la princesa, le replica:

—Nunca debiste hacerlo.

Marla está asustada. Mira el arma que brilla reflejando la luz. Se aprieta contra el pecho de Flash.

—Te mostraré por qué —continúa el anciano alzando el machete.

Se acerca hasta la esfera que tejió la gigantesca oruga agonizante. Hunde en ella el filo, y mientras abre una gran hendidura, añade:

—Las mariposas nacen como larvas y para crecer se envuelven en un capullo. Como este que hizo el «monstruo» contra el que disparaste, mujer. Era uno de los nuestros.

Al separar los bordes de la hendidura aparece el cadáver de un niño-mariposa. Sus alas, replegadas y membranosas, aún están tiernas.

—Esta criatura no te habría tocado ni un solo pelo —concluye el anciano.

Miguel aparta aquel tebeo de *Flash Gordon*. Tras él, en el cartapacio, hay una fotografía suya que le sacó Toño, bajo la morera. Sostiene una caja de zapatos Gorila.

Aún se acuerda cuando se la trajo su hermano.

—Tu regalo de cumpleaños, chaval. Te caen diez, ¿no?

La caja está llena de agujeros y apenas pesa. No son zapatos.

Al abrirla, ve todos aquellos bichos, agitándose.

—Son gusanos de seda. Tienes que ponerlos en un lugar fresco y darles hojas de morera. No paran de comer hasta que hacen el capullo.

—¿Cuándo será eso?

—En cosa de un mes. Ponles unas ramitas en un rincón para que puedan pegar mejor los hilillos que van echando... Les cuesta dos o tres días encerrarse, y en otros veinte ya salen convertidos en mariposas. Hacen un agujero, y afuera.

—¿Siguen comiendo hojas de morera?

—Cuando salen del capullo no comen, no se alimentan, ni siquiera tienen estómago. Además, apenas duran una semana. Solo se dedican a juntarse los machos con las hembras.

—¿Cómo se distinguen?

—Las hembras ponen huevos. Y los machos son más pequeños, no paran quietos y mueven mucho las alas.

—Se marcharán volando.

—No pueden. Las alas ya no les funcionan.

Todos esos recuerdos le trae a Miguel aquella foto.

También que, tras pasar el examen, en septiembre, Toño se ha incorporado a su trabajo en el Frontón Cinema. Ahora ya no le dan propinas, sino un sueldo de verdad. Maroto le ha dejado un piso donde se queda a dormir cuando se hace tarde. Ha perdido el contacto con el barrio, donde le hacen el vacío desde que mataron a Salva en el reformatorio. Un proyeccionista no tiene vida social, siempre está de sesión en sesión.

Los dos hermanos se van a distanciar todavía más cuando en octubre Miguel ingrese en el instituto. Siente que está cambiando. Ya no le hace gracia bailar el trompo, dar cosques a las canicas, los cromos, el marro. Empieza a mirar más a los mayores que a los otros niños. Estos continúan allí su combate, en primera línea de juego. Aunque compartan idéntico espacio, la misma luz y el mismo aire, es como si una membrana transparente le separase de ellos.

3

Su madre le está esperando con el costurero, para arreglarle uno de los pantalones largos de Toño. Otro traje ajeno. Ni siquiera ahora que va a entrar en el instituto podrá estrenar uno propio.

Está a punto de deshacerse de su colección de tebeos. Se lo ha prometido a Irene, para demostrarle al padre que se toma en serio los estudios, que ya no es un niño. Nada le va a distraer.

Le cuesta dar ese paso. Si no hubiese sido por aquellas historietas, ¿dónde habría aprendido que para escapar de las fauces de un cocodrilo hay que meterle un palitroque en la boca? O que los tesoros suelen estar detrás de la cortina de agua de una catarata. O que si te quedas sepultado en la nieve te rescatará un perro de San Bernardo, con su barrilete de coñac al cuello.

Ahora, al cabo de medio siglo, Miguel sonríe. ¿Cómo olvidarlo? Han ido quedando atrás afectos, credos, consignas y jaculatorias, tantas ilusiones perdidas... Pero conserva intactas aquellas sensaciones de apariencia tan fugaz que se han revelado capaces de encapsular el recuerdo y grabarlo a fuego. De su mano, aún puede vislumbrar algunas de esas esquivas epifanías laterales, evocar los veleros estremecidos por el viento, los caballos aturdiendo la llanura, los chinos de bigotes y párpados caídos, acechando las esquinas.

Aquel día lejano quiere legar su colección a los más pequeños del barrio. Pero no hay forma de ponerse de acuerdo para repartirla. Y entonces tiene una idea. Hace varios lotes y les propone que se los jueguen a las chapas. Ha pedido prestado a Toño el papel donde trazó aquel circuito que mezclaba el mapa del barrio con las aventuras de tebeos y películas. Ayudado por Feldespato, se ha pasado toda la mañana copiándolo en el suelo de cemento de la plaza del Revellín, junto a la muralla y frente a la tienda de Chon.

Todo está listo. Los pequeños ya se han alineado para ver quién sale primero, cuando suena aquel rugido. Giran sus cabezas hacia el callejón de entrada.

Es el Ceuta, que llega a lomos de su Bultaco, a toda tralla.

Le gritan que tenga cuidado, que no pase por encima del laberinto de tiza que les ha llevado toda la mañana.

Pero ya es tarde. Lo atraviesa con su moto y se acerca a ellos. Le abren paso, de mala gana.

Aparca junto a la muralla, encima de la raya que debía servirles de señal. Baja la cremallera de su chamarra de cuero y los saluda con un desdeñoso «¿Qué pasa, chavales?».

Le lanzan miradas asesinas, pero nadie rechista. Lo ven avanzar hacia la tienda como los vaqueros cuando se disponen a entrar en el *saloon*.

Feldespato piensa que eso sí que es un tipo duro, que ha vivido lo suyo. Un legionario de los que cantan *El novio de la muerte* mientras a su alrededor silban las balas. ¿Cómo le vas a levantar la voz a un tío así?

Y más hoy, que no parece estar para bromas. Muchas veces le han visto llegar haciendo eses con la moto, con algún trago de más. Ha entrado en la tienda, como se dispone a hacer ahora. Se han oído gritos dentro. Todos han esperado el desenlace, con la boca abierta, hasta verle salir contando los billetes.

Esa es la costumbre. Lo que, según creen, se dispone a hacer ahora mismo, abriendo la puerta de un manotazo, hecho un sultán.

Al momento se oyen los gritos. Miguel mira a Feldespato. Este le dice:

—No quisiera estar en la piel de Chon, pobre mujer.

Miguel le da un codazo para que calle. Alguien más acaba de entrar en la plaza. Es Candela. Llega ceñuda, camina a grandes zancadas, los brazos cruzados sobre la rebeca roja. Ni siquiera los mira.

Se dirige a la tienda, abre la puerta y se oye la campanilla. Los chavales contienen la respiración. Pegan la oreja, pero la madre y la hija no rebullen. Nada. Y en eso que sale el Ceuta. Le siguen todo tipo de objetos arrojadizos. Madre e hija lo están echando con cajas destempladas. Lo llaman mamón, poco hombre, maricón.

Miguel y Feldespato se miran entre sí. Los críos que están junto a ellos no dan crédito a lo que ven y oyen: ¿No era este el bravo legionario matamoros que se metía a las tías en el bolsillo?

—¿Vosotros qué miráis, mocosos? —les dice cuando observa sus sonrisitas burlonas.

Cierra la cremallera de su cazadora de cuero y se dirige hacia la moto. Le arrea dos coces al pedal y la arranca,

—¡No pises la Meta! —le gritan.

El Ceuta acelera, se mete de lleno entre el laberinto de tiza, frena la rueda delantera, haciendo que la trasera gire en círculos, barriendo la plaza. Borra los trazos, deja encima las marcas negras de los neumáticos.

Luego endereza y enfila el callejón. Se va a toda pastilla, entre un pestazo a aceite mal quemado.

Tan pronto marcha el Ceuta, Chon y Candela se meten para adentro. Nuevos gritos, que Miguel, Feldespato y los críos escuchan estremecidos.

Ahora es Chon quien echa a Candela. Se ve salir a la chica entre una torrentera de insultos de «puta» para arriba.

Ha empezado a llover. Los chicos se dispersan. El agua corre por el suelo de cemento y se lleva los ya maltrechos restos de tiza, el dibujo de la cañada con su forma de mujer tendida. Los laberintos, corsarios, ciénagas y marabuntas se deslíen en la corriente, arrastrados hasta el sumidero.

A partir de aquel día Chon envejece terriblemente. No parece interesarle nada. Ni siquiera se ocupa de chillar. Empieza a abandonar el negocio de tebeos, cada vez más dejado de la mano de Dios. El Ceuta ya no trae material de segunda mano, aunque de vez en cuando pasa con la moto por delante de la tienda, borracho, armando bronca... La gente rehúye el tenderete. Chon se refugia en el cine, para desesperación de Maroto.

4

—Conozco un sitio donde hay cangrejos a patadas. Eso sí, pocas bromas. Son unas fieras y hay que protegerse. Nada de sandalias. Unas buenas botas o te pegan un viaje y se te llevan medio pie.

Nadie escucha a Feldespato. El Carioco lo manda callar:

—Para el carro. Desde que empecé a currar no tengo tiempo ni de meneármela. ¿A quién le interesan los cangrejos, con lo buenas que se están poniendo las tías?

—Sobre todo Candela —dice uno de los gemelos, el Piojo.

—Esa anda de pesca, por eso se arregla tanto.

—¿De pesca? —pregunta el otro gemelo, el Gorgojo.

—Sí, joder, lo que quiere es echarle el guante al Gordinflas.

—El Gordo es novio de Susana.

—*Era*, que no te enteras, Contreras —le corrige Feldespato.

—Pero ¿qué dices?

—¿Es que no sabes lo que ha pasado? Lo del cine, lo de las lentejas... Una detrás de otra. Debes ser el único del barrio. Explícaselo, Carioco.

—¿Otra vez?

—Es que estos, el Piojo y el Gorgojo, están en la inopia.

—Bueno, pues resulta que la Casta Susana tenía aborrecido

al Gordinflas. Ya sabéis, lo de siempre, no se dejaba meter mano y todo ese rollo. Pero tampoco era tonta y se daba cuenta de que si no lo amarraba se le echaría en brazos de todas esas guarras que andan sueltas por ahí. Total, quedaron en que la llevara al cine y ahí se dejaría meter un poco de mano. Solo un poco, todo muy controlado.

—¿Controlado el Gordo?

—No te adelantes, joder. O me dejas contarlo a mi modo o no digo ni pío. Ese fue el problema, que él intentaba pasarse de la raya, pero Susanita Magefesa se resistía, o no tenía práctica, o lo que coño fuese. El caso es que en el forcejeo allí en el cine perdieron la perla que ella llevaba en el anillo. Tanto dale que te pego, debieron romper el engarce, imagínate el tute que llevarían. Y como se lo había regalado su padre, don Pantuflo, a ver cómo volvía a casa. Al final de la película fueron a ver al acomodador y anduvieron busca que te busca con la linterna, pero no apareció.

—¡No me jodas!

—Como lo oyes. Cuando fueron al cine la siguiente vez, todo el mundo estaba al tanto y se les cachondeaban. Uno gritó, en medio de una escena de esas de achuchar: «¡Susanita, cuidado con las perlas!». Descojone general. Ella se salió de la función, cabreadísima. No quería volver allí. Don Pantuflo se terminó enterando y se cerró en banda. Fue a ver al padre del Gordo y le dijo que si su muchacho tenía buenas intenciones con su hija, que fuese a casa a verla cuando terminara el trabajo.

—Pero eso es meterse en la boca del lobo.

—¿Y qué querías que hiciese? A esas alturas, el Gordinflas ya se ha acostumbrado a su ración de meter mano. Y como no quiere estudiar, su padre lo ha puesto a trabajar con él. Cuando lo suelta al acabar las faenas, a eso de las siete de la tarde, si quiere ver a la Casta Susana tiene que ir a casa de ella. Como el papá de la nena, don Pantuflo, es viudo, la abuela se encarga de vigilarlos mientras él está en la fábrica.

—¿La abuela? Esa no ve tres encima un burro. Y está medio sorda.

—Sí, pero menos da una piedra. En cuanto sale del trabajo, el Gordo va, les prepara el brasero de cisco, se lo llevan a la sala de estar, lo coloca bajo la mesa camilla y se sientan los tres. La abuela los pone a quitar chinitas de las lentejas mientras reza el rosario en la radio. Allí los tienes tan formalitos, *ora pro nobis* por aquí, *ora pro nobis* por allá. De vez en cuando la abuela, que es muy friolera, le pide a la nieta que le dé una firma al brasero. El Gordinflas, hecho un caballero, se ofrece a hacerlo él. Agarra la badila, se mete bajo las faldas de la mesa camilla, quita la alambrera del brasero y a medida que remueve el cisco las ascuas iluminan aquello. Se pone a cien al verle las cachas a su novia.

»Cuando sale de allí abajo y vuelve a sentarse a la mesa, está fuera de sí. Con una mano sigue quitando las piedras de las lentejas. Pero con la otra se arrima a las pantorrillas de Susana y avanza, avanza, buscando el tesoro. Ella abre las piernas, se deja hacer, con aquel calorcillo del brasero y la mano del Gordo. A medida que se va poniendo cachonda, ella también le busca a él la bragueta, por debajo de la falda de la mesa camilla. Se la desabrocha, se la saca y se la menea. La abuela sigue rezando el rosario, y ellos dale que te pego. El Gordo sale de allí coloradote, está encantado de la vida.

»Hasta que un día, pasa lo que tiene que pasar. Están en plena faena, a punto de rematar. De pronto, se oye girar en la puerta la llave de la cerradura. Es el padre de la chica, don Pantuflo, que viene antes de la hora acostumbrada. No tienen tiempo de nada. El Gordinflas se mete la minga dentro como puede y trata de abrocharse la bragueta de prisa y corriendo. Sin darse cuenta, ha cogido con la cremallera una punta de la falda de la mesa camilla. Y al levantarse para saludar a don Pantuflo arrastra el mantel y se lleva por delante todo lo que hay: las lentejas, los platos de loza, las tazas y la tetera donde la abuela toma su tisana... Todo a tomar por el culo. Y la Chata se queda allí como un pasmarote. Ya os podéis imaginar cómo se pone el padre, la emprende a hostias con el Gordo y lo echa a patadas. Desde lo alto de la escalera le grita que no lo quiere ver más en toda su vida, que ya hablará con su padre.

—Joder, este Gordo es un cenizo de cojones.

—Es de los que pide un bocadillo de queso de Gruyère y le ponen la parte del agujero. Pero espera, que ahora viene lo mejor. Lo de la carroza de la Hermandad de Labradores y Ganaderos...

—Eso te lo puedes ahorrar —trata de cortarle Feldespato.

—¿Por qué? ¿Porque tú no sales bien parado? De eso nada. La historia sigue... Pasa el tiempo. El padre del Gordo espera a que se calmen las aguas y habla con don Pantuflo. Le cuenta lo de la carroza que monta todos los años la Hermandad de Labradores y Ganaderos para el Día de la Raza. Él preside la Hermandad y la junta directiva quiere que sea una carroza juvenil.

—El futuro de la Raza.

—Exacto. Le propone a don Pantuflo que su hija vaya en ella de reina, y que el propio Gordo conduzca el tractor que tira de aquello. Así se verá que los chicos se comportan, cada uno en su sitio, bla, bla, bla. El otro se hace de rogar, pone mil inconvenientes, ya sabéis que don Pantuflo es un pesado, un verdadero plomo. Pero al final se le hace el culo agua, se imagina a su hija allí arriba, entronizada delante de todas las autoridades que la verán desde el balcón del ayuntamiento de la capital. Y dice que vale, que de acuerdo. Casimiro Saldaña le explica la copla a su hijo, le deja al Gordinflas el tractor para que afine la conducción, le dice que esta vez a ver si espabila.

—Ostras, Pedrín, llevar ese tanque por media ciudad, vaya plan...

—No creas. Es fácil, va muy despacio y el Gordo se siente un machote. Ni se lo cree, en su puta vida se ha visto en otra igual. Total, que Susanita Magefesa va vestida de reina Isabel la Católica, sentada en un trono con un gran globo del mundo, donde se ven España y América. Y luego han puesto la carabela Santa María, con mástil y todo el coplero. En las velas, el escudo de la Hermandad. Y al frente, marcando el rumbo, un fraile. Este es de verdad, ese gafoso del convento de Santo Domingo que alguna vez nos vino a predicar. Para que ponga orden. Y junto al fraile, unos chavales del colegio vestidos de conquistadores, con un calzón de esos con rajas de colores, yelmo y un peto de hojalata. No veas qué pintas.

—Unos maricas abollados.

—Claro que peor lo tienen los otros que hacen de indios, con mallas color carne, plumas, taparrabos y una lanza.

—Las almas salvadas por la Conquista.

—Esa es la idea. El Gordinflas conduce el tractor atento a la jugada. Pero no puede mirar a la vez hacia delante y hacia atrás ni controlar los costados. Es mucha nave. Y ha pedido a este, al Feldespato, que haga de copiloto, en el asiento que lleva, así como de lado, atravesado. Cuando haya algo, un árbol, los hilos de la luz o lo que sea, le tiene que avisar de las maniobras. Pero ya sabéis que Feldespato no juna ni con esas gafas de culo de vaso que lleva.

—No es verdad —salta el aludido—. Sí que veo, lo que pasa es que me distrajo mi hermana.

—Calla, cegato, que eres como la perra de Blas, que se pone a mear cuando salta la liebre. Fuiste tú quien se enrolló a hablar con tu hermana, que yo estaba allí. En cuanto la viste, empezaste a gritarle: «Dile a madre que me guarde un buen trozo de tocino con los garbanzos, que no me gustan solos y llegaré con hambre...». Bla, bla, bla... En ese momento la carroza tiene que ir bien centrada, porque pasa bajo el arco triunfal que se arma frente al balcón del ayuntamiento. Por fuera parece de poca preocupación, porque está todo forrado de ramas de boj, el escudo de la ciudad, unas coronas de laurel, con todas las banderitas. Pero dentro lleva un armazón de hierro de no te menees.

Los que están en el balcón del ayuntamiento tratan de advertir al Gordo para que se centre bien, porque va escorado. Ya es tarde. Uno de los mástiles de la carabela Santa María se ha enganchado en el armazón de hierro del arco triunfal. El Gordinflas no se percata y tira palante. Se oye un crujido, el palo mayor se rompe y cae sobre la cresta del fraile dominico. Los indios y los conquistadores lo dejan solo ante el peligro, salen de estampida. Pero Susanita Magefesa no puede moverse, está entronizada, empotrada con un vestido larguísimo, de aquí a Lima. Y cuando se le viene encima el resto de los palitroques y las velas, está a punto de tener una desgracia. Al final, el arco se tambalea, pero aguanta. Porque si se les llega a caer encima, allí hay muertos. Ahora la gente ya no grita, se ríe, que es peor. Don Pantuflo está indignado con el Gordinflas y su padre. Han estado a punto de matarle a la hija de sus entrañas, la viva imagen de su difunta esposa. Se la han descalabrado y dejado en el ridículo más espantoso ante todas las autoridades que abarrotan el balcón municipal, atentos a la supercarroza.

—O sea que ahora Susana y el Gordo ya no son novios.

—Equilicuá. A ella la han metido en un internado con las monjas. ¿Y a que no sabes con quien han visto al Gordinflas?

—Ni idea.

—Con Candela.

—¡No me jodas!

—Como lo oyes. Esa ya andaba al quite. Además, a él quien siempre le ha gustado de verdad es Candelita. Y fue la primera en ayudarle el otro día, cuando le estalló el bote de carburo. El Gordo no gana para percances. Está nervioso, descentrado, desde que no se la menean en condiciones.

Aquello lo vio el propio Miguel, no necesita que se lo cuenten. Jesús ha hecho un hoyo en el suelo, echa agua en las piedras de carburo y pone encima un bote vacío de leche condensada La Lechera, con un agujero. Lo ha colocado boca abajo y tapado bien con barro alrededor, para que no respire más que por arriba. Las piedras de carburo caen en el agua y el Gordo cierra con el dedo el agujero del bote, mientras se forman los gases. En la otra mano tiene un palo con un papel al que ha prendido fuego.

Pero no ha calculado bien. El palo es demasiado corto, no se aleja lo suficiente, el bote sale disparado y le da en la cara. Empieza a sangrar. La primera en reaccionar es Candela. Se agacha junto al Gordo y le limpia la herida con un pañuelo. A Miguel le recuerda una película de fieras donde la chica, una rubia de campeonato, echaba mano de su enagua y cortaba una tira para vendarle al chico el zarpazo de un león.

5

Aquel verano no tendría por qué haber sido distinto. Tienen controlados todos los árboles en los que va madurando la fruta, la piedra del lobo aúlla con el cierzo y canta con el bochorno... Sin embargo, ya nada es lo mismo.

Miguel va a entrar en el instituto. El resto de la pandilla no estudiará. Pero a todos se les interpone el desconcierto de la huida hacia algo que apenas vislumbran. No saben cómo lidiar con unos cuerpos que los desbordan, aquel cúmulo de sensaciones. Las confidencias apenas aligeran la carga de los nuevos descubrimientos. Su núcleo más íntimo, lo que los hará ser ellos y no otros, es fruto de la soledad.

Lo comprueba ese mismo domingo. Hay baile en el bar de Paco el Manco, junto al río. Su madre le está ajustando ante el espejo los pantalones largos que debe llevar al día siguiente.

—¿Puedo ir a la verbena?

—¡Qué presumido eres, hijo mío! Aún no he terminado de arreglártelos y ya quieres que te vean las chicas.

No siente el más mínimo deseo de unirse a la pandilla. Son un hatajo de animales. Se reirán de él y le harán alguna barrabasada.

—¿Por qué no vienes conmigo? —propone a Irene.

—Ya estoy muy mayor. ¿Y qué dirá tu padre? A él no le gustan estas cosas.

—Pero si va todo el barrio...

Insiste hasta convencerla.

Cuando entran en el patio adornado con banderitas de papel de seda y serpentinas, percibe los sentimientos encontrados de su madre. Su mezcla de orgullo y pérdida. Él mismo desea que lo traten como a uno de los mayores. Pero también sabe que está siendo expulsado de la infancia y una vez fuera ya no tendrá vuelta atrás. Le asusta el precio que deberá pagar. Dejar de vivir en el presente, esa sensación tan asequible cuando se es niño, y luego imposible de alcanzar.

No hace caso de la pandilla, que se ríe de él al verlo con Irene.

—Siga, madre, no se pare aquí, por favor —le pide.

Toman asiento en los bancos del fondo, lo más lejos de aquellos cafres. Ha venido mucha gente. Pero el verdadero sobresalto lo sienten cuando ven entrar a Jorge Atienza.

—Mire, es ese hombre.

—No señales con el dedo, Miguel.

—Creo que nos ha visto y viene para acá.

—No le mires.

Su madre vuelve la cara mientras la orquesta se arranca con un bolero.

Cuando Jorge se aproxima, antes de que pueda abrir la boca, Irene agarra con fuerza a Miguelito y lo arrastra hasta la pista de cemento.

—Pero si yo no sé —protesta él.

—Yo te llevo, verás qué fácil es.

Atienza, frustrado, retrocede hasta el fondo y se sienta en un banco.

Irene ha empezado el baile con empuje, lo hace muy bien. Se mueve con seguridad entre las parejas. Pero, poco a poco, a medida que el vocalista avanza en el tema, pierde fuelle. Miguel nota su temblor.

—¿Le pasa algo, madre?

—Nada, que esta canción me trae recuerdos tristes.

Cuando acaba, la acompaña a sentarse en el banco y le pregunta:

—¿Le traigo una limonada?

Ella asiente, saca el monedero y le da un par de pesetas rubias.

Está recogiendo las vueltas en el mostrador, cuando una mano se posa en su hombro.

Se vuelve y es Candela.

—Mira qué bien, ya tengo pareja —dice ella con una gran sonrisa.

Está radiante. Lleva un vestido rojo muy ceñido y zapatos de tacón a juego, que la hacen más alta, más mujer.

Miguel está confuso:

—Espera, que ahora vuelvo.

Lleva la limonada y las vueltas a su madre y le dice que va a bailar con Candela. Irene niega con la cabeza, se opone con firmeza.

Pero la muchacha ha venido tras él, lo toma de la mano y lo arrastra hasta el centro de la pista.

—Estás muy guapo con pantalones largos. ¿Y eso?

—Mañana empiezo en el instituto.

Se pega a él, como otras veces, para marcarle los pasos. Es muy distinto a bailar con su madre. A Miguelito le fascina la flexibilidad de su cintura, el modo en que se mueve cuando sus caderas están juntas. Se deja llevar.

Cuando acaba la música, ella le retiene.

—Otro baile.

Miguelito mira hacia su madre, que le hace señales para que vuelva junto a ella. Pero Candela no lo suelta. Ya ha empezado una nueva pieza, muy lenta, y se aprieta contra él, llevándolo hacia la zona más alejada y oscura.

Siente sus pechos, la rodilla que le mete entre las piernas, la cabeza en su hombro, mejilla contra mejilla, y el intenso olor de su pelo. Su calor le sube por todo el cuerpo. Le avergüenza que pueda notar su erección. Ella se da cuenta y le sonríe con picardía.

Hasta que, de pronto, siente un tirón brusco.

Es su madre, que mira furiosa a la chica. Pero es a él a quien se dirige:

—Tienes que acostarte pronto para ir mañana al instituto.

Candela se enfrenta a Irene, desafiante.

—Déjele terminar el baile, *señora*. No me lo voy a comer.

A la madre le exaspera el descaro de la muchacha, el retintín con que ha dicho *señora*.

Le da la espalda llevándose a Miguel.

Candela se adelanta y les cierra el paso, furiosa ante el intento de Irene para ignorarla.

—Déjele decidir a él, *señora*.

Irene finge no verla ni oírla. Candela sube el tono de voz. La gente empieza a mirarlos.

La madre esquiva a la muchacha y ella los sigue, hasta la mesa. Cuando la chica empieza a insultarla, le tira la limonada a la cara.

Antes de que la chica se le eche encima, una mano la sujeta con fuerza. Es Jorge, que le retuerce la muñeca y la arrastra hasta la salida. Ella se revuelve con furia, trata de arañarle con la mano libre. Pero Jorge se la sujeta también y la pone de patitas en la calle.

Allí se queda un momento, con la respiración agitada, los pechos subiendo y bajando, desajustado el escote tras el forcejeo. Todos la miran, en suspenso. Ella se recoge con una mano su cabellera roja, echa hacia atrás la cabeza y luego la avanza de golpe, lanzando a Jorge un escupitajo que le da en plena cara.

—Esto por Judas —le dice—. Por lo de mi hermano. Y las

cosas no quedarán así. Por estas, que todo el mundo se enterará de lo vuestro.

Irene no quiere seguir allí ni un minuto más. Jorge trata de acompañarla, pero ella se niega, agarrándose al brazo de Miguelito.

Mientras vuelven a casa, la música de la verbena se va perdiendo, en sordina. Todo aquello le sabe a despedida.

6

Bien de mañana, Irene le da un repaso concienzudo.

—¿Te has lavado bien la roña de los tobillos y rodillas?

—No se van a ver con el pantalón largo —refunfuña Miguel.

—¿Y si te pasa cualquier cosa? Dirán que tienes una madre que es una cochina.

En el camino, no quiere que ella lo lleve de la mano. Se avergüenza de que le acompañe. Si acaso fuese el padre... Claro que bastante ha tenido Ángel con dejarle estudiar.

Una vez en la ciudad, Irene busca las placas con los nombres de las calles, para que se aprenda el recorrido más corto.

Cerca ya del imponente edificio, van encontrándose a otros chicos somnolientos.

Desde lo alto de la fachada principal del instituto se descuelgan las campanadas del reloj, marcando las nueve menos cuarto. Suben las desgastadas escaleras. La puerta se le hace tan grande como la de una catedral. El bedel que la custodia le parece un almirante, todo botones dorados sobre uniforme azul.

La madre pregunta a aquel hombre dónde deben presentarse los de primero. Al fondo, le responde.

Entran más y más alumnos, una riada de niños y cabases.

282

Muchos se conocen, se saludan en ruidosos remolinos antes de distribuirse según curso y aula.

Un pasillo interminable. De su techo, altísimo, cuelgan globos de cristal esmerilado, con las bombillas encendidas.

Al final, un hombre de aspecto severo. Irene le dice su nombre. Él se calza las gafas y lo busca en una lista. Le indica el patio de recreo. Cuando Irene trata de llevarlo de la mano, la ataja con un gesto. Ella no puede pasar.

Su madre lo besa. Le insiste en que no se entretenga cuando termine, en que vuelva a casa enseguida.

Miguel avanza, con paso torpe. No se siente del todo cómodo con los pantalones largos. Ella espera hasta que se pierde pasillo adelante, diminuto bajo los globos de cristal blanco.

Antes de salir al patio, se vuelve para mirarla. La ve allí, parada, sola, con la mano en alto, tratando de sonreír.

Desanda el camino, echa a correr hacia ella y la abraza.

No sabe que es la última vez que la verá.

La mañana pasa rápida, muy rápida.

Cuando sale del instituto, camino de la huerta, se levanta un bochorno recalentado. Huele a hierba seca.

Al atravesar los primeros descampados que borran las lindes entre la ciudad y el barrio, el aire todavía es lento. Al enfilar la carretera, avanzan hacia él torbellinos de polvo. A la vista del monte Corvo, la luz se ofusca. Cuando llega a la Solana, los árboles aquietan sus ramas abruptamente, bajo un cielo lívido. Los perros corren a refugiarse con el rabo entre las patas, las picarazas se ponen a cubierto bajo las hojas de las higueras.

A lo lejos parpadean los relámpagos, entre nubes negruzcas. Le sigue el crepitar seco de los rayos, barriendo el cielo como radiografías. Uno de vivísimo color azul se perfila contra la ermita. Un trueno descarga y se prolonga pedregoso, con un estallido final.

Cuando entra en la huerta empiezan a caer las primeras gotas. Se hunden en el polvo del suelo reseco, entre pequeños cráteres.

Mientras corre hacia la casa, arrecian, burbujean, hinchándose en pompas relucientes.

Su padre y Toño llaman a Miguel desde el cobertizo, le hacen un hueco. Ángel está muy inquieto. No deja de mirar a la carretera.

—Vuestra madre ya debería haber llegado.

—¿No ha vuelto?

Ángel niega con la cabeza. Han visto en alguna ocasión ese desamparo suyo, cuando Irene tarda en regresar de la ciudad. Y luego su alivio cuando entra por el portón.

El aguacero resuena con furia sobre las tejas, se precipita desde los aleros, gorgotea en los canalones.

Una cortina de agua tapa la vista, aplasta los campos.

Después, el diluvio. La corriente que baja furiosa desde la cañada desbordando el aliviadero, uniéndose a la que arrasa la carretera, atropellándolo todo.

Un ruido les alerta: se ha derrumbado la tapia. Su padre les cubre la cabeza con sacos de arpillera, les entrega un par de picos, coge él mismo un mazo y corren hacia allí. Tienen que ampliar el portillo para dejar paso al agua y evitar males mayores.

El resto de aquel día agotador es ya un agujero negro en su memoria.

Mientras hay luz, el padre no deja de otear la carretera, que ahora está cortada en el tramo de la huerta y su vaguada, aislando la Solana.

Al oscurecer, rendidos, entran en la casa. Está fría y húmeda. Ángel trata de preparar algo para la cena.

La ausencia de Irene es clamorosa. Nunca han visto vacío su lugar en aquella mesa.

—Pero ¿dónde está madre? —insiste Miguel.

Toño le da una patada por debajo de la mesa.

Tras la cena, el padre se levanta. Sale al cobertizo y permanece allí largo rato. Miguel ve el ascua de su cigarro, brillando en la oscuridad. Le parece escuchar un sollozo.

A medianoche deja de llover. Nunca pareció la cañada tan maligna, entre los asaltos de la oscuridad.

Nota que su hermano rebulle en la cama. Debe estar despierto, desvelado. Evitan hablarse.

Cuando cae dormido tiene aquel extraño sueño, que le perseguirá durante años. Está buscando lombrices para pescar, junto al pozo. Oye una voz detrás de él. Durante un segundo le parece escuchar a su madre. Se vuelve y no ve nada. Debe cavar más hondo, más hondo, le dice aquella voz. Hunde la azadilla. El suelo no parece de tierra, se mueve flácido, inestable, como las arenas movedizas. Es una masa viscosa. Miles de lombrices pululan, enroscadas. Está aterrorizado, es imposible salir de allí sin ser engullido. Ve una escalera de madera. Intenta llegar a ella. Se sujeta, pone el pie en un peldaño, luego en otro. Sube, sube, pero la escalera va hundiéndose en aquella masa purulenta, siempre queda a ras de ella. Pierde el equilibrio. Resbala y va a dar contra el borde del pozo, erizado de cristales... Entonces se despierta y está lleno de sudor.

A la mañana siguiente, su padre ya se ha levantado, con el sol. Trata de cruzar la riada para ir a la ciudad. Pide a los bomberos que le pasen en su barca hasta el otro lado.

No recuerda bien los días que Ángel hará ese recorrido, en los días sucesivos. Pero sí su angustia, el desánimo cuando nota que ya no le reciben como al principio. Hasta don Santiago, el administrador de la marquesa, empieza a esquivarle.

Sobre todo cuando se corre la voz de que Irene se ha marchado con Jorge Atienza, aquel pintamonas que no era trigo limpio. Los dos han desaparecido a la vez. Demasiada casualidad. Y nota la mezcla de lástima y desprecio con que cierran la puerta ante él.

Solo más tarde sabrá Miguel que los rumores corren por el barrio desde hace días. Los han difundido Candela y Jesús el Gordo. La gente guarda silencio delante de Ángel, de Toño y de él, pero lo advierten en sus miradas.

Su padre se va hundiendo en una soledad que lo devora. Se mete todavía más en sí mismo.

Ahora, al cabo de tantos años, Miguel se da cuenta de lo que supone la desaparición de un ser querido. Es mucho peor que su muerte, que termina trayendo cierto sosiego. Una ausencia así, por el contrario, obliga a preguntarse por él todos los días, por qué se marchó, si lo hizo o no por voluntad propia. Y, en este caso, cuáles eran sus verdaderos sentimientos.

Miguel trata de hablar de ello con Toño, pero este se cierra en banda y le advierte de que por nada del mundo saque el tema delante de su padre.

Ángel se refugia en la reconstrucción de la tapia, en desatascar las acequias. Sigue pendiente de la carretera. De tanto en tanto se endereza y alza la vista. Quizá ha visto a una mujer que le recuerda a Irene.

Cuando coinciden en las comidas, se crea un clima enrarecido. Aquel inabordable agujero negro los disgrega aún más. En familia rara vez se habla de las cosas verdaderamente importantes, las que más duelen.

Nada vuelve a ser lo mismo entre él y Toño. ¿Qué son ahora el uno para el otro? Ni siquiera hablan el mismo lenguaje. Y su hermano está a punto de irse a la mili. Miguel también escaparía de aquel agobio, si pudiera.

El padre aún tarda en ir retirando las cosas de Irene, para meterlas en el baúl que llaman *el ataúd*. La primera que quita es la colcha de la cama, la que lleva el trovador bordado con hilo dorado.

Durante varios días los trapos de cocina, y la ropa interior que su madre había puesto en el tendedero, quedan allí abandonados, agitados por el viento, dando trallazos. Hasta que un día su padre agarra un hacha y corta las dos ramas que sujetan el alambre.

Otro día Miguel sorprende a Ángel vareando el colchón de lana de la cama de matrimonio para borrar la impronta de la esposa ausente, el vaciado de su cuerpo tendido junto al suyo. Pero las huellas de Irene no desaparecen de su memoria.

Les acongoja la casa, silenciosa a media mañana, mientras empieza a darle el sol y adquiere su extraña densidad, esa gravitación de las cosas usadas. La mudez de los muebles, las maderas descentradas, el pomo blanco de porcelana, la jarra de cristal prensado, el vasar para los platos desportillados, los vasos rayados por el estropajo. La mesa con un tapete de hule a cuadros blancos y rojos, ajustado en las esquinas hasta romperse, desgastado en los lugares donde suelen poner los codos. La máquina de coser abandonada, los cajones de las cómodas donde las prendas yacen ahora como mortajas. El viejo armario en cuya puerta la madre fue haciendo rayas cada vez a mayor altura, a medida que los iba tallando. Una serie de fechas va registrando su crecimiento y el de Toño, el uno con tiza blanca y el otro con la azul de los patrones de costura...

Su padre se vuelve aún más ausente, la mirada extraviada, como si no hubiese nadie detrás de sus ojos. Cuando ese año viene Hermógenes a podar los árboles, Miguelito lo ve desde una ventana. Ángel lo recibe sacudiendo la cabeza, en una negativa sin fisuras. El recién llegado trata de explicarse, señala la huerta, echa mano a una rama. Pero todo es inútil. El padre le corta en seco y el podador da la vuelta y se aleja con su animal.

Luego Ángel empieza a hacer injertos a lo loco, malogrando los frutales. Solo deja intacta la morera. No le toca ni una rama.

7

Maroto se tapa la cara para que no le deslumbre el foco. Espera a que Toño baje la intensidad de la luz y le ajuste el micrófono. Prueba el sonido y confiesa:

—Preferiría no tener que volver a hablar de esto, y menos con esa cámara grabando. Pero tarde o temprano había que hacerlo. En fin, vamos allá... Cuando sucedió todo aquello no me pareció que fuera el momento de echar leña al fuego. Yo quería evitaros los rumores, para no enconar más la herida. Me sentía un poco responsable y tú estabas a punto de irte a la mili, procuraba no comprometerte, evitarte problemas. Sé que no me creíste entonces, y tampoco podía decirte más, la policía me había pedido discreción, dejar que todo se calmase. Entre otras razones, porque el Ceuta era confidente suyo. En ese momento yo no tenía ni idea, me enteré mucho más tarde. Chon tampoco sabía nada. Pero Candela sí. Desde que se lio con él, supongo que para vengarse de su madre. Le echaba en cara que no hubiera sido capaz de evitarle el reformatorio al hijo, ya sabes que la chavala estaba muy unida al Salva. Y bueno, las mujeres son complicadas para estas cosas. No sé cómo decirte, pero hay edades en que las madres y las hijas son las peores enemigas. Por ejemplo, cuando Chon iba por la calle y empezó a darse cuenta de que los hombres, en vez de mirarla a ella, se fijaban más en su hija.

»Para mí que la historia ya se había liado mucho con ese desgraciado del Ceuta. Sobre todo cuando se benefició a Candela y lo supo su madre. A la chica la dejó seguir viviendo en casa, al fin y al cabo era su hija y alguien tenía que llevar la tienda de tebeos. También Candela le echó los perros al Ceuta, por bocazas, vago e inútil. Pensó que se había ido de la lengua. Siguieron viéndose, pero al cabo de un tiempo lo dejaron, porque ella se ennovió con Jesús, el hijo de Casimiro Saldaña, al que vosotros llamabais el Gordo. Y terminaron casándose.

»Bueno, a lo que iba. El Ceuta siempre fue un cero a la izquierda. Toda la fuerza se le iba por la boca. En cambio Candela averiguó cosas sobre Jorge Atienza. Y empezó a pinchar al Ceuta para que se enterase de más detalles, preguntando a los policías. Y luego echó mano de Jesús, le pidió que siguiera a Atienza. Ella sabía que Jorge iba mucho a esa imprenta donde nos tiraban los programas de mano. Los visitaba a menudo, ya lo sabes, porque alguna vez fuiste con él a llevarles los originales o controlar las pruebas. Era algo normal, o sea que esas idas y venidas no levantaban sospechas. Pero otras cosas las hacía de estranjis. Porque también tiraban panfletos subversivos. Y Atienza los ocultaba aquí, en el cine. Luego, los hacían circular en las latas y en las sacas de películas.

»Sí, ya sé que tú no estabas al tanto, que todo era a tus espaldas. Y a las mías, claro. Resulta que el otro proyeccionista había sido de la CNT. Estos jodidos anarquistas andaban por todos lados. Y tú les venías muy bien como tapadera, porque si llegabas a descubrir algo no los ibas a denunciar. O sea que estos cabrones estaban abusando de uno, con todo lo que yo hice por ellos. Para que te fíes.

»Candela también conocía la imprenta. Ella y su hermano recogían papel y cartón, ejemplares defectuosos, esas mandangas. Y ahí se levantó la liebre. No sé cómo lo hizo, pero la chica llegó a saber que entre los paquetes que Atienza había traído al cine iba material clandestino. Ella precipitó las cosas y dio el soplo. La policía creyó llegado el momento de intervenir. Decidió registrar la guarida de Jorge en el cine. Vinieron a avisarme. Sabían que yo era persona de confianza, imagínate, mi familia, carlistas de toda la vida. No querían aparecer de buenas a primeras y montarme un lío. Si se podía hacer con discreción, sin escándalos, mucho mejor. Cuando me lo dijeron, me cabreé con Atienza, por comprometerme. Pero me callé como un puta, intenté mantener la cabeza fría. Pedí a la policía que estuvieran a la espera, que yo controlaba aquello. Intentaban pillarlos con las manos en la masa, coger a todo el grupo. Yo les avisé de un lunes en que Jorge no estaría en el cine, y quedaron en venir ese día, a primera hora de la mañana. Y a ti te mandé a hacer recados, para que tampoco estuvieses presente. Como te decía, quise dejarte al margen y evitarte problemas.

»Pero la policía se retrasó, y cuando volviste aún estaban en plena faena y ya no había quien detuviera la operación. Viste el coche, el bocazas del portero te contó lo que pasaba y saliste corriendo. Yo enseguida me di cuenta de que ibas a avisar a Jorge.

»Un momento. Para ese trasto un momento, que tengo que ir al baño. Ahora vuelvo...

»Bueno, ¿nos queda mucho? ¿Por dónde andábamos? ¿Tu madre? ¿Me preguntas por tu madre? Eso debió ser un poco más complicado. Al cabo del tiempo supe que ella se había encontrado con Candela en la plaza de abastos. No sé cómo sería aquello. ¿Qué dices? Ah, que Irene acababa de dejar a tu hermano Miguel en el instituto. Bueno, por lo que fuese. El caso es que discutieron. Se tenían ganas. Según Candela, se calentaron e Irene la llamó de puta para arriba. Ya sabes cómo era esa muchacha, que no respetaba nada. Le dijo a tu madre que se iba a enterar, que se las iba a pagar todas juntas por lo que le había pasado a su hermano en el reformatorio. Y que ahora ni su hijo Toño ni ese Jorge con el que ella estaba liada se iban a librar, porque los había denunciado y para esas horas la policía ya habría registrado el cine. Que si quería ver lo que pasaba, que fuese allí.

»Cuando tu madre llegó al cine Frontón y le preguntó por ti al portero, este le dijo que te habías ido a la carrera para el chalé del indiano. Ella pensaba que si aparecías comprometido ahora, con los antecedentes de lo que pasó con el cartel aquel de la Virgen de Fátima, te meterían en el reformatorio, y acabarías como el Salva. Y salió pitando hacia el chalé ese, a sacarte de allí.

»Y a partir de ahí ya no te puedo decir lo que pasó. En ese momento no me enteré de mucho más. Ni siquiera me acabo de aclarar ahora, si te he de decir la verdad. Allí había mucha marejada de fondo. Tampoco supe nunca más de Jorge Atienza. Como si se lo hubiera tragado la tierra. Ya sabes lo que fue diciendo por ahí Candela, que él y tu madre se habían ido juntos, que ya se conocían de antes y que Jesús había visto a Irene salir detrás de vosotros dos, Jorge y tú, que ibais al apeadero del tren por un atajo que había en la cañada. ¿Es eso cierto?

»Ah, bueno. O sea que sí, que acompañaste a Jorge hasta que se escondió en el vagón de un tren de mercancías. Pues lo que dijo Candela es que tu madre llegó al chalé del indiano y vio que no había nadie. Y que al salir se encontró con Jesús, que estaba arando con el tractor una finca que tienen al lado. Y que al preguntarle por ti, él le dijo que te había visto junto con Jorge Atienza, que ibais hacia el apeadero, y que si se daba prisa aún podría alcanzaros. Y claro, como ni Atienza ni tu madre dieron ya señales de vida, pues parecía llevar razón y que se habían marchado juntos en algún tren.

»Yo le pregunté a don Santiago, el administrador de la marquesa, y me dijo que él no sabía nada. Como te comenté, tendrías que hablar con esa señora, si todavía vive... Ella dejó de venir cuando se le murió la hija esa que tenía, tan estropeada, la pobre. Y vendió el chalé del indiano. Para qué iba a conservarlo. Una vez que se hubo marchado Jorge Atienza, nadie lo cuidaba ya en condiciones. Don Santiago no quería vendérselo a Casimiro Saldaña. Siempre les había estado haciendo la vida imposible. Pero ofrecía un buen precio. Todo para que al final, cuando ese hombre murió, su hijo, el Gordo, montase allí un puticlub. Qué jodida es la vida...

8

—Voy, voy, no te impacientes. Ya voy a lo que a ti te interesa, lo que hubo entre Jorge y tu madre. Déjame que me ponga un poco de colonia en la frente. Me refresca y me olvido de este olor a vieja que tiene una. No hay quien se lo saque de encima.

En la casete se oye el prolongado suspiro de la anciana. Por fin parece que la marquesa entra en materia.

—Como te dije, allá hacia 1935 él llevaba su vida en Madrid. Y aunque se dejara caer por casa de sus padres de vez en cuando, se ganaba la vida solito, dibujando y pintando. Y en eso que llegó la nueva chica. Esa criada era Irene, tu madre. Debieron coincidir luego en La Bombilla, algún merendero, baile o verbena. Los dos eran jóvenes.

»Enseguida llegó la guerra. Al principio aún había cierta normalidad en aquel Madrid medio sitiado. Pero con el otoño todo se complicó. Las bombas caían sin parar. Y los padres de Jorge murieron en uno de los bombardeos. Irene no estaba en casa en ese momento.

»Yo, como la mayoría de la gente de nuestra clase, no tenía costumbre de buscarme la vida. Siempre he sido una inútil, las cosas como son. Cuando me tropezaba a amigos aristócratas vestidos con mono y calzados con alpargatas hacíamos como que no nos conocíamos. Pero estábamos aterrados.

»Un día iba con Jorge y nos encontramos a una manicura muy chismosa y muy roja, que me reconoció y miró como extrañándose de que yo aún siguiera viva. Cuánto odio, Dios mío. Jorge me dijo que debía mudarme con Irene, a una casa barata de alquiler. Ellos me salvaron.

»Irene regresó al pueblo a finales de 1936. Le llegaron noticias de que su madre estaba enferma. Tuvo que ser terrible para ella encerrase allí, después de haber vivido en una gran ciudad como Madrid. Cuando me dijo que se iba, las dos lloramos, una llorera tremenda. Yo la apreciaba mucho, quise tener un detalle, y le regalé esa colcha con el trovador. Sabía que a ella le gustaba, era lo único que tenía a mano, me la había llevado conmigo y mi casa estaba requisada. Pero no la aceptó. Me pidió excusas, no quería hacerme un feo. Temía que si la pillaban con algo así la acusaran los del bando nacional de haberla robado.

»Siempre pensé que había algo entre ella y Jorge. Hacían muy buena pareja, al menos en aquellos momentos, en que habían caído tantas barreras. Después las cosas cambiaron. Total que ahora los dos quedaron incomunicados, cada uno en un bando distinto. No se pudieron despedir, porque Jorge llevaba varios días fuera. Irene me dejó una carta para que se la diese, y eso fue todo. No sé qué le diría.

»Poco antes de que entraran en Madrid las tropas de Franco, él vino a despedirse de mí. Le pregunté qué pensaba hacer. Me dijo que pasar a Portugal. Pero que antes iba a visitar a tu madre, al pueblo, y proponerle que se fuese con él. Le di la colcha para que se la llevara a Irene. A mí me parecía muy arriesgado un viaje así, fíjate, a un pueblín tan pequeño, por lo que yo sabía. No tienes donde esconderte. No sé lo que pasaría entre ellos, pero luego me contó Jorge que casi lo pillan. Se libró porque Irene lo metió en su casa.

»Ahí las cosas se complicaron... Al parecer, tu padre no tardó en llegar, también. Quizá incluso coincidieran. No lo sé. Tendrás que preguntar a la gente de allí. Se casó con Ángel, de golpe y porrazo. Todo muy precipitado. Y enseguida naciste tú.

»Yo también me casé. Con un aristócrata portugués, bastante mayor que yo, que quería mantener al apellido, tener descendencia, un varón. Y durante el embarazo nos instalamos en Estoril. Como te dije, tuve complicaciones en el parto, fui a Fátima con la niña y prometí que si todo iba bien encargaría una imagen de la Virgen. Mi marido consiguió la anulación del matrimonio y se desentendió de nosotras.

»Fue en Estoril donde volví a encontrarme a Jorge. Se ganaba la vida pintando. Un poco de todo. Se le daban muy bien los retratos y también las caricaturas. Pero llegó un momento en que se cansó de aquel ambiente. Quería volver a España, a Madrid, donde yo había regresado. Me pidió que tanteara la situación y me pareció viable.

»Creo que el regreso no fue lo que se esperaba. La gente se le hacía extraña, no parecía la misma. Le ofrecí mi casa, recomendarle a mis conocidos, lo que hiciese falta. Pero ya digo que él no quería ser una carga. Intentó volver a los carteles de cine o los decorados de teatro. Pero no lo consiguió y tuvo que conformarse con los tebeos.

»¿Qué me dices? ¿Que todo eso te lo contó? ¿Qué es lo que te interesa, entonces? Ah, lo que pasó después. Vamos a ver... Déjame que recuerde...

»Algún tiempo después, Santiago, el administrador de la Solana, me vino a ver a Madrid para contarme cómo iban las cosas por allí. Estaba todo muy abandonado. Me insistió en la necesidad de no perder nuestros derechos sobre los terrenos que teníamos. Su idea era llevar unos medieros de fuera, que no estuvieran bajo la influencia de ese Casimiro Saldaña, que lo mangoneaba todo. Yo sabía que tu madre no estaba a gusto en el pueblo, me había escrito. Le ofrecí instalarse allí, en buenas condiciones. Ella conocía el lugar, habíamos estado en el verano de 1935, con Jorge y su familia. Tus padres estaban cansados de murmuraciones y querían un futuro mejor para los hijos. Yo les di todas las facilidades.

»Lo malo fue lo que sucedió año y pico o dos años después de que os instalarais allí. Alguien había denunciado a Jorge por su pasado, cuando pintaba carteles para los rojos y todo eso. Lo encarcelaron. Yo le avalé, y para soltarlo me dijeron que no podía seguir en Madrid ni en ninguna ciudad grande, donde pudiera estar en contacto con grupos clandestinos. Vamos, un destierro, del que yo respondería como avalista. Él me pidió entonces ir a la Solana.

»Traté de disuadirlo, le insistí en que allí estaba Irene, casada y con dos hijos y que buscaríamos otro apaño. Pero él insistió. Era urgente que lo sacasen de la cárcel porque allí corría peligro, y luego ya se vería. Me dijo que él podía instalarse en la casa del indiano, que había construido mi abuelo y ya había reparado su padre, el padre de Jorge, quiero decir. Sería algo temporal, mientras buscábamos algo mejor o escapaba a Francia. No pude negarme. La ventaja que tenía la Solana es que el administrador, Santiago, era un hombre muy del Régimen. Fue él quien le buscó trabajo en el cine. Eso sí, a Jorge le hice prometer que mientras estuviese en la Solana se mantendría al margen de Irene. También avisé a vuestra madre de lo que pasaba, hablé con ella por teléfono.

»Cuando os vi año y pico después, el día de la entronización de la Virgen en la ermita, me tranquilicé. Me pareció que todo estaba en orden. El error que cometí fue llevar a esa chica, Candela, a casa, para que cuidase de mi pobre niña. Debió ver alguna foto de Jorge e Irene juntos. Y se metió por medio.

»Santiago me dijo la que se lio. La desaparición de Jorge podía haber pasado más desapercibida. Pero al coincidir con la de tu madre aquello se complicó. No sé lo que haría, supongo que pasar a Francia. Nunca supe más de él. ¿Por qué no dio señales de vida? La gente dijo que porque estaba con Irene. A lo mejor es que Jorge pensó que lo habíamos traicionado. No lo sé.

»¿Me preguntas por lo que pasó en el pueblo en 1939? ¡Huy, hijo mío! Eso te lo tendrán que contar otros.

9

—¿Usted, Modesto, no volvió al frente?

—Las heridas del mortero que mató a Ismael me habían dejado bastante maltrecho y ya me quedé en el pueblo.

—O sea que usted estaba aquí, en Castañares, al final de la guerra. ¿Y qué es lo que pasó?

—Pues verás. Un día yo estaba en el monte, cuidando el ganado, cuando vi venir a lo lejos a un hombre que no parecía ser de por estos andurriales. A pesar de que venía un poco roto por todo lo que debía haber pasado, se le veía de buena familia. Y por el modo de hablar, ¿me entiendes? Ves que se maneja bien, que tiene estudios. Eso se nota, ya lo creo. Una persona bien criada. De la ciudad. En aquellos momentos, cualquier precaución era poca. Me puse en guardia. Él lo debió notar, empezó a saludar desde una buena distancia, para tranquilizarme. Cuando llegó a mi altura, me preguntó por el pueblo, si quedaba por allí Castañares. Le dije que yo vivía en él y le señalé hacia aquí. Y ya, de sopetón, me preguntó por Irene. Que si estaba en su casa. Ahí no dije nada, remoloneé. Yo sabía que sí, que tras la muerte de su madre, a la que había estado cuidando, ahora vivía sola. Pero, como digo, había que andarse con cien ojos, en aquel momento.

—¿Le pareció sospechoso aquel hombre?

—Más bien inspiraba confianza, pero yo tenía mis dudas de entrar en esos detalles con un desconocido. Él me explicó quién era. Se llamaba Jorge Atienza y preguntaba por Irene porque la había conocido en Madrid hacía cosa de tres años antes, o cuatro. Y para que no hubiese dudas, me enseñó una foto en la que se los veía juntos. Ahora iba camino de Portugal y necesitaba verla. Yo pensé que tenía que tener muy buenos motivos para arriesgarse de aquel modo. Además, aquel hombre estaba fiándose de mí. Y tonto no parecía, porque había tenido la precaución de darse a conocer a distancia del pueblo, ante un pastor aislado con su rebaño, que no podía abandonar el ganado para irse a denunciarlo, si las cosas se torcían. Decidí ayudarlo. Algo le había oído a mi mujer sobre aquel hombre, que se había portado muy bien con Irene. Le di algo de comer y le enseñé un chozo de pastor donde podría pasar la noche. Quedamos en que al volver al pueblo yo hablaría con Irene y con lo que dijera le traería a él su recado al día siguiente. Se lo conté todo a mi mujer, fuimos a ver a Irene y por su reacción entendimos que algo había, porque insistió mucho en ayudarle. Descartamos que ella fuese a verlo al chozo, habría despertado sospechas. Quedamos en que esperaríamos a la noche para llevarlo hasta su casa, de modo que nadie lo viera.

—¿Lo tuvieron escondido en casa de mi madre?

—Verás. Ella me pidió que le ayudara a pasar la frontera con Portugal, pero controlando antes cómo andaba el monte, para calcular la mejor ruta. Yo conocía bien aquello y le prometí echar un vistazo. Entre tanto, ella lo escondería.

—¿No era muy arriesgado?

—En principio parecía cosa de dos o tres días. Pero se complicó. Los pasos estaban muy vigilados en ese momento, tuvimos que esperar. Y, para acabar de arreglarlo, en eso que volvió al pueblo Ángel. Estuvimos hablando, me preguntó por Irene, y le conté las murmuraciones que habían corrido sobre él e Ismael, que había muerto porque él no lo había cuidado, que vaya un amigo... Se empeñó en ir a verla de inmediato, para contarle la verdad. Intenté que lo dejara estar, convencerle de que ya se lo había dicho yo, y que no era el mejor momento, que dejara pasar el tiempo y esperase a encontrarla por la calle, algo que no la pusiera en un compromiso. Daba igual, tu padre era muy cabezón. Por si acaso, Balbina y yo avisamos a tu madre: cuidado con este, que cualquier día se te planta en casa. Y, efectivamente, eso hizo. Ángel fue a ver a Irene. Ella lo recibió mal, quizá ahí él tuvo poco tacto. Entre lo que le habían contado a ella de tu padre con Ismael y los nervios de tener al otro escondido, Irene estaba rara, y tu padre receló. Notó que allí pasaba algo. Se fue muy escocido, él que había pensado en pedirle relaciones a tu madre, porque siempre le había gustado y se lo había prometido a Ismael antes de morir.

—¿Cuánto tiempo duró esto?

—No mucho. Las cosas se calmaron en la frontera y Jorge Atienza y yo pudimos prepararnos para pasar a Portugal. Con lo que no contábamos es con que una vecina dijo que había visto a un hombre en casa de tu madre, y empezó a chismorrear. Para cuando quisieron meter baza el alcalde y el cura, Atienza ya estaba en Portugal. Pero tu madre seguía en el pueblo, muy expuesta. Y ahí es donde tu padre demostró tener muchas agallas. Él podía salir al quite, era un veterano de guerra, tenía varias medallas y eso imponía un respeto.

—¿Mi padre fue condecorado?

—Cuatro veces, creo. Una Medalla de la Campaña, dos Cruces Rojas del Mérito Militar y una Cruz de Guerra.

—Nunca me lo dijo.

—Él no presumía de nada. Pero salvó la vida a un teniente que lo apreciaba mucho y en otras dos ocasiones se arriesgó por los compañeros. Tampoco tu madre lo sabía, ni se hubiese enterado si Ángel no las hubiese hecho valer para enfrentarse al cura y al alcalde. El cura tuvo que callarse, se había escondido durante la guerra, solo volvió cuando el pueblo quedó asegurado en zona nacional. Y tu padre dijo que el hombre que habían visto en casa de tu madre era él, porque la pretendía, eran novios. Así la dejó libre de sospechas y le pudo mostrar que su ofrecimiento iba en serio.

—¿Cómo se lo tomó mi madre?

—Eso ya mejor te lo cuenta mi señora. Porque tú, Balbina, tuviste que bregar lo tuyo con Irene, ¿verdad?

—Ella era tan cabezota como él. Pero tampoco era tonta. Después de la guerra había menos mozos y estaba marcada por su noviazgo con Ismael y por haber servido como criada. Otras con esas señales tenían que marcharse del pueblo para encontrar marido. Y tu padre, una vez aclarado el malentendido, pues tampoco estaba tan mal y tenía fama de serio, de trabajador. A ella ya se le estaban pasando todos aquellos pajaritos de irse por esos mundos de Dios, sabía que por ahí no se atan los perros con longaniza, que la ciudad era dura. Y después de la guerra, ni te cuento, se vivía mejor en sitios pequeños, allí al menos no te morías de hambre. Claro que más difícil fue sobrevivir a las habladurías... En un pueblo como este las murmuraciones son terribles. Aquí somos cuatro gatos, la gente se conoce toda y no perdona. Esto ya se vio en la boda.

—¿Qué es lo que pasó?

—En la boda de Irene y Ángel no había buen ambiente. Unas mozas, antiguas amigas, pero que ahora eran de las resabiadas, le cantaron a tus padres un viejo romance, *Las señas del esposo.* ¿Lo conoces?

—No.

—Pues espera, que te lo canto, pero tal como lo hicieron ellas. Es decir, que se adaptaba a cada caso, como era la costumbre. Los versos eran más o menos los mismos, aunque se cambiaba algo aquí y allá, para cada ocasión. Me pasaron el papel para que me uniera al coro, pero yo no quise entrar al trapo. Decía así:

Estando yo en mi portal bordando pañuelo en seda,
vi pasar a un caballero que bajaba de la sierra.
Me atreví y le pregunté si venía de la guerra.

—*Sí, señora, de allí vengo, ¿tiene usté allí quien le duela?*

—*Tengo yo a mi novio allí, más de un año hace ya en ella.*

—*Deme usted las señas de él, por si yo le conociera.*

—*Mi marido es un buen mozo, lleva un pañuelo bordés.*

—*Ese señor que usted dice se ha muerto hace más de un mes*

y en el testamento deja que me case con usted.

—Era como echarle en cara la historia con Ismael.

—Imagínate. Pero claro, ¿qué vas a decir? Era sobre poco más o menos un romance de toda la vida, que se cantaba en bodas. Ya entonces tus padres se dieron cuenta de que no les iba a resultar nada fácil vivir en el pueblo. Y aún hubo más. Tu madre quedó embarazada de inmediato. Y de ahí naciste tú. Habló mucho conmigo de eso. Yo era su mejor amiga. Le hacían mucho daño las murmuraciones.

—¿Sobre qué?

—Sobre si había tenido relaciones con un hombre que había estado de paso.

—Jorge Atienza.

—No sabían el nombre, pero sí que había estado. Todo se acaba sabiendo. Y que si tú eras hijo de él, y no de Ángel.

—O sea que esas murmuraciones existieron.

—Ya se sabe, pueblo pequeño, infierno grande.

—¿Y mi madre se lo contó a mi padre?

—Sí, sí, desde luego. Buena era ella, le gustaban las cosas claras. Le dijo que no había habido nada entre ella y Jorge, pero que la gente lo sacaría a relucir. Y Ángel tenía los pies en la tierra y se portó como un hombre. Aquel niño era su hijo, y punto. Creo que no quería que le pasase como a él, que era hospiciano. E Irene sintió por primera vez que de un hombre como tu padre se podía fiar. Imagínate lo que le hubiese pasado a tu madre si se hubiera corrido la voz de que había tenido un hijo con un fugitivo rojo, además de esconderlo en su casa.

—¿Y por eso se marcharon mis padres del pueblo?

—Es que las habladurías aumentaron cuando a tus padres se les malograron dos hijos, que no sobrevivieron tras el parto. Tardaron cerca de ocho años en tener otro, tu hermano Miguel. Si Ángel llevaba tan mala semilla, estaba claro de quién eras tú, del otro. Eso se decía. Pero no fue solo por las habladurías. También por vosotros, para que tuvierais un futuro. Y así os fuisteis para la Solana, muy a la callada.

CAPÍTULO SÉPTIMO

Las casas se levantan y se derrumban, se desmoronan, se extienden,
Son arrancadas, destruidas, restauradas, o en su lugar
Queda un baldío, una fábrica o un paso a desnivel.
Viejas piedras para nuevos edificios,
Vieja leña para nuevas hogueras,
Viejas hogueras para las cenizas y cenizas para la tierra
Que ya es carne, pieles y heces,
Huesos humanos y animales, tallos y hojas de cereal.

T. S. Eliot
East Coker

1

—Papá, tenemos que hablar de hombre a hombre.

Miguel sonríe al escuchar las palabras de Julia. Son las mismas que empleaba él para abordar un asunto serio. Cuando ella empezó a crecer y se volvió mochilera, deportista, un tanto chicazo.

—No te había oído subir. Estaba metido en estos follones de Toño.

—Te vas mañana y quiero saber qué piensas de todo esto.

—¿De los papeles de mi hermano?

—Y de la huerta. Qué vas a hacer con tu parte.

—Siéntate —le pide. Y cuando ella está enfrente, a su misma altura, y ha dejado en la mesa la carpeta que trae, la tantea—: Porque tú te mantienes en tus trece, claro. Seguir trabajando esta tierra.

—Ya sé que esperabas de mi otra cosa y que te he decepcionado. Crees que es poco para mí, como si la familia retrocediese...

—Qué cosas tienes, hija...

—Te conozco bien y sé lo que piensas. Pero a mí lo que me hace feliz es estar aquí. Quiero llevar esta vida.

Ante el silencio de su padre, continúa:

—Además, los acuerdos son más fáciles de asentar sobre lo que tenemos que sobre lo que nos proponemos.

—Una buena frase. —Ríe él—. Te ha quedado redonda.

—Es tuya. Me la escribiste en esta carta.

Busca en la carpeta, la saca y se la tiende.

O sea que ella también ha estado revolviendo papeles. Los malditos papeles. Basta con que se te cruce uno de ellos para echar abajo todos los enjuagues de la memoria. Aquello que tanto te habría gustado que sucediera. O no.

La lee y se la devuelve.

—¡Vaya latazos te daba!

—Tengo muchas más. Y a menudo te pasabas. Me conocías demasiado bien.

—Solo de niña.

—Y después. Sabías dónde dar. Fíjate lo que me escribiste poco antes de Navidad, cuando me había ido de casa para empezar los estudios en la universidad: «Déjame adivinar cómo ha sido tu primer trimestre. Has empezado con mucho brío. Te habrás apuntado a todos los grupos de animación cultural, vagos, maleantes y titiriteros que aparezcan en los tablones de anuncios. Esos con unas tiras de papel debajo, donde ponen el número de teléfono. Las típicas trampas para incautos. Te dispersarás. Y cuando te quieras dar cuenta, las vacaciones ya estarán demasiado cerca para hacer nada de provecho. Con la Navidad, adiós. Mientras te recuperas de las resacas ya estarás en febrero, con un horrible retraso para tus trabajos. Y como es época de resfriados, cogerás uno. La coartada perfecta. Para entonces, incumplidos todos los plazos, solo te quedan unos pocos días y el semestre se habrá ido al garete».

—Vale, vale, reconozco que yo era un padre insoportable.

—Mira esta otra carta. Cuando me mandabas el cheque lo acompañabas del presupuesto para los gastos, dólar a dólar: tanto para los billetes de tren, tanto para libros, tanto para ropa... Me hacías enviarte los comprobantes de las asignaturas en las que me había matriculado. Y cuando te pedí dinero extra para sacarme el carné de conducir me dijiste cómo tenía que usar el embrague y el cambio de marchas.

Sin embargo, yo pensaba comprarme un coche automático... Todo así.

—Lo hacía por tu bien. Y me costaba mucho ganar el dinero de esos cheques.

—Si no lo digo solo por eso, papá. Es que hacías lo mismo con mis amistades. Aún recuerdo tus advertencias sobre las novatadas en la residencia universitaria. Qué hacer para no caer mal e ir encontrando mi propio sitio en la manada. Y los chicos, claro, los chicos...

—Eras muy ingenua, hija.

—Eso pensáis siempre vosotros. Mira lo que dices aquí: «Ya sé que estarás demasiado ocupada depilándote las piernas o perfilándote las cejas, pero haz el favor de leer esta carta y de contestar. Ya irás viendo que no hay tantas cosas importantes en la vida, después de todo. No te dejes llevar por tus éxitos con los chicos, porque a tu edad basta con dos o tres moscones revoloteando alrededor para que te creas la princesa del cuento. Tampoco caigas en la tentación de ser la más popular o la reina de la clase. No se trata de tener el carné de baile repleto de pretendientes. Para qué llenar tu agenda con los típicos gorilas en celo, vagos vocacionales o pavos de plumaje llamativo. Lo que al final cuenta es ese muy reducido grupo de chicos que trabajan de forma callada para aportar algo de provecho. No subestimes a los que tardan en madurar, la gente que merece la pena no brilla necesariamente en grupo».

—Solo trataba de ser un buen padre. Yo había tenido que pelear con el mío para poder estudiar.

—Sí, pero cuando me di cuenta de que te dedicabas a interferir con cada uno de mis novios, hube de ponerme seria. Para tu gusto, todos eran unos neandertales descerebrados. Entonces, tuve que echarte un poco de mi vida, ponerte de patitas en la calle. Era una cuestión de supervivencia.

Va a replicar, pero ella lo contiene con un gesto.

—Con el tiempo aprendí a apreciar tus cartas, y ahora me

conmueven cuando las leo. Porque delante de la gente nunca fuiste uno de esos adultos que humillan a los niños cuando son pequeños y los ven inútiles o torpes. Hablé mucho de todas estas cosas con Toño, cuando él ya sabía que le quedaba poco tiempo de vida.

—Entonces, y con más razón, te comentaría estos papeles. La historia familiar.

—Solo hablábamos de lo que él me consultaba. Hay muchas cosas que a mí se me escapan. Tú habrás sacado más en limpio.

—No te creas. En esa época de la que él habla yo no me enteraba de la misa la media. Además, aún no lo he visto todo. Me queda esta parte del final y es como si hubiese una laguna, tras la desaparición de nuestra madre. Mi padre ya nunca fue el mismo. Yo entré en el instituto. Toño se fue a la mili y cuando volvió nos habíamos distanciado. Candela se ennovió con Jesús el Gordo. Este convenció a su padre para comprarle el chalé del indiano, se casaron y se instalaron allí. Cada cual tiró por su lado.

—El otro día me preguntabas por ella, cuando la vimos en la ermita. ¿Por qué no vas a ver a esa mujer?

—No creo que sea buena idea.

2

Desde la ventana del estudio Miguel observa las grandes máquinas que avanzan a dentelladas, rompen la tierra, aplanan el talud de la vía del tren, entierran su infancia.

Le recuerdan aquella otra invasión más artesanal, tantos años atrás. Cuando, al bajar al instituto, se topa con las brigadas de Obras Públicas. Aquel destrozo. Cortan los árboles de la carretera. Abaten también los ejemplares solitarios que se alzan aparte, cada uno con su olor inconfundible, su propia densidad de sombra, su enjambre de pájaros. Las acacias de bola, los castaños de Indias, el gran olmo carcomido, los inmensos álamos...

Luego aparecen los peones camineros que despejan las cunetas, ensanchan y allanan el macadán. Desmenuzan las piedras con sus mazos de hierro, sacan chispas del pedernal, despidiendo esquirlas en todas direcciones. Mojan, asientan y apelmazan la grava. Van alineando los bidones de alquitrán en las cunetas.

La máquina de asfaltar humea como una locomotora. Cerca de la caldera donde cuece la brea gruñe un perro ratonero, malencarado y sucio. Se rasca con furia detrás de las orejas, se dobla para morderse las pulgas que le atormentan el nacimiento del rabo. De vez en cuando estornuda con los vapores del asfalto. Cojea de un

309

atropello. Cuando duerme ovillado y oye un motor que se acerca, despierta alertado, alza la orejas, encoge los derrengados cuartos traseros, aloba el rabo entre las patas, considera la distancia y cuando está suficientemente lejos gañe y ladra lleno de súbito coraje. Luego se tumba, llega el mediodía y jadea con la lengua fuera, temblándole los ijares de calor.

El asfaltador abre la espita de la brea y aprieta el pulsador que da paso al alquitrán a presión. Las gotas salpican los monos azules con sus costrones renegridos. De tanto en tanto, los hombres beben de un botijo bien sudado que han puesto a refrescar a la sombra.

Tras ellos, llega la apisonadora con su gigantesco rodillo, la majestuosa chimenea, el techo con un voladizo inapelable.

Terminan al cabo de varias semanas. Pintan en medio una raya amarilla. Abren la carretera. Llegan los coches.

Perico es el primero en adivinar lo que vendrá después. Ya no le dejarán pasar con su tartana de llantas de hierro. Solo neumáticos. Y aquella tarde unce su yegua al carricoche. Va de vacío. Anima a los niños a subir. Arranca y se balancea al trote, siguiendo el ritmo de los cascabeles del collarón de la yegua. Hace restallar la tralla de cuero trenzado. Su último viaje, ahora que la vieja carretera, su carretera, ha quedado sepultada bajo la brea. Nunca más volverán a escuchar el cascabeleo de la yegua de Perico, su reguero de plata tintineando en las mañanas de escarcha, surcando la niebla.

Tras ello, el recadero tiene mucho tiempo libre. Poco a poco le van dando de lado. Les parece de otra época. A menudo entra en la huerta, pasa a pegar la hebra con Ángel. Es casi el único que le visita.

Hace tiempo que murió don Godo el fotógrafo. Desapareció un buen día. Pareció regresar a su mundo sepia, una sombra más entre las requemadas sales de plata.

Después vino la construcción del puente. Quien más lo notó fue Paco el Manco. Su oficio quedó herido de muerte tras aquel agravio que atravesaba sus dominios y su vida de parte a parte. El merendero que regentaba ya nunca fue el mismo. Tampoco el río o la Solana. Demasiados coches. En uno de ellos debieron llegar una noche cerrada los borrachos que quemaron su barca, la última del valle. Quedó varada con su costillar al aire, antes de ser cubierta por el cieno y las flores blancas de las berreras.

El asfalto selló ese pasado. Se alteró el tiempo. Aquella carretera que separaba el barrio de la ciudad apenas daba ya para unos minutos en coche. Antes era todo un mundo. Ahora, apenas un trayecto.

Miguel todavía sueña a menudo con ella, se ve a sí mismo recorriéndola. No la cinta negra de brea donde el arcoiris de las manchas de gasolina brilla en los charcos los días de lluvia, sino el antiguo macadán polvoriento, surcado de cicatrices, descarnado por las lluvias. En el que a cada paso le asaltaban los olores vertidos desde las cunetas, el olor a tierra abierta que no puede quitarse de encima.

El barrio le empieza a resultar algo ajeno. Al salir del instituto, prefiere remolonear por la ciudad. Una tarde se encuentra al Carioco.

—¿Qué pasa, chaval, que ya no saludas a los amigos?

—No te había reconocido. ¿Qué vida llevas?

—Ahora trabajo en un taller de coches. No todos valemos para estudiar.

—Tampoco te pierdes nada.

—Muy fardón te veo. Y con libros. A ver qué llevas. ¡Formación del Espíritu Nacional! ¡Hostias! No me extraña que os volváis un atajo de capullos.

De entre las hojas cae una cuartilla.

—¿Y esto qué es?

—Mis horarios.

Carioco le echa un vistazo antes de devolvérsela.

—¡Joder, macho, pareces un tren!

Miguel trata de despedirse.

—¿Tanta prisa tienes? —le ataja su amigo—. Seguro que andas pelado de pasta. Anda, te invito a echar unas partidas.

Cuando entran en su bar, Ulpiano mueve la cabeza. Señala el futbolín, cubierto por una funda de hule.

—Cerrados. Los juegos están cerrados.

—Claro. Semana Santa. Hay que guardar el luto y te pueden multar si silbas por la calle.

Se dirigen a la mesa de billar, que está descubierta. Nada que hacer. Sobre el tapete verde yacen dos tacos, formando una cruz. Las tres bolas señalan los lugares donde le colocaron los clavos a Cristo. Y, en un golpe de inspiración, se evoca la corona de espinas poniendo unos mondadientes en semicírculo, sobre el INRI.

—Este Ulpiano es un artista.

Ya se van a marchar cuando el Carioco baja la voz y le señala a un tipo al fondo de la barra:

—Ese se las sabe todas. Vamos a hablar con él.

—¿A hablar de qué?

—¿De qué va a ser? Que nos enseñe.

Lo arrastra, sin darle tiempo a replicar.

Cuando lo abordan, el hombre ni siquiera se quita la colilla de los labios. Les echa un vistazo de arriba abajo, con su ojo extraviado. Dicen que ese es el secreto de sus infalibles carambolas, que encadena castañeteando una tras otra, sin dar cancha al adversario.

El famoso ojo clínico ha reparado en los libros de Miguel.

—¿Estudiantes?

—Este, yo no —responde el Carioco con orgullo, marcando las distancias.

El hombre se rasca la mejilla y señala los granos que el aprendiz de mecánico lleva en la cara.

—Pero seguro que tú también pierdes el culo por todas esas guarras de uniforme.

—Parece que nos lee usted el pensamiento. —Ríe el Carioco, servil.

El hombre ignora este intento de aproximación. Rechaza cualquier tentativa de colegueo. Guiña el ojo extraviado, esquivando el humo que sube desde la colilla. Apura el cigarro, lo tira al suelo y hace seña a Ulpiano para que le llene la copa de coñac hasta la delgada línea roja que fija la medida. Le atiza un viaje antes de responder:

—Supongo que queréis aprender a jugar al billar.

El Carioco asiente, mueve la cabeza como si fuera a desnucarse.

—Hablo de jugar *en serio* —insiste el hombre, seco.

—Claro, claro.

—Pues entonces ya podéis iros olvidando de los estudios y de las chicas.

Se quedan helados. No saben qué decir.

—Cuando os hayáis decidido, aquí me encontraréis.

Les da la espalda.

Se retiran con el rabo entre las piernas.

En la puerta se cruzan con el Ceuta, que ya va medio bolinga y tiende una mano a Miguel, como si fuera a pedirle algo. Aceleran el paso y el otro se queda con la palabra en la boca, vacilante, sin entrar en el tugurio. Todos le evitan la mirada.

En el trecho que recorren juntos, deliberan. Miguel llega a la conclusión de que podría renunciar a una de las dos cosas.

—Yo a los estudios, desde luego —asegura el Carioco.

Pero a las dos, es demasiado pedir.

Así fue como nunca aprendió a jugar a varias bandas.

3

Una tarde a mediados de julio ven venir un Isocarro Furia, aproximándose al barrio desde la ciudad. Flota a lo lejos sobre la recalentada cinta de asfalto, desleído como un espejismo. A su paso, los pájaros abandonan el vuelo rasante sobre los trigales, ganan altura para posarse en los hilos de la luz hasta que desaparece el intruso. Al acercarse, reconocen a Feldespato dentro de la cabina de chapa ondulada.

Dejan de jugar al fútbol, se apartan y le saludan. Les responde tocando la bocina. Luego toma el camino del chalé del indiano.

Cuando llama al timbre no responde nadie. Vuelve a pulsar y se oye dentro un apresurado «¡Ya va!».

Al abrirse la puerta, aparece el Gordo. Detrás, su suegra, Chon, que grita hacia el interior de la casa:

—¡Candela, hija, baja a ver!

Feldespato va hasta la parte de atrás del motocarro, suelta las traíllas de cuero y descorre la cortina de lona. Deja al descubierto una gran caja de cartón en la que pone *Invicta, Frágil*, unas flechas y *Mantener de pie*. Suelta las gomas del pulpo elástico que la sujeta y pide al Gordo que le eche una mano.

Llevan el bulto al interior de la casa. Desembalan el televisor, lo enchufan, esperan a que se caliente y giran el mando. Solo se ve una franja horizontal que desfila con parsimonia de arriba abajo. Tras algunos manejos con el destornillador, es sustituida por unas rayas en zigzag. Luego, la imagen se vuelve borrosa, nevada.

—Pues menos mal que la patrona de este cacharro es Santa Clara —dice el Gordo.

Feldespato mira el reloj mientras saca un bolígrafo para que le firme el albarán.

—A esta hora no hay programación. Voy a apagarla.

Pulsa el interruptor y la pantalla parece encogerse. Toda la luz se concentra en un puntito blanco en el centro, hasta desaparecer con un zumbido.

—De todos modos, falta la antena. Mañana vendrán a ponértela y os dejarán el aparato a punto con la carta de ajuste.

Este cambio del *tú* al *vosotros* lo hace Feldespato porque ha visto a Candela, en bata, que baja por la escalera.

Al despedirse y cerrar la puerta, el Gordo remata, cuidando de que no le oigan:

—A ver si así están entretenidas y dejan de darme el coñazo.

Feldespato amaga una mueca de complicidad.

No tarda en saberse que el televisor Invicta les ha costado cinco mil duros. Pagados a toca teja. Un dineral. Desde que Candela se casó con el Gordo, ella y su madre nadan en la abundancia. Casimiro Saldaña le ha comprado a su hijo el chalé del indiano, y allí viven tan ricamente.

En el barrio critican tanta ostentación en una pareja tan joven, dos chavales, como quien dice. Pero poco a poco todos se van comprando el trasto. Los más viejos saludan a los presentadores de la tele cada vez que dan los buenos días o se despiden. Creen que esa gente vive en un mundo propio, aparte, al que ellos se asoman a través de la ventana de la pantalla.

Van decayendo las noches a la fresca. Aquel encontrarse al fin del día, las conversaciones que se iban armando lentamente tras ceder el fregoteo, el tintineo de los cubiertos, el entrechocar de los platos a través de los geranios y las ventanas abiertas. Cuando los olores y sonidos rebotaban en todos los recovecos de la noche, entre el aire dilatado, suspendidos por el calor sobre la acera de cemento aún tibia por los resoles de la tarde. La gente sacaba las sillas de anea y se acercaba sigilosa a escuchar las descacharrantes historias de Perico, asistido por Carioco en los quiebros más prometedores. El porrón de moscatel pasaba de mano en mano junto con las viejas y nuevas patrañas. Y de tanto en tanto se encendía un mechero, las ascuas de los cigarros brillaban como luciérnagas, se sentía el aleteo de un abanico. Algunas vecinas hacían calceta y mientras entretejían la noche croaban las ranas en la Cañada, con su sarpullido de ciénaga y sanguijuelas.

Al hablar de televisores sale a relucir lo que debe estar ganando Toño con la tienda de electrodomésticos. Se moderan. «Hay ropa tendida», dicen. Saben que los escucha Miguel.

Ya no es un crío. Acaba de cumplir los dieciséis, tiene carné de identidad. Ahora puede pasar a las películas de mayores. Pero no es lo mismo que antes. Su hermano ha dejado el trabajo en el cine, no hace carteles. Solo de tanto en tanto dibuja anuncios en la prensa. De qué le valió matricularse en la Escuela de Bellas Artes, para mejorar lo aprendido con Jorge Atienza. Toño ha cambiado mucho desde que volvió del servicio militar. Parece haber vendido su alma, se ha dedicado a ganar dinero, se ha desentendido de la huerta, vive en la ciudad, encima de su tienda. Siguió los consejos de Maroto, que le regaló un curso de Radio Maymo, lo enchufó con un comandante para que hiciera la mili en Transmisiones y le adelantó el capital para asociarse y montar la tienda.

La gente se pregunta por qué Toño no le pone la televisión a su padre. Lo tendría entretenido y no parecería un alma en pena, desde que le abandonó Irene. En casa del herrero, cuchillo de palo.

Pero Miguel lo sabe bien. En las últimas ferias había un circo donde salían unos de la tele. Y cuando hablan de ellos, Toño se los desaconseja. Los vio en Madrid, en los estudios de Televisión Española, invitado por un fabricante. Ante las cámaras, aquellos tipos llenaban de carantoñas a los críos. Pero entre bambalinas eran antipáticos, gritaban a todo el mundo. Cuando se apagaban los focos parecían grisáceos y requemados. Dejaban de sonreír, como si también los desenchufaran a ellos.

Toño sigue sintiendo el mismo desasosiego que en la escuela. Aquella idea de que los adultos esconden algo, que su mundo real es retorcido y siniestro. No muestran a los niños lo que realmente les gusta, sino lo que deben aprender a desear. Una sarta de mentiras. Su hermano adora los tebeos, ha creído en la magia del cine. Quizá sigue creyendo en ella. Pero la tele y la publicidad lo han empezado a roer por dentro.

Sus padres conocieron cosas de verdad, serias, de vida o muerte. Ellos aún crecieron en un mundo real. Pero ¿qué pasará con quienes se están criando delante de los televisores? Se quedarán idiotizados, debiluchos.

Lo sentencia Carioco cuando salen del Frontón Cinema de ver una del Oeste, en programa doble con *Los vikingos* de Kirk Douglas.

Uno de los pequeños pregunta:

—¿Nosotros podríamos ser como los apaches o esos vikingos?

El Carioco enciende un Celtas y le contesta:

—Los veteranos Pichasbravas aún nos podríamos valer en campo abierto. Pero vosotros seréis la tribu de los Pichasflojas. Se jodió el invento, chaval.

$$4$$

—Lo que te cuento es así, como me llamo Maroto. Tú ya no estabas. Acuérdate que al volver de la mili no regresaste al cine. Montamos la tienda de electrodomésticos y te marchaste allí. Era lo mejor, para que no tuvieses nada que ver con los líos y problemas que nos había creado el Jorge Atienza este de las narices.

»Además, la cosa empezó a ir de capa caída. Una pena, chico, aunque se veía venir. Pasó lo mismo que con los gitanos, que antes iban con un mono o una cabra y una trompeta, y la gente salía a la calle a verlos, les aplaudía, les echaba unas perras. Pero cuando todos tuvieron radio estaban hasta la coronilla de la cabra y la trompeta, ni abrían las ventanas. Pues con la televisión, igual. El Ulpiano compró una para el bar, y allí se estaba tan ricamente. Veías el fútbol, los toros, las noticias, comentabas con los amigos, fumabas un caliqueño, te metías unos copazos.

»Luego, cuando cada cual tenía la suya en casa, ídem de lienzo y encima en zapatillas, sin necesidad de salir. Las películas que echaban por la tele eran copias nuevecitas, mucho mejores que las que pasabas en tu sala. Te podía la comodidad, aunque fueran malos horarios, muy tarde, a la hora del gorrino. Antes la gente se apretujaba en los cines o en el café porque en las casas no había calefacción. Pero el que más o el que menos se echó una estufa de butano. Y al final, qué remedio, a la fuerza ahorcan. Para colmo, los del Ministerio de Información y Turismo se empezaron a hacer los estrechos, se dedicaban a levantar actas de inspección de las entradas vendidas. Aquí nunca se habían controlado estas cosas, ni que fuéramos suecos, joder.

»Y luego pasó lo que pasó. Estoy convencido de que fue ese desgraciado, el Ceuta. Al cabo de los años se había arrejuntado con una pelandusca y se casó con ella. De mal en peor. Yo no la conocía, pero por lo que me dijeron, eran tal para cual. Y un día que él llevaba una buena trompa se dejó caer por el Frontón Cinema. Primero amenazó a la taquillera porque quería entrar sin pagar. Pero ella se mantuvo firme, le había puesto yo una de aquellas mamparas de cristal blindado que decía *Hable aquí delante del Hygiaphone*, ¿te acuerdas? Se sentía más protegida y le contestó que nones, claro.

»Entonces el Ceuta llegó tambaleándose hasta la puerta y le dijo al portero que su mujer estaba allí dentro y que él iba a entrar a buscarla. No tenía dinero para pagar la entrada, pero le daba igual, porque ni ganas de ver ninguna película. Él iba a entrar por cojones, a sacar a hostias a aquella mala puta, que si patatín, que si patatán.

»El portero le respondió que se fuese a dormir la mona. Pero el otro se emperró, y sacó la navaja. Dijo que esperaría allí hasta que terminase la película, que ya faltaba poco para el final de la sesión y que cuando saliese su mujer la iba a matar y también se cargaría al que estuviera con ella, que a él no le ponía los cuernos ni san Pedro.

»El portero le echó un grito al acomodador, este vio el panorama y vino a avisarme, mientras el otro controlaba al Ceuta. Yo no quería llamar a la policía, mejor evitar escándalos.

»Fui hasta la cabina y le dije al proyeccionista que tocara el timbre para avisar. Interrumpimos la sesión y salí allí en medio, delante de la pantalla. Me la jugaba, imagínate. Reestrenábamos *El hombre que sabía demasiado* y estaba en su momento culminante, a punto de terminar.

»Pedí disculpas al público y les conté el problema lo mejor que supe. Les dije: "Miren ustedes, en la puerta principal hay un hombre que asegura que su mujer está aquí dentro, en la sala, con su amante (aquí se levantó un murmullo). Pocas bromas, es un tipo peligroso y está borracho, añadí (los susurros subieron de tono). Lleva una navaja, avisé (pánico). Pero que nadie se asuste (bajaron el volumen). Tengo una solución (silencio absoluto, ahora sí que me escuchaban). Es cuestión de no salir por la puerta principal. Vamos a apagar la luz y a reanudar la proyección. Y abriremos la puerta trasera, que está ahí. ¿La ven, al fondo? Pues los dos amenazados podrán cogerla y abandonar discretamente la sala. Deben tener cuidado y bajar hacia el río, no subir a la parte de la muralla".

»Tras esto me retiro por donde he venido, hago señal al proyeccionista para que apague la luz de la sala y ponga otra vez la película. Ya está abierta la puerta del fondo. Se levantan dos sombras. Cuando la pareja ha salido le digo al acomodador que vaya a cerrar la puerta: problema solucionado. Pero en ese momento se levantan otras dos sombras. Y otras dos. Y así hasta once parejas. Cuando termina la función, el cine está medio vacío. Y en la puerta principal, el Ceuta, al ver que apenas sale nadie, se va maldiciendo y amenazando: "Me la habéis jugado, pero esto no quedará así, etcétera".

»O sea, lo que te digo, el cine era un sitio para meterse mano, chico. Ya no se llenaba. Antes yo cambiaba las butacas cuando se me moría el perro. La vida de una butaca dura lo mismo. Mis perros sí que habían visto cine, más que todos los críticos y gacetilleros juntos. Y les ponía el nombre según la película con la que volvía a abrir la sala después de remozarla, me daba buena suerte. El último era ese que me encontré abandonado, el que parecía muy furo y luego resultó un pedazo de pan. Le puse Marabunta y fue el más listo que tuve, había pasado mucha hambre. Si le tirabas un palo demasiado lejos, o en una parte donde hubiese zarzas, buscaba una rama que estuviese más cerca o en zona despejada, para no arañarse, y te lo traía como si nada, el cabrón del chucho. Él no se metía en líos.

»Solo flaqueó cuando pasó aquello. Ahí el pobre Marabunta estaba mermado de facultades y no anduvo muy espabilado, se le chamuscó el lomo. Le entró tal miedo que se escapó y no ha vuelto. Alguna vez lo he visto y lo he llamado, pero sale corriendo para el otro lado. Ya no se fía. Lo único que he podido hacer es hablar con los de la perrera para que no me lo maten, a ver si algún día vuelve.

»¿Quién quemó el cine?, preguntas. Pues imagínatelo. Todos dijeron que había sido ese desgraciado, el Ceuta. Pero no se le pudo probar nada. Ganas me dieron de coger la pistola y pegarle cuatro tiros. El incendio fue de madrugada y cuando llegué los bomberos me dijeron que no había nada que hacer. También se quemó el guariche de los tebeos, la tienda de Chon. Estaban comunicados por detrás y una de las troneras de ventilación hizo de chimenea. Y como aquello estaba todo lleno de papel, y nunca llegaron a limpiar los restos de aceite del estraperlo, que aún tenían bidones rancios, ardió como una tea. Estaba muy descuidado. Y ellos, a diferencia de lo que me pasaba a mí, no tenían seguro, claro.

»¿Qué llevas ahí? Ah, ya veo, son las fotografías del derribo. Mira, tú fuiste el único a quien se le ocurrió sacarlas. Yo no estaba para fotos.

Miguel las observa ahora, y aún reconoce partes del viejo cine en desguace, tras quedar abandonado a su suerte.

Mientras lo van demoliendo aparecen en sucesión los restos de su ajetreada vida. Ascendiendo por la escalera de caracol situada tras la pantalla se llega hasta la osamenta del edificio de los años cuarenta, que sobrellevó la tristeza de la posguerra, el olor a zotal, los NO-DO con el brazo en alto, aquel frío de castañeras, sabañones y estufas de serrín.

Bajo la moderna pantalla ancha se oculta la antigua embocadura, mucho más modesta, con su arco orlado de estrellas y los frescos mitológicos de un profesor de la Escuela de Artes y Oficios. Incluso se adivina el arranque de la antigua casa del conserje, eliminada para conseguir mayor tiro de proyección con el sistema panorámico.

Cuando esos restos caen bajo la piqueta, como quien abate un telón o arría una bandera, aparece debajo el espacio original: el Frontón «Beti-Jai» que los dos cines posteriores habían retenido en su vientre como una catedral recubre las edificaciones que la precedieron, sus tumbas y reliquias. Vuelven a ver la luz los jirones de papel pintado y los garabatos escritos por los encarcelados durante la guerra civil, al convertirse en prisión. Aún puede verse detrás de la pantalla la numeración blanca y roja sobre el color verde botella de la cancha.

Aquellos eran, pues, los cimientos sobre los que estaba edificado el Frontón Cinema. Esos eran los eslabones de la cadena a los que se unían al comprar una entrada para tal o cual película. Al sentarse en una butaca no solo lo hacían sobre aquellos muelles herniados, sino sobre todo lo que les había precedido: los gritos de ánimo para los pelotaris, los bailes y achuchones de la época en que se utilizaba como *dancing,* las consignas políticas de los mítines allí celebrados, los miedos, pasmos y risas levantadas por kilómetros de celuloide. Aquellas películas que surcaban sus vidas como cometas, con sus ciudades en blanco y negro, selvas, cataratas y mares, galopadas de caballos y estampidas de búfalos, castillos enriscados sobre peñascos, mansiones en llamas, mujeres encendidas que fumaban con largas boquillas...

Todos esos deslumbramientos se fueron con los escombros. Y donde antes se alzaba el cine hicieron un garaje, con su gasolinera y taller de reparaciones.

5

Un día, cuando Miguel ya está a punto de terminar el bachillerato, llegan hasta la Solana unos camiones cargados de postes oscuros. Los operarios hacen agujeros en la tierra y los meten en ellos. No respetan tapias ni propiedades, muestran papeles que los autorizan a invadirlas. Luego vienen unos hombres con cinturones de cuero a la cintura y garfios dentados sujetos a las piernas. Trepan como monos hasta lo alto usándolos como estribos, dejando en la madera mordeduras salpicadas de astillas blancas.

Están ampliando el tendido eléctrico. Asfaltada la carretera, quieren poner fábricas de conservas más arriba del barrio.

De las jícaras de porcelana cae aquel cable suelto. El que pisa el caballo Lucero.

El animal y su padre han crecido juntos, han andado en sorda rivalidad durante mucho tiempo. Al final han llegado a respetarse. Ya no median blasfemias, tralla ni tirones, cada uno conoce su trabajo. Es un caballo fuerte. O lo era, hasta la caída de aquel cable.

La descarga eléctrica parece volverlo loco. Lucero se queda desmadejado, sin fuerzas. Se le ve sufrir. También al padre. El veterinario mueve la cabeza, consternado. Mal remedio tiene aquello.

Poco después Ángel pide a Miguel que lo acompañe a la Harinera. Ha de llevar unos sacos a moler.

En la puerta del patio coinciden con un camión que quiere salir. El conductor les grita que reculen y se aparten.

Siempre es difícil retroceder, y más con el carro cargado. Miguel trata de guiar a su padre para que pase por la puerta. Ángel no quiere forzar al caballo. Pero el camionero toca el claxon. Asusta a Lucero, y a punto está de aplastar a Miguel contra la pared.

En ese momento sale el capataz de la Harinera, abronca al camionero y le dice a Miguel que pase al botiquín. El padre está herido en su amor propio. Se siente humillado.

De vuelta a casa, Ángel apenas puede contener su rabia: «¡Con lo que ha sido este caballo!», se le oye murmurar entre dientes.

Esa noche Miguel siente que su padre está desvelado. Le oye levantarse, ir hasta la cocina, beber agua, dar vueltas por la casa.

Solo más tarde sabrá que ha descartado vender el caballo. No quiere que termine destripado en becerradas de pueblo o dando vueltas a una noria, con los ojos tapados, hasta caer exhausto.

El sábado Ángel se levanta muy temprano, antes del amanecer, y despierta a Miguel para que le ayude. En la cuadra son recibidos con un relincho de reconocimiento, el de todos los días durante los últimos años.

Ángel entra con el cabezal que huele a cuero sudado. Aprieta la rodilla contra la panza y lo encincha. Luego lo unce entre las varas del carro.

Lucero alza las orejas cuando ve que ata detrás un caballo más joven, prestado por un vecino. Debe estar sorprendido. Detrás es donde suelen sujetar a las terneras que llevan al matadero. Y allí se quedan. No vuelven con ellos a la huerta.

Ahora, a la luz incierta del amanecer, toman aquel camino que su padre y el caballo conocen bien.

En una cuesta arriba, Ángel pide a Miguel que empuje el carro. A Lucero las patas no le responden, y trastumba en las bajadas.

Tiene los ojos turbios, legañosos. Le cuelga la lengua, le falta el aliento, y aquella faz caballuna, en otro tiempo noble, ahora es patética.

Cruzan el puente de piedra. Entre la niebla pegada al agua del río, se perfila el edificio del matadero. Sus dos óculos, iluminados en la fachada de ladrillo rojo, le dan el aspecto de una calavera.

Mientras bajan la rampa se oyen los bramidos del ganado, alertado por el olor a muerte.

Ángel detiene el carro y empieza a desuncir a Lucero. Va desatando las cinchas de las varas. Le quita el collarón, la lomera, los tirantes, la cabezada y demás atalajes, como se degrada a un general de sus galones y atributos. El animal apenas rebulle. Solo un rebote inerme de los cascos en el empedrado. Trata de seguir a su amo. Pero es cortado en seco por la cuerda que lo sujeta a una argolla. Agacha las orejas, confuso. No relincha. No puede entender por qué le hacen aquello, dejarlo allí, como una res.

Al cerrar la puerta quedan al otro lado los ruidos del desolladero, los hachazos secos golpeando la carne, la sierra mecánica que chirría, raspando sobre los huesos tronzados.

Ángel toma por la brida al caballo joven que le han prestado y pide a Miguel que lo sujete mientras él lo unce al carro.

Al regreso se encuentran con el farolero que empieza a recorrer en bicicleta las calles silenciosas, escurridas de sueño. Sale de entre la bruma como un malabarista, con su larga pértiga de caña. Al apagar las farolas, una a una, la niebla se desploma alrededor, espesa y gris, tragándoselo de nuevo.

De otro recodo de la mañana surgen dos barrenderos. Desvían el chorro de agua de la manguera para dejarlos pasar.

Chapotean sobre el suelo mojado. Los árboles y edificios disuelven sus reflejos en el agua, entrecruzan sus imágenes descalabradas, camino de las alcantarillas.

La neblina se escaquea de las calles como la alentada se disipa tras empañar un cristal. Poco a poco asoma el sol, rompe y brilla en las goteras de los árboles, se descuelga hasta un montón de hojas secas del que brota un humo desganado y denso.

Se les cruza un perro. Miguel reconoce a Marabunta, con su lomo chamuscado. Ahora es solo uno de esos callejeros que, después de la lluvia, cuando el agua ha borrado los olores, vagan perdidos por la ciudad, en calles que se le han vuelto todas iguales.

A Ángel aquel día se le hace interminable. Vuelto de nuevo a la azada, sin caballo, la huerta le desborda.

Se retira pronto a dormir, baldado.

Esa noche oyen ruidos en la puerta, que parecen salidos del propio sueño. Golpes secos en el viejo portón de madera.

Ángel se levanta. Miguel le oye y va tras él. Es Lucero, que trata de entrar. Tan pronto abren, relincha lleno de contento y se dirige a tiro derecho hasta la cuadra.

Al entrar en ella y enfocarlo con la linterna, su sombra se alarga contra la pared y el techo, desdoblándose, rota, contra las vigas. El caballo se aplica a la alfalfa que ha quedado en el pesebre. Resopla, estremecido el cuerpo, los grandes ojos muy abiertos.

Se ha escapado y durante la noche ha recorrido por sí solo el camino que tantas veces hiciera con Ángel. Allí está, alborotado de alegría, orgulloso por ocupar de nuevo su lugar, en su casa, entre el vaho denso, el olor a heno y estiércol.

El padre lo ata. El caballo apoya la cabeza sobre su pecho, hociquea como hacía cuando lo limpiaba y le pasaba el cepillo.

El lunes, cuando se despierta para ir al instituto, Ángel ya ha regresado del matadero. Miguel no necesita preguntarle por aquella nueva visita. Perico le informa que esta vez le ha acompañado él, que ya tiene experiencia. También tuvo que llevar allí su yegua.

6

—Papá, he pensado que quizá te apeteciese un poco de café.

Miguel retira los papeles de la mesa, hace un hueco para la bandeja.

—Vale, pero me acompañas.

—No quiero interrumpirte.

—Ya estoy terminando. Además, tú has venido a decirme algo.

Se levanta, se estira, camina por la galería hasta detenerse ante el tablón de corcho. Julia le tiende la taza.

—He puesto dos terrones. —Él asiente— Te veo muy pensativo. ¿Qué has sacado en limpio?

—No acabo de tener claro lo que les pasó a mis padres.

—Te refieres a su final, supongo. Toño tampoco lo sabía muy bien. Tendrás que ser tú quien lo averigüe.

—Ya me dirás cómo.

—Sigo pensando que deberías ver a Candela.

—Ni hablar. No seas pesada.

—¿Sabías que ella y Toño han estado liados?

—Eso fue hace mucho tiempo.

—No, no, me refiero a estos últimos años.

—¿Después de todo lo que pasó? ¡Es increíble! ¿Por qué no me lo dijiste antes, cuando la vimos el otro día en la ermita?

—Tu hermano me pidió discreción, que no la molestáramos. Pero veo que la estás rehuyendo. Y ahora creo que necesitas hablar con ella. Toda esta comezón de Toño por conocer lo que les pasó a tu madre y a tu padre creo que surgió a partir de su relación con Candela, de algo que le contó.

—¿Estás segura?

—Pondría la mano en el fuego.

—¿Y por qué no hablas tú con ella? Las mujeres os entendéis mejor.

—No escurras el bulto. A mí no me conoce de nada.

Miguel mide a grandes zancadas la habitación. Se detiene ante la ventana. Pero no suelta prenda.

—En fin, papá, tú mismo. Yo me voy a hacer las compras. ¿Necesitas algo?

—Nada, gracias. Te veo luego.

Cuando se queda solo, le cuesta seguir con aquellos papeles. No se concentra. Sabe que su hija tiene razón. Mira el reloj y calcula la distancia, lo que le costará llegar hasta el chalé del indiano.

Mientras camina por la carretera le vienen a la memoria aquellas imágenes. El día en que Carioco los llevó a él y al Gordo ante la puerta roja, cerca del cine Frontón. Aquella casa con las persianas siempre bajadas. Las madres se apresuraban al pasar por delante con sus niños. Solo al ponerse el sol emergía de las sombras el extraño caserón, empezaba la vida tras sus paredes.

Recuerda aquella noche. Miguel, el Gordo y Carioco acechan la desafiante puerta roja desde la distancia. Se ponen alerta cuando se abre, tajando la calle con una raya de luz. Se oye música, risas de mujeres.

Alguien descorre brevemente la cortina de terciopelo y se entrevé un espejo que parece comunicar con otra dimensión. Nunca han tenido tantas ganas de ser mayores.

Otra noche, años más tarde, ya crecido, Miguel vuelve. Busca un árbol enfrente, trepa hasta la rama más alta y observa el primer piso a través de las ventanas. Hay un bar con el borde de la barra acolchado de cuero negro. La luz rojiza se abre paso entre el humo hasta caer sobre las botellas y las baldosas ajedrezadas. En una esquina, un hombre callado y taciturno apura un largo vaso de cristal ambarino. Otro se espatarra en el taburete, el culo asentado con la suficiencia de quien conoce su lugar en este mundo. Dicharachero, trata de mostrar su familiaridad. Pero nadie sabe guardar las distancias como una camarera. Sobre todo si es Candela quien se afana al otro lado del mostrador. Va muy maquillada, nadie la supondría tan joven.

Desde la rama, a través de otra ventana, Miguel también puede ver la habitación de al lado. Allí está la madre de la muchacha, Chon, arreando a las chicas. Cada vez que entra un cliente, varias mujeres se entregan sin convicción al mismo ritual. Unas van en combinación, otras en bragas y sostén. La primera lleva ligueros y se abanica con desgana, con las carnes moviéndose como un flan al contonearse y el pelo cayendo en greñas sobre los hombros. La segunda le echa el humo en la cara al hombre que las mira embobado. La que cierra el grupo es la más culona, y ríe mientras desaparece por la puerta del fondo.

O sea que aquello era todo. El sitio donde Perico iba cada mes y se lo contaba al Carioco, y de cuyas rentas de prestigio vivió durante años. Otra decepción más del mundo de los mayores.

Ahora Miguel sale de sus recuerdos al ver sobresalir por encima de los árboles las palmeras y la oxidada veleta de hierro que gira en lo alto del chalé del indiano.

Cuando toca el timbre sale a abrirle Candy, que está en el jardín, bajo el magnolio. Se siente irresistible, con sus pantalones cortos y un top azul.

—Vaya, el de las prisas.

—¿Está Candela?

—Creía que venías a verme a mí —le dice con sorna, quitándose los auriculares. Luego alza la voz y grita hacia la casa—: ¡Abuela, preguntan por ti!

Se oye su voz ronca, desde el interior:

—¿Quién es?

—Ese vecino tan antipático del que te hablé el otro día —responde Candy mirando hacia él y guiñándole un ojo.

—¿Quién? —insiste Candela apareciendo en la puerta.

—Soy Miguel. El hermano de Toño.

Candela lo mira y se queda demudada. Se arropa en la bata, como si, de pronto, tuviera frío.

—Me gustaría hablar contigo —añade él.

—¿Ahora?

—Ya perdonarás, pero es que me marcho mañana.

—¿Lo ves? Siempre va con prisas —le dice Candy.

—Tú a estudiar —la reprende su abuela.

Cuando se quedan a solas, se la ve dudar. Al fin, le franquea la puerta:

—Pasa y siéntate. Ahora bajo.

Mientras ella sube al primer piso, Miguel pasea por el salón, observa las fotografías sobre la chimenea. Candela niña, con su hermano y su padre, en un ferial. Los abuelos Canasteros, trenzando mimbres en su casa del barrio. La tienda de tebeos.

Al cabo de un rato baja más arreglada. Sigue siendo una mujer atractiva.

—¿Fumas? —le pregunta ella ofreciéndole tabaco.

—Gracias —acepta él.

Al acercar la llama del mechero, ella le toma de la mano para guiársela hasta el cigarrillo y observa su cicatriz. La que le dejó el cascabel de plata al sacarlo de la estufa donde lo había tirado Susana, en la escuela.

Se observan en silencio. A Miguel le cuesta hablar.

—Tiene carácter, tu nieta.

—Lo va a necesitar, después de lo que pasó con sus padres.

Él la mira sin entender.

—Ah, bueno, que tú no sabrás nada de eso. Tuve una hija, que se casó. Su marido la abandonó y al cabo de un año ella también desapareció, dejándome a la nieta, la que has visto en el jardín. La he criado yo.

—Ese cascabel que lleva es el tuyo, claro.

—Sí. Un día, cuando se supo en el colegio que su madre se había marchado, Candy vino toda magullada. Me dijo que se había pegado con unas compañeras porque la llamaban Bambi.

—Los niños pueden ser muy crueles.

—Y las niñas ya ni te cuento... Bueno, pues ese día me puse seria, y le conté la historia del cascabel, cómo me lo había hecho mi padre con la última plata que le quedaba. También le conté que a mí me había dado fuerzas en la escuela, cuando tuve problemas. Y se lo regalé.

Tras un largo silencio, ella le mira, esperando sus palabras.

—No sé por dónde empezar... —arranca él.

—Lo primero de todo, te preguntarás qué hago en este sitio.

—Supe que te habías casado con Jesús.

—Pues sí. ¿Qué querías que hiciese? A lo mejor es que no te acuerdas de lo que pasó.

Miguel trata de evitar cualquier tono de reproche. No quiere que siga a la defensiva.

—Claro que me acuerdo. Y Jesús era amigo mío.

—En esos momentos yo lo tenía fatal. Me llevaba muy mal con mi madre. Casi me echa de casa y quiso ponerme a trabajar en el taller de costura de la señora Faustina. Imagínate.

—¿Qué había de malo en eso?

—Ese taller servía de escaparate para la casa de la puerta roja que estaba cerca del cine Frontón. En él mostraban el *género*. Pagaban una miseria. Pero dentro, en la casa de citas, tampoco te creas que se estiraban. Mi madre entró allí cuando empezó a tener problemas en el cine. Ella se encargaba de poner un poco de orden. Y yo llegué a atender la barra de arriba durante algún tiempo. Aquello no era para mi genio. Toda la noche aguantando borrachos. Preferí dejarlo y casarme con Jesús. Al menos era un buen tío. Su padre le compró este chalé a la marquesa y nos instalamos aquí. Tuvimos una hija. Después, como te he dicho, las cosas se torcieron.

Trata de ordenar sus recuerdos.

—Jesús se mató con sus padres, en el coche. Un camión se los llevó por delante. Esta casa era muy difícil de mantener. Mi madre se dio cuenta de que el negocio de la casa de citas ya no funcionaba. Coincidió con lo del cine, cuando lo quemaron. Pensó que era buena idea montar una whiskería. Algo más elegante y discreto, a las afueras de la ciudad, para gente con coche. Podíamos dedicar a eso una parte de esta casa, que es enorme. Ella fue trayendo luego chicas de alterne, y de esto vivimos durante años. Gané mucho dinero...

Calla porque nota que él se ha descolgado de los detalles que le está contando. Da una calada al cigarrillo y espera sus palabras.

—Yo te quería preguntar por Toño... —empieza Miguel. Y al observar su sobresalto, la tranquiliza—: Sé lo vuestro. Vuestra relación, quiero decir.

—¿Quién te lo ha contado?

—Mi hija Julia.

—Es la que está en la huerta, ¿no? ¿Y qué te ha dicho?

—Que tú y Toño os veíais a menudo.

—Empezó a venir. Como un cliente más. Al principio pensé en echarlo. Pero me pudo la curiosidad, o quizá es que me sentía muy sola. Y él no daba ninguna guerra. Venía, se tomaba su copa, pagaba y se iba. Después, aquello fue a más.

—Verás —titubea Miguel—. Es que Toño, cuando supo que estaba tan enfermo, se dedicó a recoger papeles, fotos, cosas así. Y ahora he estado repasando las de mi familia, pero no acabo de tener claro lo que pasó con mi madre... Pensé que posiblemente tú...

—Ah, bueno, es eso... Un día tu hermano me dijo que no volvería aquí, a verme, porque estaba muy enfermo. Habíamos hablado a menudo de mi nieta Candy, de los problemas que tenía por el abandono de su madre, haberse marchado así, sin una explicación. Entonces, me armé de valor y le conté lo de la vuestra. Que yo había mentido en lo de que se hubiese ido en el tren con Jorge Atienza.

—¿Cómo dices?

—Que yo no la vi subirse a ningún tren con nadie. Es más, siempre creí que vuestra madre murió ahogada en la Cañada, el día de la riada.

—¿Estás segura?

—Era imposible que saliese de allí. El día que la policía fue al cine a detener a Jorge Atienza, Toño lo vio y vino a este chalé, a avisarle. Y los dos se metieron en la cañada, por un atajo que yo le había enseñado a tu hermano. Se llegaba hasta el apeadero del tren sin que te viera nadie, y podías esconderte en el primer vagón que pillases cuando reduce la velocidad entre la curva y el apeadero y escapar montado en él. Jesús lo vio todo, porque estaba labrando aquí al lado, con el tractor. Cuando yo discutí con tu madre, ella fue al cine, y al saber que Toño había venido hasta aquí vino a buscarlo, y al no encontrarlos, le preguntó a Jesús por ellos, si los había visto. Él le señaló la cañada. Y me dijo que la vio meterse poco antes de que empezara la tormenta. La riada la pilló y no tuvo forma de salir.

Miguel se queda pasmado. Aplasta el cigarrillo en el cenicero. No sabe qué decir. La mira de hito en hito hasta que se repone y le pregunta:

—¿Por qué lo hiciste? Mentir sobre ella, quiero decir.

—Porque tu madre y ese Jorge Atienza tuvieron la culpa de la muerte de mi hermano. Eso no me lo negarás. Y porque ella siempre me trató como si yo fuese una puta. Por eso, cuando la marquesa me trajo aquí para cuidar de esa niña retrasada que tenía y descubrí la historia entre Irene y ese hombre, no pude resistir la tentación. Era demasiado fuerte.

Miguel se mantiene en silencio. Candela se siente incómoda, quizá arrepentida de haberle contado todo aquello.

—Ahora entenderás mejor la relación que hemos mantenido estos últimos años tu hermano y yo. Los dos teníamos cosas que reprocharnos, pero llegamos a perdonárnoslas... Contigo era distinto, creo que siempre me porté bien contigo. ¿O no?

La falta de respuesta de Miguel parece encresparla.

—A lo mejor es que no te enterabas. Nunca te diste cuenta de que para que tú, y los que son como tú, fuerais por la vida sin romperla ni mancharla, otros teníamos que arrastrarnos a ras de tierra. Y no solo yo. También Toño.

—Pero ¿qué dices?

—Veo que tampoco te lo contó. Es muy fácil despreciar a los demás por haberse vendido al plato de lentejas. A tu hermano lo que le hubiese gustado es dibujar o pintar de verdad, no solo carteles o anuncios. Si se metió en lo de la tienda de televisores y electrodomésticos, a trabajar como un burro, fue para sacar adelante la huerta, terminar de pagarla y que tú pudieras estudiar. Sobre todo después de que pasase lo de tu padre y te fueras a la universidad.

—¿Toño te contó lo de mi padre, lo que pasó al final?

—Nunca me dio detalles. Quizá los sepa Carioco, que fue quien se encontró a Ángel. Ya sé que no resulta muy de fiar, pero avisó a tu hermano y lo acompañó en esos momentos. Deberías hablar con él.

—¿Carioco vive aquí?

—En la ciudad. Pero los fines de semana sube a la residencia de ancianos que hay junto a la carretera, río arriba, a un par de kilómetros del barrio. Tiene allí a su tío Perico.

7

La residencia está en pleno campo. Muchos de los internos parecen labradores. Quizá sus hijos los hayan llevado allí para que terminen sus últimos días rodeados de huertas. Pero casi todos los ancianos están en el lado opuesto, bajo el emparrado que da a la carretera, viendo pasar los coches.

Los visitantes que llegan durante el fin de semana los abrazan con una alegría forzada, arrastrando nietos que evitan besar a aquellos abuelos encogidos y tristes, que esperan la muerte sentados en sillas de ruedas.

Sus ojos dan a entender que lo peor no es la muerte, sino la espera. Huele a viejo y a medicinas para prolongar la vida más allá de lo que esta da de sí. Una experiencia para la que ninguno de ellos está preparado. Y su pavor aumenta al advertir ese mismo sentimiento en quienes los rodean, por mucho que entre ellos se eviten la mirada.

Otros están en mesas, jugando a las cartas o al dominó, el ruido de las fichas amortiguado por los tapetes de fieltro verde. Miguel atraviesa el salón y pregunta por Carioco.

A los pocos minutos le ve llegar, desgarbado, con su cresta inconfundible, ahora llena de canas. Él no le reconoce.

—Soy Miguel, el hermano de Toño.

—¡Joder, cuántos años! ¿Cómo sabías que estaba aquí?

—Me lo ha dicho Candela.

—¿Has ido a verla?

—Sí, al chalé del indiano.

—Se ha forrado con ese puticlub. Lo llevaba con mano de hierro. Ella y su madre ganaron tanto dinero que compraron el terreno de al lado, para hacer el aparcamiento... Bueno, ¿y tú qué tal estás? Sentí mucho lo de tu hermano.

—De eso quería hablarte. ¿Tienes un rato?

—Ahora estoy con mi tío.

—Es que me marcho mañana.

—Pues ven por aquí. En realidad, él no se entera de nada.

Le hace pasar hasta el jardín del fondo, donde los internos sestean a la sombra de los árboles. Le señala a Perico.

—Ahí lo tienes.

Cuando llega a su lado, Miguel le tiende la mano, pero él no advierte su presencia.

—Apenas ve ni oye. Y casi mejor así, porque ¿sabes quién es ese sentado debajo del pino?

—Ni idea.

—Fray Estirado.

—¿Don Servando, el párroco de la ermita?

—Sí. Imagínate lo que se dirían él y mi tío si no estuvieran chochos perdidos. La liarían parda.

Le cuesta reconocer al atildado cura en aquel hombre derrengado en un banco, bajo un enorme abeto que aún lo hace parecer más diminuto.

—Ese que está con él, ¿es otro ingresado?

—No, su hermano menor. Vive en la ciudad, con una hija. —Y al ver que Miguel se acerca a ellos, le previene—: Cuidado con el cura, no carbura muy bien.

Pero él ya está saludando al hermano, y se dispone a dirigirse al antiguo párroco para preguntarle:

—¿Se acuerda de mí?

El anciano le mira, sin reaccionar.

—Tendrá que tener paciencia —le advierte el hermano—. Le cuesta entender.

Los ojos del cura acusan la inexorable demolición de la mente, el desplome de años enteros de su vida.

El hermano se vuelve hacia el antiguo párroco y le habla lentamente. De pronto, se endereza y yergue la testa. Algunos detalles parecen emerger de entre aquellas ruinas. Empieza a farfullar, pero las palabras no fluyen.

—Está pidiendo los ornamentos. Quiere decir misa —traduce el hermano.

Trata de calmarlo. Hay un largo silencio.

Luego, el sacerdote se remueve inquieto, y grita:

—¡El halcón! ¡El halcón!

Miguel mira al hermano, que cabecea consternado.

—¿Ha dicho *el halcón*? —le pregunta.

—Sí. No para de hablar de eso.

Miguel mira al Carioco, quien le hace un gesto para que atienda a la explicación del hermano.

—Son cosas nuestras, usted no lo entendería. Cuando éramos unos críos, antes de que a Servando lo apadrinara el obispo y entrase en el seminario, los dos vivíamos en un pueblo muy mísero, en una cueva. Nuestros padres nos dejaban encerrados allí muchas veces mientras ellos se iban a buscarse la vida, y no regresaban hasta el día siguiente. No teníamos nada de comer. Si no hubiese sido por una cabra, que nos daba calor y nos dejaba amorrarnos a su teta, no sé lo que habría sido de nosotros. Apenas podíamos mantenernos. Comíamos lo que caía. Muchas veces, topos que pillábamos con cepos. Un día descubrimos un nido de halcón encima de la pared de la roca donde teníamos la cueva. Se lo contamos a mi padre y a este no se le ocurrió nada mejor que subir a lo más alto del peñasco por detrás del monte. Allí, ataba a mi hermano con una cuerda y lo descolgaba hasta el nido del pájaro.

—¿Para qué?

—¿Para qué iba a ser? Para que cogiese las presas que el halcón le llevaba a su polluelo. Hombre, siempre le dejaba la mitad, para que sobreviviese el pajarito, pero la otra parte se la llevaba mi hermano. Y así caía en el puchero algún pedazo de conejo. Pero Servando debió pasar mucho miedo. Entre que se veía colgado allí, y el peligro de que viniese el halcón grande y lo atacara. Le dejó mucha impresión. Imagínese. Y no se le ha olvidado, le sale ahora.

Miguel mira de nuevo al cura, que ha vuelto a su letargo. Advierte que apenas queda en él nada del antiguo párroco. Al cabo de los años le ha aflorado de tal modo el rostro campesino que es imposible distinguirlo del resto de los internos.

—Perdone una pregunta. ¿Por qué trajo a su hermano aquí?

—Es que cuando se le empezó a ir la cabeza no hablaba de otra cosa: la Solana por aquí, la ermita por allá... Pensé que esta época de su vida había sido la más feliz.

—¿Lo dice en serio?

—La verdad es que ahora ya no sé qué creer. Se altera mucho cuando le hablan de esas cosas. Se pone muy violento.

—O sea que se acuerda.

Carioco decide ir al grano.

—Ya verás si se acuerda.

Se aproxima al anciano sacerdote y le pregunta, hablando muy despacio y mirándole directamente a los ojos:

—¿Qué pasó con un labrador llamado Ángel, que vivía en la Solana, enfrente de la ermita? El que se ahorcó.

Hay un destello de reconocimiento en aquellos ojillos opacos y desconfiados. Carioco añade:

—¿Por qué no dejó usted que fuese enterrado en el cementerio de la ermita?

Con voz firme, sin apenas balbuceos, el cura responde:

—¡Enterrar a un suicida en sagrado! Eso no lo permite la Santa Madre Iglesia.

—¿No se le ocurrió que pudo ser un accidente? —interviene Miguel.

—¡Qué accidente ni qué niño muerto! Tenía el arado sujeto a los pies.

Ha debido contar aquello muchas veces, porque le sale de un tirón. Y sigue, vehemente. No hay quien lo pare.

—Ya se lo expliqué al obispo cuando me apartó de allí. Aquel hombre se colgó él mismo.

El hermano trata de calmarlo, pero Servando continúa. Ahora no se le entiende. Resopla, fatigado. Su mente se extravía de nuevo y esta vez ya no regresa de aquellas brumas en las que acaba de encallar.

El hermano pide a Miguel:

—¿Ve usted? A esto me refería. Es mejor dejarle descansar. Márchense, por favor.

—Vamos al bar —le propone Carioco.

Allí le cuenta toda la historia. Y concluye:

—Tu padre se colgó cuando nadie podía impedírselo. Ese verano no viniste ya al barrio.

—Yo estaba fuera, aprendiendo inglés.

—Y Toño vivía entonces en la ciudad. Mi tío Perico se encontró a tu padre ahorcado en la morera y me vino a buscar para que avisase a tu hermano. Antes le ayudé a bajar el cuerpo, y vimos que para colgarse con el arado a los pies tuvo que izarlo primero a una rama de la morera, con una cuerda. Luego subir él, atárselo, ponerse la soga al cuello y tirar el arado al vacío para que le rompiese el cuello. No quería fallar. Pero esto ya te lo contó Toño, ¿no?

—Sí, pero no lo que pasó luego.

—Yo tampoco le he dicho nada a nadie.

—¿Por qué?

—Porque nadie nos iba a creer. Pensarían que estábamos locos. Tu hermano hizo fotos, pero antes de que pasara aquello.

8

En las fotografías de su hermano alcanza a reconocer la habitación. Es la de la esquina, la que da a la morera. Apenas la usaban.

En medio hay una gran mesa de madera recia. Sobre ella, un ataúd abierto. Dentro, el cadáver de su padre.

El cuerpo ha encogido. La piel se ha tensado sobre el cráneo, remachando las sienes. Las órbitas de los ojos aparecen más hundidas y apremiadas por el arco de la nariz, moldeado y recio hasta topar con el algodón que la tapona. Las marcas destacan sobre el cuello requemado por el sol y los profundos surcos de la piel, entrecruzados como torrenteras. Las manos encallecidas, salpicadas de cicatrices, las uñas rotas. Unas manos que nunca holgaron ni les pegaron.

A partir de aquellas imágenes, Toño ha tratado de reconstruir lo que Carioco acaba de contarle a Miguel.

Tras sacar las fotos, han entornado el ataúd y se sientan en las sillas. De cuando en cuando le dan un tiento a una botella de aguardiente de saúco, ya muy demediada. Consultan el reloj. Aún tardarán varias horas en venir desde la ciudad.

Toño se levanta y avanza, torpe por el cansancio y el alcohol. Se llega hasta las ventanas, la una enfrente de la otra, y las abre para que haya corriente y entre el fresco. Está cayendo el día.

Hay un extraño silencio. No se mueve ni una hoja en los árboles, no se oye ni un pájaro.

Vuelve a la silla, se sienta en ella y dormita, la cabeza apoyada en el rincón.

Al cabo de un rato, siente un codazo de Carioco. Abre los ojos y mira hacia la ventana que le señala.

Tarda en entender lo que trata de decirle.

Hasta que, de pronto, la ve.

Es una hormiga negra, gorda, acharolada y reluciente. Está sobre el marco y parece husmear el ambiente, sin atreverse a entrar. Gira la cabeza en todas direcciones. Agita las antenas como una tijera que cortase el aire, se las frota con las patas delanteras. Las baja y las asienta. Parece haber encontrado lo que busca.

Mientras desciende por la pared, asoma en el marco de la ventana una segunda hormiga. Y se dispone a seguir a la anterior.

No tardan en aparecer otras, una tercera, y una cuarta.

Pronto componen todo un reguero. Para entonces, las primeras ya han bajado hasta el suelo y trepan por una pata de la mesa.

Toño se levanta, va a aplastarlas con el pie. Carioco se lo impide. Su gesto quiere decir algo así como «espera a ver qué hacen».

La primera hormiga no tarda mucho en acercarse al ataúd. Está a punto de entrar en él.

Toño quiere salir de la habitación, buscar un insecticida.

Carioco suelta la botella de aguardiente y lo sujeta. Lo lleva hasta la ventana.

A la incierta luz del atardecer, puede ver una procesión de hormigas que viene desde las raíces de la morera.

Aquella torrentera silenciosa sale de la tierra, sube por la pared de fuera, atraviesa el vano de la ventana, baja por el muro interior, asciende por la pata de la mesa e invade el ataúd.

Una tras otra, asaltan el féretro. Lo recorren de cabo a rabo, salen por el otro extremo, descienden por la pata opuesta de la mesa, suben por la pared que hay en el lado contrario, se llegan hasta la ventana esquinera abierta de par en par y desaparecen, para volver a la tierra, formando un círculo. Así horas y horas, miles y miles de hormigas.

Carioco le pasa la botella de aguardiente. Toño está asombrado.

Con la mirada ofuscada y vidriosa, se preguntan si aquellos bichos están despidiendo al muerto, rindiéndole el último tributo. O si cada una se lleva entre sus mandíbulas un mínimo trozo del cadáver, para enterrarlo en aquella tierra de sus desvelos.

Nunca lo supieron a ciencia cierta, quedaron suspendidos en un trance alucinatorio, hipnotizados por aquel desfile interminable. Pero lo cierto es que cuando los de la funeraria llegan a media mañana para llevarse el ataúd al cementerio civil de la ciudad, se sorprenden por su ligereza. Dicen que no pesa nada.

9

Mientras recorre ahora el barrio y la huerta, Miguel recuerda bien el final de otro verano, tantos años atrás. Cuando el domingo antes de marcharse subió al monte, a despedirse.

Le vienen a la memoria aquellas malezas agostadas, recubriendo un paisaje yermo, las golondrinas revoloteando a lo largo del tendido eléctrico, preparando su repliegue al sur.

En los pozos el agua está baja, hay que cebar las bombas para extraerla. Los nidos se despeluchan, vacíos. En los agujeros de los barrancos y en los taludes arenosos de las acequias hace tiempo que han dejado de entrar los pájaros, para alimentar a los polluelos. Ya se ha hecho la cría.

Se oyen en sordina los ladridos de los perros y los escopetazos de los cazadores, el griterío infantil alzado tras una cometa. Cuando alcanza la cima del monte, llegan hasta él los sonidos desparramados a lo largo del valle, el aire vagamente percutido.

Están tocando a misa. Alguien intenta encanar la campana, separar las tres tandas sin dejar de girarla. Tantea la cadencia justa, la que permitiría suspender el badajo en el aire, sin tocar los bordes. Pierde el ritmo, no lo consigue. Debe haber un nuevo monaguillo.

Con los primeros vientos del norte empiezan a llegar las nubes en avanzadillas dispersas.

Allí donde se acaban las encinas y carrascales, en los rastrojos bordeados de hinojos resecos, el valle está tocado de una palidez que barrunta el otoño.

Desde arriba, viéndolo todo bajo la limpia luz de la mañana, se siente como despertando de un sueño. Algo se está desmoronando en su interior. Siente que los veranos nunca volverán a ser tan largos y calurosos, ni experimentar igual despreocupación por el tiempo, como algo ilimitado e inagotable. Ahora parece pasar a través de él, escapársele por entre los dedos y estrecharse como un camino o las cuchillas de las vías, por donde resopla un tren de mercancías con su inacabable desfile de vagones borregueros, de un ocre oxidado.

Sabe que todo aquello ya está quedando atrás en su vida, que lo ha perdido para siempre. Solo permanecerá en su recuerdo. Es la última vez que lo verá con aquellos ojos. Cuando regrese, ni el barrio ni él serán los mismos.

Al volver a la huerta repara en el cobertizo de tejavana con el torno de carpintero y los laterales cerrados por un par de somieres desfondados, pacas de paja, una pila de leña. Los tablones, con sus vetas y nudos desollados, muestran las mordeduras de hachas y sierras, la tala y el despiece. Cuelgan en ellos las herramientas de su padre, las latas usadas para poner los clavos, la grasa negruzca para el eje del carro, el remojo de la piedra de afilar. La sulfatadora de émbolo, con su larga manguera picada de cardenillo. La guadaña, los escobones, las hoces, azadas, rastrillos, bieldos y otros aperos. El collarón del caballo con la badana agujereada, por donde asoman las costillas de madera y la borra del relleno. Unas botas de faena cubiertas de barro reseco. Cuerdas rotas y vueltas a anudar, alambres retorcidos de dudosa utilidad. Ese abarrote de pobres que nunca tiran nada. Y menos en el campo.

Se despide también del gallinero. Hay un tablón con las quemaduras de los cigarros que allí dejaba su padre mientras repartía el grano. Y el olor inconfundible, mezcla del cinc de las jaulas y bebederos, plumas, deposiciones.

Toño lo lleva a la estación. Siente unas ganas locas de hablar de tantas cosas pendientes a lo largo de aquellos años. Pero ninguno de los dos acierta a decir nada.

Callan mientras bajan los viajeros y sisea el vapor, envolviendo la locomotora. Aunque están tristes, ni siquiera de eso saben hablar. Quizá se preguntan en qué cambiaría las cosas. Luego, mientras los altavoces anuncian la salida, gritan de forma atropellada, tratando de hacerse oír. Se dan un abrazo torpe y apresurado.

Ahora, mientras Miguel recuerda todo eso, no se le van de la cabeza los papeles que ha encontrado en uno de los cajones de la mesa de Toño. Entre ellos, una carpeta con recibos. Las fechas corresponden a aquellos años, cuando se fue a la universidad. Acaba de confirmar que fue su hermano quien le pagó los estudios. Puso allí sus ahorros, el dinero que tanto le costó ganar. Nada le dijo, le aseguró que se lo había dejado su padre antes de desaparecer. Ahora ata cabos y comprende que fue tarea de ambos, que Ángel no quiso quitarse de en medio hasta que logró asegurarle aquel acceso a la carrera.

Toño también ha guardado en esa carpeta los papeles que tenía el padre en el momento de su muerte. Hay un recorte doblado de un artículo que publicó Miguel en el periódico local. Está sobado. Ángel debió leerlo muchas veces. Y una libreta donde llevaba las cuentas y apuntaba lo más importante que sucedía en su vida. Allí están ellos, los dos hijos aparecen a menudo. Quién lo hubiera dicho, tan parco como era al manifestar sus afectos.

Dicen que, de algún modo, los moribundos son asistidos en su último trance por todo aquello en lo que verdaderamente han creído.

¿Qué es lo que acompañaría a su padre en ese momento?

Se pregunta si una carta o una visita a tiempo no habrían podido evitar aquel final. Y la culpa se le mete dentro como una víbora.

¿Cómo era su padre realmente? Retraído, no cabe duda, aunque cabe sospechar que para nada un hombre débil. Estaba moldeado por las intemperies. En ellas pasaba la mayor parte del tiempo. Nunca quiso vivir en la ciudad. Menos aún habría soportado yacer en un nicho, prisionero a perpetuidad. Hubiese preferido la tierra desnuda.

No era de movimientos gráciles, los huesos y las convicciones parecían venirle demasiado grandes en algunas partes o momentos. Su persona toda no acababa de encajar ni en su propio cuerpo ni en el papel que los otros le reservaban. Como en la foto que se hizo vestido de soldado, para enviársela a Irene, con las manos quietas a los lados, paradas como dos animales mansos. Fuera de los surcos, parecía sentirse desplazado, pedir perdón por entrar en sitios donde las miradas de los demás le hacían parecer un intruso. A él, que había trabajado toda su vida para que aquellos otros pudieran comer.

Venía lastrado por sus gestos lentos, esos movimientos de los campesinos, dictados por generaciones, antes de retirarse a la casa, volver la vista contra el sol de la tarde, dejándola vagar por los campos, contemplando la labor bien hecha.

Dentro, sentado ya a la mesa, apenas hablaba. La madre decía que una conversación con él era como arrojar una piedra a un pozo muy hondo, sin que se pudiera escuchar el eco del golpe contra el agua. Pero podía ser muy delicado cuando recurría a las palabras, como si las acariciase, dotándolas de gran precisión y sentido.

¿De dónde le venía su soledad irremediable? Quizá de no considerarse digno de recibir un amor que siempre se le escatimó. Y a partir de determinado momento, para escapar, solo se le ocurrió el suicidio. La única forma de ser tú mismo cuando todos te han abandonado. El último recurso para dar salida a su fatalismo sin alardes, adquirido en el desamparo de una niñez de palizas y hambre. O su recluta forzada para participar en una guerra que terminó de quebrar su pacto con los humanos.

Apenas cedió su minusvalía de afectos, los sentimientos que no sabía expresar, orgulloso como era, además, para manifestarlos, retraídos todavía por los rechazos iniciales de Irene. Y al desparecer ella todo eso se agravó, aunque mantuviese la vida como un náufrago a medio ahogar. Se dio cuenta de que sus hijos se le zafaban, que no los sabría retener a su lado.

Ahora Miguel se pregunta todo eso mientras se sienta bajo la morera. Tantea el arranque de sus raíces, trata de adivinar hasta dónde llegan. Sospecha que hasta lo más profundo, requiriendo los pedernales y el agua, sorbiéndolos hacia el sol y la altura, luchando con la oscuridad. Y que su padre, al entregar una vida ya amortizada a aquel testigo del orden antiguo, quiso regresar a ese fondo común que le había dado el ser, pues ignoraba sus orígenes, y a la tierra debía remitirse. A aquella tierra que conectaba entre sí a todos los vivos y los muertos, en un flujo interminable.

10

Al cerrar la maleta y la puerta del armario repara en su hija, a través del espejo.

—Me has asustado. ¿Desde cuándo llevas ahí?

—Acabo de entrar. Si quieres te echo una mano.

—Ya voy terminando.

—¿No te llevas ningún papel del tío Antonio?

—Él te los dejó a ti.

—Ya, pero ¿ni siquiera alguna foto, algún recuerdo?

—Bueno, quizá ese plano del barrio que vi el otro día.

—¿Cuál?

—Ya subo yo a por él. Lo encontraré más rápido que tú.

—Voy a la cocina. Te estoy preparando un par de bocadillos. ¿Te pongo alguna bebida?

—Agua. Tengo que conducir.

Miguel sube hasta el estudio, busca en el cartapacio que está sobre la mesa de dibujante y coge el mapa.

Al bajar la escalera y pasar junto al cuarto de trabajo de Julia, ve la puerta abierta y el ordenador encendido.

Sabe que no está bien, pero no puede evitarlo.

Entra y lee lo que su hija ha escrito en la pantalla:

Miguel frena al llegar a la altura de la ermita y hace sonar el claxon. Mientras espera se pregunta si está preparado para aquello.

Su hija Julia abre la verja y le indica el garaje, al final del camino.

Entra y la deja atrás, cerrando el portón. Al conducir por el sendero que parte en dos las tierras, le cuesta reconocer la huerta de la Solana. Tan cambiada está.

Trata de componer el tipo. Teme aquel reencuentro. Al cansancio del largo viaje se añade la aprensión por lo que allí pueda esperarle.

Al abrazar a su hija nota en ella la misma tensión. Saca el equipaje del maletero y la sigue hasta el viejo caserón...

—Vaya. —Se sorprende.

Oye los pasos de Julia, que se acerca. Sale al pasillo y le muestra el plano.

—Ya lo tengo.

—¿Seguro que no quieres llevarte nada más que eso? —le pregunta mientras le tiende la bolsa con los bocadillos y el agua.

—Seguro. Los papeles estarán mejor en tus manos. Creo que conectas bien con todo eso.

—No me gusta el tono con el que dices «todo eso», como si fueran chifladuras o disparates.

—En absoluto, por Dios. Pero reconoce que hay cosas un poco raras.

—¿Por ejemplo?

—Pues lo de las hormigas.

—Hombre, papá, tampoco hay que ser tan literal.

—¿Qué quieres decir?

—Toño habla a menudo de forma figurada. Era su modo de decir las cosas.

—¿Ves como tú lo entiendes mejor?... Bueno, hija, me tengo que ir.

—Pero volverás pronto, ¿no?

—Eso espero.

—Y con más calma. Solo se vive una vez.

—Últimamente, ni eso.

—¿Y qué hago entre tanto?

—Seguir como hasta ahora.

—Pero ¿tú no habías apalabrado la huerta para venderla?

—Te lo dije. Mis compradores estaban interesados en todo el terreno. Ahora tienen que replanteárselo.

—Ya. —Se sonríe Julia.

Conoce bien a su padre. Es demasiado orgulloso para admitir abiertamente que ha empezado a ceder.

Camino del coche, ella insiste, como de pasada:

—Pedro y yo seguiremos teniéndote al corriente de todo lo que hagamos aquí.

—Claro, como siempre.

Antes de montar, se dan un abrazo.

—Muchas gracias, hija.

—Gracias a ti, papá. Voy a abrirte la verja.

Cuando está a punto de salir a la carretera, él le pregunta desde la ventanilla:

—¿Cuál es el título?

—No te entiendo.

—Sí, mujer, el de eso que estás escribiendo.

—Ah, bu... bueno —tartamudea—. Simplemente, *Viñetas*. ¿Qué te parece?

—A Toño le gustaría.

—¿Y a ti?

—A mí también.